イケメン理系の溺愛方程式

Aoi & Shinya

古野一花

Ichika Furuya

EB

エタニティ文庫

目次

イケメン理系の溺愛方程式

1

改札を抜けると、夜の空気に混じる甘い香りが鼻孔《びこう》をくすぐる。

早いもので、今年も金木犀《きんもくせい》の季節がやってきた。

秋の訪れを感じさせる香りを楽しみながら、中森葵《なかもりあおい》は軽い足取りでアパートへの道のりをたどり始めた。

土曜日である今日は、大学時代の仲間たちと女子会をした。大学を卒業して、気が付けば社会人も三年目だ。仕事はどんどん忙しくなるし、人間関係の難しさも感じている。

そんな日々の中、一緒に話して共感し合うだけで、明日からも頑張ろう、とやる気が湧いてくるのだから、友人というのは本当にありがたい存在だ。

ふふ、楽しかった。

賑《にぎ》やかな女子会の余韻に、気持ちがふわふわしている。

しばらくするとフェンスで囲まれた広大な敷地が現れた。その一角にはフェンスに沿って見事な金木犀《きんもくせい》の生け垣があり、小さなオレンジ色の花が今を盛りと咲きこぼれている。濃密になった甘い香りに足を止め、葵はすっと鼻から空気を吸い込んだ。

あぁ、いい香り。

自然と頬を緩《ゆる》めて顔を上げると、そこには見慣れた建物がある。葵の勤務先である海《うみ》山《やま》ホームプロダクツだ。一般家庭向けの洗剤や歯ブラシ、入浴剤などの日用品を企画、製造、販売する会社で、本社は東京にある。葵の働くここ富士波《ふじなみ》工場は、入浴剤などのお風呂に関連する製品を主に扱っている。

金木犀《きんもくせい》の生け垣は、会社の敷地内に併設された植物園に植えられているものだった。そこでは、香料や薬効の成分を含む様々な草花が栽培されており、商品開発に活《い》かされている。

夜空に浮かぶ建物のシルエットを見つめながら、葵はそっとつぶやいた。

「私も仕事、頑張らなくちゃ」

憧れの会社で働いているのだもの。仕事の忙しさや煩《わずら》わしい人間関係なんかに負けてはいられない。

明日一日しっかり休んで、月曜日に備えよう。

気合を入れてこくりと頷き、勢いよく歩き始めた葵だったが――

「きゃっ！　な、なにっ？」

数歩も進まぬうちに、何かに足がぶつかって悲鳴を上げた。よろけながらも何とかフエンスに掴《つか》まると、背後でドサリと音がする。慌てて振り返ったら地面に男性が倒れていた。

「うう〜っ……」

直後、低い呻《うめ》き声が聞こえてくる。どうやら、電柱の陰に座り込んでいた人を勢いよく蹴り倒してしまったらしい。

「す、すみません！」

焦って助け起こそうとした瞬間、葵は思わず顔を背《そむ》けてしまった。

うわ、お酒くさっ。

甘い金木犀《きんもくせい》の香りに負けないほど強烈なアルコールの匂いがする。

やだ、酔っ払いじゃない。もう……どうしてこんなところにいるのよ。

できれば関わり合いたくない。いくら葵が平均より背が高く、色気のないパンツ姿であっても、一応若い女だ。

だけど……もしケガでもしていたら……

つい、おせっかいの血が騒ぎ始める。

あぁ〜、仕方がない。自分が蹴っ飛ばしてしまったのだ。さすがにこのまま知らん顔で立ち去るわけにはいかないだろう。

「あのぉ……」

葵は恐る恐る、歩道に転がったままの男の顔を覗《のぞ》き込んだ。と、瞬時に目が釘づけになってしまう。

うわぁ、すっごいイケメン……

こんなところで寝転がっているのが信じられないほど整った顔に言葉を失った。相手が目を閉じているのをいいことに、葵はしげしげと男の様子を観察してしまう。

年齢は三十前後だろうか？　二十五歳の葵より年上に思えた。少し長めの髪を後ろでひとつに束ね、すっきりと額《ひたい》を出している。外灯の明かりに照らされ、男の彫りの深さが際立って見えた。

身に着けているシャツやパンツはシンプルなデザインだが一見して仕立ての良さがわかる。男はどことなく垢《あか》ぬけた雰囲気を持っており、ファッション関係の仕事をイメージさせた。手足も長いし、これだけ綺麗な顔をしているのだ。男性モデル――なんてこともあり得るかもしれない。

そこで葵はハッと我に返った。

……いけない。のんびり目の保養をしている場合じゃなかった！

くたりと力の抜けた男の様子は、酔って眠っているようにしか見えない。葵が蹴り倒したせいで気絶している、なんてことはないと思うが、万が一ということもある。

気は進まないが、ここはきちんと確認しておいた方がいいだろう。

意を決した葵は、地面に転がる男の肩を軽く揺すってみる。

「すみません。大丈夫ですか？」

身体を揺すられたせいか、酔っ払い男が薄く目を開けた。葵はほっと安堵の息をつく。

「……ん？　誰……」

男はぼんやりと葵を見つめたものの、また目を閉じてしまう。葵は急いで声を大きくした。

「どこか痛いところありませんか？　歩けます？」

「……ん」

男が歩道に投げ出した長い脚を動かした。

「よかった。じゃあ家に帰れますね」

「……家？」

男は緩慢《かんまん》な動きで上半身を起こし、左右に目をやって小さくつぶやいた。

「家は……どこだ？」

「えっ、私が知るわけないじゃないですか。あなたの家ですよ。どこですか？」

葵にそう問いかけられた男は、わずかに首を捻《ひね》りながらぽつりと言った。

「どえる……ふじなみ…………」

「どえる、ふじなみ？　……って、海の近くにある高級マンションのドエル富士波ですか？」

「……そう。……そう……」

不明瞭な言葉を聞きとろうと、葵が男の口元に耳を寄せると、低い声が鼓膜を震わせた。

「あぁ、いい匂いだ」

耳元に温かな吐息を感じた次の瞬間、男の手が葵の頬を包み込む。そして、柔らかいものが首筋に触れた。

「ひゅっ――」

まるでそこから電気でも流されたかのように身体がびくっと震え、葵は大慌てで身を起こす。

い、今の、もしかして……唇？

酔っ払いはボンヤリとした眼差しを葵に向け、手を伸ばしたままうっとりと囁《ささや》く。

「凄《すご》いな……」

嬉しそうに微笑むイケメンに心臓がドクッと跳ねた。

一瞬だけ触れた男の手と唇は熱かった。そして、じっと葵を見つめる彼の視線も熱を持っている。それを意識した途端、金縛りにあったみたいにその場から動けなくなった。

知らず身体が火照《ほて》ってくる。

「もっとだ」

男はふらりと上体を揺らすと、傍《かたわ》らにしゃがみ込む葵の太ももにくたりと頭を預け、そのまま長い両腕を腰に回してきた。

「いい……匂い」

すうっと息を吸い込んだ男が恍惚《こうこつ》とした様子で繰り返す。

葵の心臓は早鐘を打っていた。身体も火照《ほて》る一方だ。

だが、戸惑う葵の口から出たのは、拒絶の声ではなく膝の上の男に対する問いかけだった。

「いい匂い……って何が?」

男からの返事はない。葵はドキマギしながら自分の身体に鼻を寄せて匂いを嗅《か》ぎ……気が付いた。

ああ、金木犀《きんもくせい》のことか。

目の前に茂る金木犀《きんもくせい》を見上げて、葵は苦笑いする。大きく深呼吸をして胸いっぱいに甘い香りを吸い込んで落ち着きを取り戻した。

いくらイケメンだからって、こんなへべれけの酔っ払いにドキドキするなんて……自分に呆れながら、葵は思わずため息を漏《も》らしてしまう。

車が一台、目の前を通り過ぎ、ヘッドライトが男の姿を明るく照らし出した。男は幸せそうな笑みを浮かべてすっかり眠り込んでいる。

見た限りどこもケガをしている様子はなく、ただ泥酔《でいすい》しているだけだと思われた。これなら葵に責任はないだろう。だけど、膝の上で気持ち良さそうに寝息を立てている男を、このまま放置して立ち去る気にはなれなかった。

とりあえず男の住まいはわかっている。ドエル富士波は葵のアパートへ帰る途中だ。蹴り倒してしまったことは、やはり申し訳なく感じるし、ついでだと思って送っていこう。

こうして葵はバッグから携帯電話を取り出し、タクシーを呼んだのだった。

「お姉さん、親切だねぇ」

事情を聞いたタクシーの運転手から半分呆れたように言われた。

「地面に寝てる酔っ払いを見つけたら、今度は警察に連絡しなさいね」

そう言いながらも運転手は、足元のおぼつかない男をタクシーの後部座席に座らせるのを手伝ってくれた。葵一人ではとうてい無理だっただろう。

タクシーでドエル富士波に到着し、フロントにいた男性に状況を説明し酔っ払い男を引き取ってもらう。千鳥足《ちどりあし》の男が連れて行かれる様子を見送った葵は、ホッと肩の力を抜いてその場を後にした。

アパートにたどり着き、後ろ手にドアを閉めた葵は、大きく息をはき出した。

「いつまでドキドキしているのよ」

首筋に残る男の唇の感触が、どうにも消えてくれない。

今更ながら途方に暮れた。

何で自分は逃げなかったのだろう。知らない男の人にあんなことをされたのだ。いつもだったら悲鳴を上げて逃げ出していたに違いない。

それは……驚きはしたけれど、少しもイヤだと感じなかったせいだろう。

なぜ？　相手がイケメンだったから？　私ったらそんなにミーハーだった？

ぎゅっと目を閉じると、瞼《まぶた》の裏に男の姿が浮かんでくる。

驚くほど整った容姿、モデルみたいにセンスの良い服装、葵に伸ばされた手も指が長くて綺麗だった。へべれけに酔っ払っているのにどこか洗練された雰囲気があって、育ちの良さを感じさせた。それが葵の警戒心を薄れさせたのかもしれない。

頭の中はあの人のことでいっぱいになっている。

葵はドアにもたれたまま、男の唇が触れた首筋にそっと指先を当てた。すると、あの瞬間の痺《しび》れるような感覚がまざまざと蘇《よみがえ》ってきて、胸がきゅうっと苦しくなってしまう。

まったく……二十五にもなって……名前も知らない酔っ払い男に舞い上がるなんてどうしちゃったのだろう。もしかして、長いこと恋人がいないせいだろうか？

――ヤダ、葵ったら、カレシと別れてから五年も一人でいるの？

今日の女子会で友人に言われたセリフを思い出す。そう言われて初めて、もう五年も色恋沙汰《いろこいざた》から遠ざかっていることに気付き、自分でもびっくりした。

なんだか情けなくなってきて、がっくりと項垂《うなだ》れてしまう。

「確かにイケメンだったけど……助けたのはそのせいじゃないからね……」

思わず、自分に言い訳するみたいにつぶやいていた。

蹴り倒してしまった引け目から、あのまま放っておけなかっただけだ。別にイケメンに恩を売りたかったとか、彼とどうこうなろうと思った訳じゃない。

「それに、高級マンションに住むイケメンなんて、私とは違う世界の人間だからね」

きっともう会うことはないだろう。だいたいあっちだって、葵のことなんて覚えてないに決まっている。だってあんなに酔っ払っていたんだもの。

いつまでも浮《うわ》ついていてないで、大好きなお風呂に入って、彼のことは忘れてしまった方がいい。

「さて、今日の入浴剤は何にしよう」

無理やりイケメン酔っ払いを頭の中から追い出し、ようやく葵は玄関から家に上がったのだった。

月曜日。海山ホームプロダクツの総務部庶務課に出勤した葵は、早速、朝の日課である掃除に取りかかった。

葵の所属する庶務課には、課長以下、先輩正社員の丸尾《まるお》と葵、パートの渡辺《わたなべ》と江田島《えだしま》の五人がいる。パートの女性二人は十年以上ここで働いているベテランだ。社員といえども、入社三年目の葵がここでは一番の下っ端《したっぱ》のため、朝は早めに出社するよう心がけていた。

ぎゅうぎゅうにファイルが詰まった窓辺の棚をハンディモップで撫でる。そうしながら窓の外に視線を向けると、目の前にある植物園の緑のグラデーションとすっきりした秋空が眩《まぶ》しかった。

すでに植物園の左奥に建つ温室のドアが開放されている。

「おはようございまーす」

その時、よく通る女性の声が庶務課に響き渡った。条件反射でたちまち葵の背筋がピンと伸びる。先輩の丸尾だ。葵はすぐさま出入り口を振り向いて挨拶《あいさつ》した。

「おはようございます」

ピンクのブラウスに紺のふんわりとしたスカート姿の丸尾は、今日も実に華やかだ。栗色の巻き髪をビーズ付きの大きなバレッタで留め、耳元には洒落《しゃれ》たアクセサリーが煌《きら》めいている。彼女がいるだけで部屋の中がぱっと明るくなるみたいだ。それに比べて……

葵は思わず自分の姿を見下ろしてしまった。

今日の葵はクリーム色のブラウスに濃いグレーのパンツを合わせている。我ながら地味なことこの上ない。しかも、ブラウスはオフィスの壁の色、パンツは床の色にそっくりだった。

これではまるで擬態《ぎたい》みたいだ……

気が付いてしまった事実に軽くショックを受けたものの、すぐにこれでいいのだと思い直す。

擬態とは、生物が自然界で目立たぬように周辺の環境を真似ることを言う。

そう考えると、極力目立たぬように、と思案して選んでいる葵の服装は、まさしく擬態ルックと言えるだろう。仕事中の葵は、常に地味な服装に最低限の化粧を施《ほどこ》し、長めの黒髪を一つにまとめてパソコン用のメガネをかけている。言うなれば地味な事務員という擬態だ。

こんな葵ではあるが、昔からずっとこうだったわけではない。かつては華やかだと言われていた時期もあった。

背が高く、顔のパーツがはっきりしている葵は、きちんとメークをするとかなり派手な印象になる。その上で着飾ったりすれば、否応《いやおう》なく人の目を引く。

大学生になったばかりの頃、それを自覚した葵は、流行のファッションをチェックしては着飾り、人からお洒落《しゃれ》だと誉《ほ》められるのが何より嬉しかった。

ところが、そのせいで迷惑な男に目を付けられ、葵は酷《ひど》く悩むことになる。さらに追い打ちをかけるように、男に媚《こ》びる八方美人と自分が噂されていると知って、大きなショックを受けた。

何かを頼まれると、誰にでもすぐに手を貸していたのが仇《あだ》になったらしい。常識的な挨拶《あいさつ》や気遣いまで打算があるように言われて、すっかりトラウマになってしまった。

それ以来、葵は自分を飾ることをすっぱり止《や》めた。

お洒落《しゃれ》がしたくないわけではない。しかし、目立って変に誤解されるくらいなら、誰の目にも留まらない方がいい。そう判断したのだ。

おかげでこれまでのところ、平穏に働くことができている。

ついイヤな過去を思い出していた葵は、丸尾の声で我に返った。

「うわ～、今日はやけに多いわねぇ」

目を向けると、丸尾がうんざりした様子で、カウンターに載る各種届け出用紙の入ったケースを覗《のぞ》き込んでいる。

週末、庶務課は休みだが、別の課では出勤する従業員もいる。その間に何かしらの書類が提出され、月曜の朝に溜まっていることがある。

「中森さん。掃除はあなたにまかせて、私、こっちの処理を始めてもいいかしら？」

丸尾がケースを指差しながら、葵に声をかけてきた。

「はい。お願いします」

「中森さんは掃除が終わったら、郵便の仕分けをお願いね」

目を移せば、カウンターの隅に郵便物が積まれている。

「わかりました」

葵の返事に頷くと、丸尾はケースの中の書類の束をがばっと掴《つか》んで自席に向かった。

葵は、きびきびと歩く小柄な丸尾の背中を見送り、止まっていた手を動かし始める。

入社六年目の丸尾は、お洒落《しゃれ》で華やかな女性だ。

さらにその仕事ぶりは、スピーディーで正確。三年目の葵は、一刻も早く彼女に追いつけるよう奮闘しているものの、なかなか思うようにいかないのが現実である。落ち込みそうになる気持ちを、そっと息をはいて切り替える。

葵は手早く掃除を終わらせ、急いで郵便物の仕分けに取りかかった。

庶務課の仕事は、他部署の人々が会社でスムーズに活動できるようにサポートすることだ。備品や社用車の管理に始まり、コピー機などの事務機器の不調や、自動販売機にお金を入れたのに品物が出てこない——なんて苦情にまで幅広く対応する。

今日もあれこれと忙しく業務をこなしているうちに、あっという間に昼休みになった。

休憩時間といえども、庶務課を完全に空っぽにするわけにはいかない。そこで女性陣は二手に分かれ、休憩時間をずらして取るようにしていた。

先に休憩に行っていたパートの二人が戻ったので、入れ替わりで葵と丸尾が席を立つ。その時、書類に印を押しながら課長が声を上げた。

「中森さぁん！　ちょっと待って。悪いけど、休憩行く前にこれ届けてって。明日の工場見学の変更だから急ぎなんだよ。頼むね」

書類の届け先は受付と守衛室の二か所だ。社員食堂と同じ一階にあるが少し遠回りになってしまう。

葵は内心の喜びが顔に出ないように気を付けながら、丸尾の方を見た。

「すみません丸尾さん、今日は先に社食に行ってください」

控えめにそう申し出ると、丸尾は何でもないことみたいに首を横に振る。

「届けるのなんて五分もかからないでしょ。一緒に行くわ」

「そ、そうですか。ありがとうございます……」

笑みを浮かべつつ、心の中でがっかりする。葵は下を向き、課長から書類を受け取った。憂鬱《ゆううつ》な足取りで丸尾と一緒に一階へ向かう。

実はこのところ、丸尾と過ごす昼休みが、苦痛な時間になることが多いのだ。

決して丸尾が嫌いなわけではない。厳しい人だけど頼れる先輩だし、尊敬もしている。

けれど葵には、丸尾と一緒に昼休みを過ごしたくない理由があった。

その原因は、丸尾の同期で営業部に所属する男性社員にある。

その男性社員——五十嵐《いがらし》は、女性に接する際の態度が軽々しいという、葵が最も苦手とするタイプなのだ。

丸尾と仲の良い五十嵐は、社員食堂で彼女を見かけると必ず近寄って来る。そして丸尾と一緒にいる葵をからかうのだ。五十嵐にはカノジョがいるというのに、まるで葵に気があるような言動をしてくるのである。

さらに厄介なのは、五十嵐が何気に女子社員から人気があるということだ。五十嵐が葵を構うたびに感じる女子社員たちの視線——それが葵にとってはなにより恐ろしかった。

そのせいで、葵は余計に目立つまいとして地味さにますます拍車がかかってしまうのだった。

今日は会わないといいな……

ついつい足取りが重くなり、すたすたと先を行く丸尾から離れてしまう。葵は慌てて歩く速度を上げた。

課長に頼まれた用事を済ますため、まずは守衛室に書類を届けに行く。続けて受付に向かうと、前方から白衣姿の男性が近づいてくるのが見えた。その姿に、葵は思わず瞬《まばた》きを繰り返してしまう。

――ボサボサ頭の変人科学者。

マンガなどで見かけるわかりやすい科学者のイメージそのままだ。

「あら、珍しい。久しぶりに見たわ」

同じく男に気付いた丸尾が小さくつぶやいた。葵はつい小声になって尋ねる。

「丸尾さん、知っている人ですか?」

「うちの社員だってことぐらいはね。確か私より一年先輩のはずよ。でも、あっちは院卒でしょうから、年はもっと上かな」

「へえ。白衣ってことは、研究棟の人ですか?」

「そう。確か入浴剤開発室の所属だったはず。滅多に実験室から出てこないって噂なのよ」

郵便や宅配で届いた荷物を、各部署に配るのは庶務課の仕事だ。葵も何度か入浴剤開発室の事務スペースに行ったことがあるが、これまで彼を見かけたことはなかった。

「知る人ぞ知る有名人なのよ。ほら、あの通り、かなりインパクトのある外見でしょう?」

丸尾の言葉に納得して頷くと、葵はまじまじと白衣姿の男を見つめた。

どうやら彼は、手に持った書類に没頭しているようだ。背中を丸めて、手元を見たままぶつぶつと何かつぶやいている。

くせのある肩までの黒髪が顔を隠していて、表情はほとんど見えない。

近くまで来た時、書類を持つ男のちょっと骨ばった長い指に葵の目が吸い寄せられた。

あっ、きれいな手……

よく見ると……すらりと背が高く肩幅も広い。マンガの登場人物みたいなインパクトのある外見とのギャップに、葵は少しだけ違和感を持った。

「おつかれさまです」

すれ違いざま、葵たちは控えめに彼に声をかけた。すると、顔を伏せたままの男は、半テンポ遅れて返事をしてくる。

「……ああ、おつかっ――」

突然言葉を切った男が、弾かれたように顔を上げた。持っていた書類をバサバサと床に落とす。そのうちの一枚がひらりと葵の足元で止まった。

それを拾って葵が顔を上げると、男はこちらを向いたまま、ぼーっと立ち尽くしていた。彼の足元には、落とした書類が散らばったままだ。

仕方がないなぁ。

葵は手早く男の足元に落ちている書類を拾い上げると、まとめて彼に向かって差し出した。

「どうぞ」

しかし、なぜか相手は受け取ろうとしない。

どうしたんだろう？

葵は首を傾《かし》げて男の様子をうかがった。長い前髪の隙間から黒縁メガネがちらっと見えたが、表情まではわからない。

次の瞬間、男が大きく息を吸い込んだ。さらに犬のように鼻をフンフンと鳴らし始める。

ええっ、何？　もしかして……匂いを嗅《か》いでいる⁉

男の予想外の行動に、葵は思わず一歩下がってしまった。

「行きましょう」

丸尾の鋭い声に、ハッとした葵は、慌てて拾った紙の束を男に押し付ける。男はそれを受け取ったものの、何も言わずに突っ立ったままで、まるで放心状態だ。

やっぱり見た目通り、ちょっとヘンかも……。これは関わらない方がよさそうだ。

そう判断し、葵は丸尾と一緒に急いでその場を離れたのだった。

受付カウンターにたどり着くと、「おつかれさまです」と受付嬢が華やかな笑みで迎えてくれた。

「おつかれさまです。明日の工場見学の変更書類です」

「ありがとうございます」

今日は工場見学がなかったのか、受付前のロビーはガランとしていた。

本社と違って取引先の人間が訪ねて来ることは少ないが、その代わり、工場見学にやってくる人たちがロビーに列をなしていることもある。

用事は終わった。さあ社食へ——

そう思った時、丸尾のつぶやきが聞こえてきた。

「海の湯シリーズが少ないわね……」

見ると彼女は、受付カウンターの隣に置かれたショーケースを覗《のぞ》いている。このケースに商品を補充するのも庶務課の仕事だ。来たついでにチェックしていくあたりは、さすがである。

ショーケースの中にはこの工場で作られた商品をメインに、海山ホームプロダクツの主力商品が並べられていた。これらの商品は販売もされていて、工場見学に来てくれた人たちがよく購入していってくれる。実は社員割引があるので、ここで購入する社員も多い。かくいう葵もその一人だ。

葵はもともと海山ホームプロダクツの入浴剤のファンだった。だから、こうして憧れの会社で働けることに大きな喜びを感じている。

受付嬢がカウンターから出てきて、丸尾と一緒にショーケースを覗《のぞ》き込んだ。

「ああ、最近まで暑かったですからね。でもそろそろ山の湯シリーズの季節です」

入浴剤のラインナップには、昔からの定番商品である海の湯と山の湯の各シリーズの他、一年前に新しく加わった草の湯シリーズがある。

海の湯はクールタイプの入浴剤なので夏によく売れる。逆に保温や保湿の効果が高い山の湯は、夏には若干売り上げが落ち込む。とはいえ、多くの香りを持つ山の湯は通年で高い売り上げを誇る人気商品だ。しかし……

「草の湯はちっとも減らないわねぇ」

丸尾が声を低くした。それを聞いた葵の眉間にシワが寄る。

「値段がねぇ……」

受付嬢は困ったような笑みを浮かべたあと、葵の方を向いた。

「でも、社内で一番草の湯を買ってくれているの、中森さんなんですよ」

「やっぱり」

葵がちょくちょく草の湯を買っているのを知っている丸尾が、呆れたような顔をする。

「だって、草の湯って素晴らしいじゃないですか！　そう思いますよね？」

葵は入浴剤にはかなりうるさい。そんな葵のここ最近の一番のお気に入りが草の湯だった。

「素晴らしいのは認めるけど、値段が倍よ」

「でもその分、生薬《しょうやく》の成分がたっぷり入って――」

思わず草の湯の素晴らしさを力説しようとした葵の口が止まった。丸尾と受付嬢の背後に、こちらに向かって勢いよく走って来る白衣が見えたからだ。

まさか……と思った次の瞬間には、先ほどの白衣男が葵の目の前に立ちふさがっていた。

葵は前髪で半分隠れた男の顔を唖然《あぜん》としたまま見上げる。

息を切らした男が、震える声で言った。

「これは、奇跡だ……」

男の口元に笑みが広がっていくのを茫然《ぼうぜん》と眺めていた葵は、次の瞬間、強く抱き締められていた。

「ひっ……！」

あまりの予想外な展開に葵の喉からおかしな声が漏《も》れる。全身を硬直させる葵に構わず、男は葵の首元に顔を埋《うず》め、鼻からすーっと息を吸い込んだ。

「君だ。間違いない。それにしてもこの匂いは……」

抱き締められたまま耳元で囁《ささや》かれ、葵の全身に震えが走る。

「ちょ、ちょっと、あなた——何してるの！」

その時、狼狽《ろうばい》した丸尾の声が聞こえてきて、葵はハッと我に返った。慌てて白衣の男の胸を両手で押す。すると男は、あっさりと葵を解放した。

よろめきながら男から距離を取る葵の横に、さっと丸尾が並んでくれる。

男はと言うと、この場の緊張した空気に気付いた様子もなく、平然と口を開いた。

「何って、体臭を確認しただけだ」

「た、体臭？」

思わず声を上げ、葵は眉をひそめる。

「エソロジーでは体臭はパートナーを探す時に重要な情報源となる。知らないのか？」

「エソロジー？」

「動物行動学だ」

そこへ丸尾が訝《いぶか》しげな声を挟んできた。

「それって、いい匂いの異性とは相性がいい、って説のこと？」

「そうだ。体臭を心地よく感じる異性とは遺伝的に遠い。ゆえに交配すると種の多様性が高まり、強い子孫が残せる」

男は白衣の胸を反《そ》らせて興奮したように続ける。

「つまり、君と俺とは遺伝子的に高レベルで相性がいいということだ」

出し抜けに始まった話に、上手《うま》く理解が追いつかない。瞬《まばた》きを繰り返していた葵は、再びずいっと近寄った男に首から下がる社員証を掴《つか》まれた。

「そういうわけで――ええっと、総務部庶務課の中森葵」

白衣男は社員証を読み上げ、高らかに言い放った。

「俺と結婚してくれ」

は？　け、結婚⁉

男の言葉を理解するや否《いな》や、葵は彼の手から社員証をひったくり、首を振って後退《あとず》さりした。

この人、変……変人に間違いない！

白衣を着た男は、葵に向かって腕を伸ばしてくる。その白衣を、男の背後にいた受付嬢が咄嗟《とっさ》に掴《つか》んで引き止めてくれた。葵はその隙に、丸尾に手を引っぱられるようにして、駆け出したのだった。


トレーを持って社食のテーブルに着くなり、丸尾はジュースのパックにストローを挿してジューッと吸い込んだ。そして、はーっと大きく息をつくと、ぽつりと言った。

「びっくりしたわね」

「……はい」

葵は茫然《ぼうぜん》としたまま頷く。先ほどの男の言葉を思い出し、ぐっと眉を寄せる。

体臭のせいで結婚？　冗談だよね？　いくら何でも有り得ない。

「私、からかわれたんでしょうか？」

初対面の男からいきなりプロポーズされるなんて、からかわれているとしか思えない。いや、むしろ冗談やからかいであってほしかった。

定食を食べ始めた丸尾は、もぐもぐと口を動かしながらも、真面目な顔で考える。

「う〜ん、あの人、開発にいるくらいだからガチガチの理系よね。そういうタイプってあんなからかい方はしないんじゃないかしら？　冗談みたいだけど、大真面目に言ってる気がするわ」

「そんな……」

葵が青くなると、丸尾は諭《さと》すように言った。

「とりあえず、害がないうちは放っておけばいいんじゃない。もしまた何か言ってきても、嫌ならはっきりと断ればいいだけだし」

確かにその通りだ。葵だって自分から関わりたいとは思わない。

衝撃が大きすぎたせいか、あまり食欲はなかったが、午後の仕事のためにも食べなくてはいけない。葵は無理やり目の前のうどんを口に運び始めた。その時――

「中森ちゃん、見〜っけっ」

頭の上から降ってきた男の声に、葵はギクッと背中を揺らした。直後、隣の席に定食の載ったトレーがガシャリと置かれる。

「今日はまた一段と景色に溶け込んでるなぁ。見つけるのに苦労したよ」

別に、見つけてくれなくてもよかったのに……

ちらりと横を見上げると、営業部の五十嵐が笑みを浮かべて立っていた。白衣男のせいですっかり忘れていたけれど、ここにも気の重いことがあったのだった。

葵は今更ながらに肩を丸めて小さくなる。

擬態でダメならもう透明人間にでもなるしかないか、とヤケ気味に思った。

「……おつかれさまです」

葵はぼそぼそと挨拶《あいさつ》する。五十嵐は、そんな葵の様子を気にする風もなく、勝手に隣に座り込むと、目の前の丸尾にも明るく声をかけた。

「丸尾のおかげで見つけられた。今日も目立ってるな。ピンクのブラウス可愛いぜ」

「そう。ありがと」

すまし顔で答える丸尾をつい恨めしく感じてしまう。

同期で同い年の二人は、入社当初から仲がいいらしい。

二人が仲良くするのは構わない。だけど葵自身は五十嵐には近寄りたくなかった。なぜなら彼は、女性に対してだらしなく、馴れ馴れし過ぎるのだ。

遠距離恋愛中の恋人がいるのに、「カノジョにめったに会えなくて寂しい。だから慰《なぐさ》めて」なんてセリフを簡単に口にしたりする。それも、女性と見れば片《かた》っ端《ぱし》からだ。

特に葵に対しては酷《ひど》いように感じられる。何かにつけて口説《くど》くようなことを言ってきたり、食事に誘ってきたり……。そういうノリが嫌いな葵にとって、彼の言動は迷惑でしかない。

彼の軽口を、わかっていて楽しんでいる女性も中にはいた。しかも、会話だけで済んでいない、という噂もちらほら耳に入ってくる。

「あの調子の良さじゃ、どこに何人カノジョがいるかわかったもんじゃない。あんなのに引っかかった恋人は気の毒ね」

仲のいい丸尾ですら、そんな風に言っているくらいだ。

ふくよかで柔らかな印象の見た目とは裏腹に、丸尾ははっきりとモノを言う。時に辛《しん》辣《らつ》すぎるくらいの彼女の言葉だが、五十嵐に関する見解は正しいだろう。

今日も五十嵐は、食事そっちのけで葵の耳元に顔を寄せてきた。

「メガネかけない方がずっとイイ女だな」

湯気《ゆげ》で曇ったレンズを拭いていた葵は、急いでメガネを顔に戻す。

無言で再びうどんをすすり始めた葵に向かって、五十嵐は楽しそうにぺらぺらと話しかけてくる。

「メガネなんかやめてコンタクトにしたら？　それとさぁ、中森ちゃん、もっと明るい色の服着なよ。背、高いし絶対そっちの方が似合うと思うぜ」

それまで黙って食事をしていた丸尾が、不意に顔を上げて五十嵐に同意した。

「その意見には、私も賛成」

「だろー？」

丸尾は五十嵐に頷いて見せたあと、葵に向かって少し言いにくそうに切り出した。

「実は私も、気になっていたの。ここ最近の中森さん、これまで以上に明るい色を着なくなったわよね？」

「えっ……」

正面に座る丸尾は、こちらに向かって身を乗り出し、問うような眼差しを向けてくる。

「服だけじゃなくてメークもよ。日に日に地味さに磨《みが》きをかけちゃって……。きれいなのに、もったいないわ」

それを聞いた五十嵐は、目を細めてまじまじと隣に座る葵を見てきた。

「そういやそうだな。中森ちゃん最近地味すぎ。丸尾の言う通り服もメークも、もっと明るくすべきだね」

できるだけ目立ちたくない葵としては、この話が続くのは正直困る。

「私……あの、よくわからないので、今のままでも別に……」

葵は言葉を濁《にご》した。丸尾はそんな葵をじっと見つめ、首を左右に振る。

「中森さんだったら何でも着こなせるのに。そうねぇ……赤やボルドーはどう？　きっと似合うわよ。ルージュは今よりもっと濃い色がいいわね。それだけで顔がハッキリする」

「ボルドーってどんな色だ？」

五十嵐が首を捻《ひね》る。

「う～ん、そうねぇ。赤ワインみたいな色かしら」

「あー、なるほど。中森ちゃんが着たらかっこいいな」

「でしょ？　中森さんはシュッとしてるから、濃いめの色もスタイリッシュに着こなせると思うの」

「丸尾にボルドーは……うん、止《や》めた方がいいな」

「わかってるじゃない、五十嵐君。そうなの、残念だけど私はあの色が似合わないのよ」

二人は軽やかに会話を続けて頷き合っている。

やっぱりこの二人は仲がいいようだ。時々、厳しいことを言ったりするけれど、丸尾が彼のことを嫌っている様子は見られない。

このまま自分の話が終わってくれるよう願いつつ、葵は二人の話に耳を傾けながら無言で食事を続けた。

「やっぱり女の子は華やかじゃなきゃね、中森ちゃん。――あっ、でもそうなると他のヤロウも中森ちゃんに目え付けちゃうかぁ」

他のヤロウ……ぽんと白衣男が頭に浮かんできて、胸がざわっとする。

「どうした？　中森ちゃん、変な顔して？」

「いえ、なんでもないです」

葵は焦って首をブンブンと振った。五十嵐が怪訝《けげん》な顔をして、丸尾に視線を向ける。

「それの何が悪いのよ。だいたい中森さんは今のままでも、ちゃんと他のヤロウから目を付けられてるわ。ついさっきだって、結婚を申し込まれたくらいなんだから」

「はぁっ⁉」

「丸尾さん！」

まさか暴露されるとは思わなかった。葵は驚いて箸《はし》を落としそうになる。

「結婚――って、中森ちゃんカレシできたわけ？　いったいどこのどいつだよ」

五十嵐が椅子をガタンと大きく鳴らして、凄《すご》い剣幕でまくし立ててきた。それにより周囲の視線が集まるのを感じて、葵はこの場から逃げ出したくなってくる。

「ちょっと落ち着きなさいよ、今教えるから」

丸尾が呆れたように五十嵐を制した。そして、先ほどの白衣男のことをかいつまんで話す。

改めて聞くと、やっぱりからかわれたとしか思えない出来事だ。

「なーんだ」

話を聞き終えた五十嵐は、あからさまに気の抜けた声を出した。

「相手はあの海ボウズか。あれと結婚……つーか、カレシにすんのもムリじゃね？」

「海ボウズ？」

丸尾が訝《いぶか》しげに声を上げた。

「そう。あの男、研究棟の海ボウズって呼ばれてんの。知らなかった？」

葵と丸尾が首を縦に振ると、まるで怪談話でもするみたいに五十嵐が声を落とす。

「ほら、髪の毛ぼさぼさでさ、なんかワカメかぶってるみたいだろ？」

ワカメ……？

葵は、先ほどの白衣の男性の外見を思い浮かべてみる。

言われてみれば、くせのある髪は濡れていたように思う。ワカメと言われればそう見えなくもない。

「それにぬ～っとでっかいし。だから海ボウズ」

抱き締められた時、目の前には相手の胸があった。つまり百六十五センチある葵よりも頭一つ分は、背が高いということだ。そう考えた途端、葵の胸がトクンと鳴った。背の高い自分にコンプレックスがあるせいで、高身長の男性に弱いのだ。だけど、どんなに背が高くても……

「おまけに変人だから変人海ボウズさ」

五十嵐が得意げな顔をして付け加えた。

「やっぱり……変人」

葵は納得してつぶやいた。丸尾が興味津々《きょうみしんしん》の顔で五十嵐に尋ねる。

「ちなみに、どう変人なの？」

「丸尾～、あの見た目だけで十分だろ？　だいたい初対面でプロポーズとか、明らかにおかしいじゃないか」

五十嵐は呆れた様子でそう答えたあと、秘密を打ち明けるように二人の顔を見比べた。

「それに、もっとヤバい噂もある」

「ヤバいって……どんなですか？」

思わず葵が問いかけると、五十嵐はニヤリと片頬を上げてみせる。

「風呂の中で生活してるとか、白衣の下は、すっぽんぽんだとか……」

「それじゃあ変人通り越して変質者じゃないの。ただの噂話でしょ？」

丸尾がバカらしいとばかりに顔をしかめた。

「ま、俺もたまーに植物園で見かけるだけで、口をきいたこともないし。真偽のほどは定かじゃないんだけど」

五十嵐は気楽な調子で葵に言った。

「なにはともあれ災難だったな。ああいうのにロックオンされたら大変かもよ？」

彼は手で作ったピストルで葵を撃つマネをして、笑顔で続ける。

「でも、中森ちゃんは俺が守ってやるから安心しな」

いつもの軽口だと思いつつも、葵はつい律儀に返してしまう。

「い、いいえ、大丈夫ですので、お気遣いなく……」

「遠慮するなよ～」

「本当に大丈夫です。それに、五十嵐さんには他に大切な方がいるじゃないですか」

言外に、恋人がいるだろうと伝えた葵に、五十嵐はわざとらしいくらいにっこりと微笑んだ。

「大切なのは君だよ」

さすがに呆れて五十嵐に非難の目を向けてしまう。その視線から逃げるように、五十嵐は顔を斜め上に逸《そ》らし、とぼけた口調で言った。

「あー、他にもいたいた。年の離れた妹だ」

遠距離の恋人はどこに行った？

「妹のことは家に帰ったら守るから、会社じゃ中森ちゃんを守ってやるよ」

そう言って五十嵐は、「まかせておけ」とばかりに、葵の肩に手を置いた。

葵はさり気なく身を捩《よじ》ってその手を外す。すると、五十嵐は大げさに両手を上げて唇を尖らせた。

「ちょっと触っただけじゃん」

彼は誰に対しても同じように馴れ馴れしくボディタッチをする。

中には、それを喜んでいる女子社員もいるけれど、葵はちょっとだってイヤなのだ。本当は力いっぱい手を振り払ってやりたいけど……

先輩である丸尾と仲がいい五十嵐を、強く拒絶するのはためらわれた。

それに、こんな性格でも五十嵐は女性に人気があるのだ。日焼けした肌に甘いマスクをした営業部のホープ。おまけに話題が豊富で気さくに話しかけてくれるとくれば、女性に人気があるのもわからなくはない。今も、ちらちらとこちらを見ている女子社員が視界に入る。

葵は内心の苛立ちを抑えて目を伏せた。そんな葵の顔を覗《のぞ》き込み、五十嵐はうっすらと笑う。

「中森ちゃん、もっと男慣れした方がいいんじゃない？　なんなら、俺が練習相手になってあげるよ？　早速、今夜、食事でもどう？」

いつもこうだ。恋人がいながら、冗談でも他の女を口説《くど》く男なんて信用できない。

それこそ、葵の最も嫌いなタイプだ。

ふと視線を感じて顔を上げると、目の前の丸尾が冷ややかな視線を五十嵐に向けていた。

「中森さんみたいな真面目な子を、冗談で口説《くど》いたりするもんじゃないわ」

真剣な口調の丸尾に対して、五十嵐はどこか挑戦的な笑みを浮かべる。

「冗談なんかじゃないぜ。中森ちゃん、俺と付き合う？」

ニヤニヤしながら言われても、冗談としか聞こえない。けれどその冗談に合わせて、軽くイエスと答えるなんて葵にはできない。だからどうにか言葉を濁しながら本心を伝えた。

「遠慮しておきます」

「ほんと真面目だなぁ、中森ちゃんは。色んな男と付き合ってみるのも経験だぜ」

そう言って、はははっと五十嵐は笑っている。

葵は見えないようにため息をついた。

ああ、早く家に帰ってお風呂に入りたい……

まだ月曜日の昼だというのにどっと疲れを感じて、そんなことを思う葵だった。


勤務終了後。早々に帰宅した葵は、早速お気に入りの入浴剤を溶かしたお湯に浸《つ》かった。

「ふ〜〜っ、生き返るわぁ……」

葵は大のお風呂好きである。それは、大学時代に温泉同好会に入っていたほどの筋金入りだ。

以前はよく温泉に行っていたが、社会人になってからはなかなかそうした時間も取れなくなっている。

今はもっぱら、入浴剤を入れたお風呂で手軽な温泉気分を味わうのが毎日の楽しみとなっていた。それにこれは、ストレス解消にも有効なのだ。

その日のストレスは、その日の内にお風呂で溶かすに限る。

「もうちょっと湯船が大きかったらなぁ」

独《ひと》り言《ごと》をつぶやきながら、キラキラ光るお湯を手ですくって肩にかけた。薄く開けたルーバー窓からひんやりとした外気が入ってきて、目を閉じると露天風呂に浸《つ》かっているみたいだ。

「あぁ、いい気持ち」

今夜の入浴剤は、今一番気に入っている『草の湯』にした。値段は高いけれど、それに見合うだけの素晴らしい効能が期待できるのだ。

たっぷりの生薬《しょうやく》で肌はすべすべになるし、芯から温まって疲れも取れる。おまけに、寝つきも良くなって、いいことづくしだ。

葵は湯船の縁にくたりともたれて、ゆっくりと目を閉じる。

いつもなら、お湯に浸《つ》かるとすぐに頭の中を空っぽにすることができた。なのに、今日はそれが上手《うま》くいかない。

それはきっと、五十嵐だけでなく白衣男のことまで頭に浮かんでくるからだろう。

五十嵐の調子の良さを思い出すとげんなりするが、それ以上に白衣男の言動が気にかかった。

あんなプロポーズ、まさか本気じゃないわよね。

葵は胸の前で両手を握り、真剣に願う。

どうかこのまま何も起こりませんように！

「大丈夫……だよね……」

葵は自分に言い聞かせるように声に出すと、顎《あご》までお湯に浸《つ》かったのだった。


翌日の火曜日。

朝一番に出社した葵は、早速日課の掃除を始めた。しかし——

「おはよう、ございますっ」

息を弾ませた男性のひと声で、昨夜の願いが叶わなかったことを悟る。

恐る恐る庶務課の入り口に顔を向けると、そこには昨日の白衣男が立っていた。

ちょうど出勤してきた江田島と渡辺が、入り口に立つ男を見てびっくりしている。

それもそのはず。男の姿は、昨日よりいっそうインパクトが増していた。

長めの黒髪はびっしょりと濡れて水を滴《したた》らせている。さらには、白衣から覗《のぞ》く素足に、ビーチサンダルを引っかけていた。野暮《やぼ》ったい黒縁メガネは、レンズが汚れているのか変な風に光を反射して、男の表情がまったく見えない。

「中森葵さん」

男はカウンターまで進み出て、はっきりと葵の名を呼んだ。

「話を聞いてほしい」

カウンターのすぐ内側にいた葵は、ハンディモップを頼れる武器であるかのようにギュッと胸の前で握り締める。

「……な、なんでしょうか？」

「俺の名前は鈴木晋也《すずきしんや》。入浴剤開発室勤務で、入社七年目の三十一歳だ。昨日は名乗りもせずに失礼した。君を見つけたことで脳が興奮状態に陥《おちい》り、自己コントロールが効かなくなっていた」

そう言うなり男は葵に向かってすっと頭を下げた。

「いきなり驚かせてしまい、申し訳なかった」

彼の行動に驚くとともに、葵はほっと小さく息をはく。インパクトのある外見や噂と違って、どうやらまともな思考回路の持ち主のようだ。

「俺としたことが、興奮するあまりすっかり肝心なことを忘れていたとさっき気が付いて、急いでバスタブを抜け出して来た」

「バスタブ？」

怪訝《けげん》に思った葵は首を傾《かし》げた。

「仕事で風呂に入っていたんだ」

ああ、だから髪が濡れているのか――って、ちょっと待って。この人いったい何時から仕事しているの？

「え？」

「プロポーズの前にまずは交際を申し込むべきだった」

ポカンと口を開けた葵に向かって、男はまっすぐに告げた。

「中森葵さん、俺と交際してくれ」

「あらまぁ」

ハッとして出入り口を見ると、パートの二人が興味津々《きょうみしんしん》で自分たちを見つめているではないか。

「あっ、あの……ちょっと待って！」

狼狽《ろうばい》した葵はそう声を上げると、急いでカウンターを回り込んで男に駆け寄った。

「こんなところで困ります」

「なぜだ？」

「なぜって……周りに他の人がいるのに」

「他の人がいたら、何かまずいのか？」

平然と聞き返されて、葵の方が面食らってしまう。

「えっ……だって、恥ずかしいでしょう？」

「最高の女を手に入れるための言動に恥ずかしいことなどない。恥ずかしがっている間にチャンスを逃したらどうするんだ」

男はそう言って堂々と胸を張る。

前言撤回！　やっぱり変わり者だわ！

そう思いながらも、気付けば男のセリフに胸がドキドキしてくる。

そんな自分にうろたえ、熱くなった頬を左手で押さえた。何故か上手《うま》く言葉が出てこず、葵はおろおろと視線を泳がせる。すると、自分たちを見つめるパートの二人とばっちりと目が合った。彼女たちは口元に笑みを浮かべ、期待に満ちた視線を向けてくる。

急激に恥ずかしさが込み上げてきて、葵は慌てて白衣男の袖をぐいっと強く引く。

「外、外に出ましょう！」

白衣男――鈴木を引っ張って、葵は庶務課を後にした。

出勤時刻ともあって、通路にはかなりの人が行きかっている。そんな中、鈴木の外見はやはり目立ち、通り過ぎる人たちがちらちらと好奇の視線を向けてきた。

邪魔にならないよう通路の端に寄り、葵は男に向き直る。

「あの、鈴木さん、でしたっけ?」

「そうだ。改めて言う。中森葵さん。俺と交際してくれ」

何かに急《せ》き立てられるようにそう口にした鈴木は、薄い唇を真一文字に結んだ。

青白くコケた頬に緊張の色が見てとれる。それだけでも、彼が真剣であることがひしひしと伝わってきた。言動はかなり突飛《とっぴ》ではあるが、葵に好意を持っているのは本当のことだと感じられる。毎日のように、へらへら笑いながら自分を口説《くど》く五十嵐を見てきたせいか、正々堂々とした鈴木の態度には好感が持てた。

そうは言っても、自分はよく知らない男性といきなりお付き合いができるような性格ではない。

それに……この人はもの凄《すご》く人の目を引く。今だって、周りの視線が気になって仕方がない。葵はここで絶対に目立ちたくない。でも、もし万が一この人と付き合うことになったら……想像しただけで怖くなる。

葵はがばっと頭を下げ、ひと息に告げた。

「ごめんなさい。交際はできません」

彼は昨日のことをきちんと謝った上で、真剣にもう一度告白してくれた。この人に対して、今の葵ができることは、変に言葉を濁《にご》さずに、きっぱりお断りすることだけだ。

目の前の鈴木の身体が硬直したのがわかった。

彼はごくりと喉を鳴らすと、焦ったように葵に問いかけてくる。

「なぜだ？　恋人がいるのか？　まさか結婚しているのか？　頼む、理由を聞かせてくれ」

葵は鈴木をまっすぐに見つめて口を開く。

「私、鈴木さんのことを何も知りません。鈴木さんもそうですよね？　私は知らない人といきなりお付き合いすることはできません」

葵ははっきり告げた。ところが……

「何も知らなくても大丈夫だ。俺と君との相性は最高だとわかっている。それはすでに確認済みだ」

鈴木は自信満々に胸を反《そ》らせると、葵に向かって大きく頷いて見せた。

相性のいい異性はいい匂いがする――って説だっけ？

「匂いで相性の良さがわかるなんて……私には信じられません」

「ふむ。では、それを証明するために行《おこな》われた実験について教えよう。簡単なものでは――」

「ちょっと待ってください。仮にその説が本当だったとしても、証明にはなりません。私、香水だってつけてないし、匂うなんて言われて、正直ちょっとイヤな気分です。鈴木さんの気のせいってことはないんですか？」

「気のせいだと？　それは聞き捨てならん。だったら、俺の嗅覚《きゅうかく》が特別だということをまず証明してみせよう」

鈴木はそう言うなり、ずいっと葵との距離を詰めてくる。彼の勢いに思わず後退《あとず》さった時、突然後ろから肩を掴《つか》まれた。

「おはようございます」

「きゃっ！」

葵は驚きのあまり、その場でぴょんと飛び上がる。

「丸尾さん!?」

「驚かせてごめんなさい。立ち聞きしたわけじゃないんだけど」

そう言いながら、丸尾は葵の肩を押して鈴木と正面から向き合わせる。

「えっ、丸尾さん……何を……」

丸尾はすっと手を伸ばすと、葵が未だに握り締めていたハンディモップを取り上げた。

「ねぇ、交際を断るにしても、この人の特別な嗅覚《きゅうかく》について知りたいと思わない？」

真面目な顔でそんなことを言ってくる。そりゃあ葵だって特別な嗅覚《きゅうかく》とやらが気にならない訳じゃないけど……葵は鈴木と丸尾の顔を交互に見た。二人は揃って葵に頷いてみせる。

戸惑いつつも、葵はこくっと頷いて鈴木に向き直った。こうして正面に立つと、彼の背の高さを改めて意識して、ちょっとそわそわする。

鈴木は葵を柔らかく引き寄せると、肩に手を置いて首筋に顔を近づけてきた。

まるで吸血鬼が血を吸うポーズみたいだ。反射的に身体を仰《の》け反《ぞ》らせると、背中に鈴木の腕が回され、ぐいと抱き寄せられた。

今にも胸が密着してしまいそうな体勢に、葵の心臓が暴走を始める。

どうかこの心臓の音が彼に聞こえませんように……

そう願いながら、葵は震える膝を必死に伸ばしてその場に立ちつくす。

首筋に鈴木の顔が近づいてくるのを感じる。たまらず葵は胸の前で手を握り、ぎゅっと目を閉じた。鈴木は何度か深い呼吸を繰り返したあと、静かに口を開く。

「中森葵さん、君は昨晩、入浴剤の草の湯を入れた風呂に入ったね。昨日も思ったが、一昨日《おととい》の晩もそうだったな」

鈴木の吐息が首筋に触れ、葵はぶるっと身体を震わせた。

「あ、当たってます」

答える声が上ずってしまう。動揺する葵をよそに、丸尾が冷静な口調で意見する。

「草の湯はうちの製品だし、そんな社員はたくさんいるんじゃない？」

鈴木は集中しているのか、それに答えることなく、葵の首筋から鎖骨に顔の位置をずらした。

「ふむ、君は風呂の残り湯を使って洗濯をしているのか。洗剤はウルトラホワイト、柔軟剤はソフワンのアイリスの香り……」

葵は内心で驚愕《きょうがく》する。全て鈴木の言う通りだ。

「ついでにボディーソープはビアレ、シャンプーとコンディショナーはカメリア」

うそっ！　本当に匂いを嗅《か》いだだけでそこまでわかるものなの⁉

「あと……髪をまとめているのは、ブーケ形状記憶成分入り、スプリングフラワーの香りだ」

あまりの的中率に、逆に恐ろしくなってくる。自信満々に言う通り、確かにこの人の嗅覚《きゅうかく》は特別らしい。

「どうなの中森さん？　当たってるの？」

丸尾が焦《じ》れったそうに声を上げた。

「はい……全部」

頬を引きつらせながら答える葵に、丸尾は感心した風に声を出した。

「本当に凄《すご》い嗅覚《きゅうかく》をしているのね……。じゃあ、中森さん自身はどんな匂いなんですか？」

丸尾の質問に、鈴木の口元がふっとほころぶ。

「そうだな……俺にとっては一種の麻薬だな」

夢見るみたいな声で言いながら、鈴木が葵に向かってそっと手を伸ばしてきた。

大きな手だ。白くて骨ばった長い指をしている。

あ……やっぱりこの人の手、凄《すご》くきれい。

鈴木の指先が、ほつれて頬にかかった葵の髪を耳にかけてくれる。

そのまま自然な動きで葵の首の後ろに手を回し、まるでキスをするように傾けた顔を近づけた。彼は葵の耳元ですんっと息を吸い込み、ほうっと熱い吐息をこぼした。

その吐息に酔ったのか葵の頭がくらくらする。無意識に目の前の白衣を握り締めると、鈴木の声が耳朶《じだ》をくすぐった。

「いつまでも嗅《か》いでいたくなる心地いい香り。ほっと安心する香りのようで、時に妖艶《ようえん》に俺の胸をざわつかせる……それが葵の匂いなんだ」

うっとりとした鈴木の声が葵の耳から入り込み、全身を痺《しび》れさせる。

いつの間にか、彼の声は甘く低くなっていた。

さっきまでは、いかにも理系って感じの硬い口調だったのに……

それを意識した途端、早鐘を打っている胸がきゅうっと締め付けられた。

「あ、課長だわ」

ぼうっとした葵の耳に丸尾の声が飛び込んできた。我に返った葵は、急いで鈴木から離れる。通路の奥から課長が近づいて来るのが見えた。

「もう九時ね」

丸尾が腕時計に目を落として言う。

「九時か。戻らねば」

そう言うや否《いな》や、鈴木はがらりと雰囲気を変えて、あっさり立ち去ってしまった。

茫然《ぼうぜん》と彼の後ろ姿を見送っていると、横で丸尾がぽつりとつぶやく。

「ねえ、気が付いた？　あの人、最後は〝葵〟って呼び捨てだったわよ」

ギョッとして丸尾を見ると、彼女は意味深な目で葵を見上げた。

「中森さんのこと、もうカノジョだって思っているのかもしれないわね」

ええっ⁉　私、交際ははっきり断ったよね？　あれ、彼の返事って聞いたっけ……

葵はイヤな予感に胸をざわつかせながら庶務課に戻ったのだった。


仕事に取りかかっても鈴木のことが気にかかり、葵はなかなか集中できずにいた。さらに、パートの二人から向けられる、何か聞きたそうな期待した眼差しがどうにも気になって仕方がない。

しかし、やがて忙しくなり始め、みんな自然と仕事に集中するようになった。だが葵の意識は、ふとした瞬間に鈴木に向かってしまう。

ツンと腕を突かれて、ハッと我に返ると、隣に眉をひそめた丸尾がいた。

葵はコピー機の前に突っ立ったまま、ぼうっとしていたようだ。見るとすでにコピーは終わっている。丸尾は課長席にチラッと目をやってから、葵に身体を寄せ、周りに聞こえないように囁《ささや》いた。

「仕事中よ。しっかりして」

そっと課長の様子をうかがうと、訝《いぶか》し気な表情でこちらを眺めている。葵は急いで顔を伏せた。

「すみませんでした」

声を落として謝罪する。丸尾はほんの少しだけ頷いて、何事もなかったような顔で仕事に戻っていった。申し訳ない気持ちでその背中を見送り、葵はそっと息をつく。

浮《うわ》ついて仕事中にぼうっとするなんて……。こんなんじゃいつまで経っても丸尾に追いつけない。しっかりしなくては。

葵は気を引き締め、コピーした書類を持って席に戻る。それからは、どうにか普段のペースを取り戻し、集中して仕事をすることができたのだった。

いつもより長く感じた午前が過ぎ、やっと昼休みになった。

葵はいつものごとく丸尾と一緒に一階の社食に向かう。

昼食の載ったトレーを手にし、空《あ》いた席を探そうとフロアを見回した瞬間、ぎくりとした。テーブル席の真ん中辺りが、ぽっかりと空《あ》いているのだ。

いや、正確に言えば、ど真ん中のテーブル席に、くしゃくしゃ頭の白衣の男性がポッンと座っていた。そして、その周辺が見事に空席になっているのである。

あの白衣はどう考えても鈴木だ。

まさか、ここに現れるとは……

今まで社食で見かけたことがなかったので、すっかり油断していた。

「どうしたの？」

後ろにいた丸尾が、立ち止まったままの葵の背中に声をかけてくる。彼女は葵の脇からひょいと顔を出し、テーブル席を眺めると、目をパチクリさせながら声を上げた。

「あら……びっくり！」

直後、鈴木の頭がこちらを向く。相変わらず長い前髪で表情はわからないが、どうやら気付かれてしまったらしい。

鈴木が立ち上がり、こちらに向かって手を上げた。

「やあ、葵！」

その瞬間、社員食堂がしんと静まり返った。人々が鈴木と葵を交互に見比べながら、ひそひそ話を始める。

――あれ誰？

――もしかして研究棟の海ボウズ？

――あれって、ただの都市伝説じゃなかったんだ……

周囲から向けられる好奇の視線に、葵は思わず踵《きびす》を返そうとした。しかし丸尾が、すかさずカレーライスの載った葵のトレーに向かって顎《あご》をしゃくる。

「それどうするの？」

「そ、それは……」

どうしよう……

「どうやら彼、あなたを待っていたみたいだし、行かないのもかわいそうじゃない。私も一緒に行くから」

途方に暮れた葵には、丸尾の言葉が心底ありがたかった。

「お願いします」

丸尾は頷くと、先に立って鈴木のいるテーブルに向かった。彼女の後ろに続きながら、葵の背中がどんどん丸くなる。極力目立ちたくない葵にとって、興味津々《きょうみしんしん》に向けられる周囲の視線が何より辛かった。

鈴木の目の前に葵、その隣に丸尾が座る。彼は嬉しそうに口元を緩《ゆる》め、親しげに話しかけてきた。

「やはりこの時間にこの場所だった。昨日、葵が走り去った方角と時間から推測したんだが、会えてよかった」

えっ？　それって……

受け取りようによっては――ストーカーって言わない⁉

複雑な気持ちで口をつぐんだ葵に代わり、丸尾が会話を引き受けてくれた。

「推測、ですか。理系っぽいですね」

丸尾は鈴木の食べているカレーライスに目をやり、首を傾《かし》げる。

「ここでお見かけするのは初めてですけど、普段昼食はどうしているんですか？」

「開発室で栄養機能食品を食べている」

「えっ、毎日？」

丸尾が驚いたように目を見張る。

「そうだ。昼食で仕事を途切れさせたくないからな。その方が効率的なのだ」

丸尾は食事を取りながら、如才《じょさい》なく鈴木と会話を続けていく。周囲の視線が気になって小さくなっている葵とは大違いだ。何だか自分が情けなくなってくる。

「飽《あ》きないんですか？」

「俺は一度気に入ったものは生涯飽《しょうがいあ》きない」

鈴木が低い声を響かせた。その強い言葉に思わず顔を上げると、鈴木はまっすぐに葵の方を向いている。まるで自分のことを生涯飽《しょうがいあ》きないと言われたみたいで、葵はどきりとする。

どんな顔をしていいかわからずにうつむくと、すかさず丸尾が返事をしてくれた。

「そういうところも、やっぱり理系って感じですね」

「そうか？」

葵の食欲がどんどんなくなっていく。浴びたくもない注目を浴びまくっているせい……だけじゃない。それに耐えられず、縮こまってしまう自分の姿が嫌だった。

鈴木に悪気がないのはわかっている。だけど、彼と一緒にいることでこんな風に注目されるのなら、やはり自分はこの人と交際するのは無理だと思える。

ちゃんとお断りしなきゃ。きちんと自分自身の言葉で。いくら丸尾が頼れるからって、これ以上助けてもらう訳にはいかない。

葵はカレースプーンを皿に置くと、膝の上でぎゅっと拳《こぶし》を握る。そして、意を決して鈴木に向かって声を絞《しぼ》り出した。

「あのっ、鈴木さん。すみませんが、本当に私、あなたとの交際は……」

すると鈴木は、ぱっと片手を突き出して葵の言葉を止め、性急に言葉を被せてきた。

「待ってくれ！　まだ俺は、葵に大切なことを伝えていないんだ。勘違いさせてしまったかもしれないが、俺は葵の匂いを気に入った、それだけで交際を申し込んだわけではない。君の勇気と親切に感銘を受けたんだ」

「勇気と親切？」

意味がわからず葵は戸惑った。

「あの状態の俺に声をかけるのは、さぞや勇気がいったことだろう」

え……声をかけるって？

葵の脳裏に、昨日の記憶が蘇《よみがえ》った。そういえば、白衣姿で書類に没頭しながら歩く鈴木に、「おつかれさまです」と、声をかけたっけ。

「そんな……大げさです」

「いや、大げさではない。通りかかったのが葵で本当によかった。あのまま見捨てていかなかった君の優しさに、心から感謝している」

優しさに感謝って……落ちた書類を拾っただけで？　それこそ大げさなんじゃ……

そこで葵は、ハッとある可能性に気が付いた。

もしかしたら、誰も鈴木に声をかけたりしないのだろうか？　昨日みたいに彼が何か落としても、見て見ぬふりをして避けて通るとか？　そういえばさっきも、社食で一人遠巻きにされていた。

五十嵐から聞いた、変人海ボウズという噂を思い出す。

葵は急に胸が痛くなった。外見で誤解され、嫌な目に遭《あ》ったことのある葵は、彼の境遇が他人事《ひとごと》とは思えない。

確かに彼の外見や言動はちょっと人とはずれているかもしれない。でも話してみると、ちゃんと常識的な部分だってある。それなのに外見だけで遠巻きにされ、好き勝手に噂されたら傷付くに違いない。

最初に外見で彼を判断してしまった葵は、己《おのれ》を反省しつつ静かに言った。

「私は当たり前のことをしただけです」

交際は受け入れられない。けれど、どうしても何か言いたくなって、葵は懸命に考えながら言葉を続けた。

「あの、もし知らん顔で通り過ぎる人がいたら、それはきっと何か理由があるからだと思います。例えば、その……急いでいるとか。だからあまり気にしないでくださいね」

「ああ、やはり葵は優しいな。ありがとう。とにかく俺は、君のしてくれたことに深く感謝しているし、人として感心もしている。それもあって、葵に交際を申し込んだんだ。決して匂いだけじゃないことをわかってもらいたい」

鈴木から真摯《しんし》な言葉で褒《ほ》められ、気持ちがふわっと浮いた。匂いだけじゃないと言われ、なぜか嬉しくなる。

あれ？　ちょっと待って！　喜んでいる場合じゃないでしょ！　交際を断らなくちゃいけないのに……私ったら、いったいどうしちゃったわけ？

葵は自分の気持ちの変化に動揺した。焦りながら、再び断りの文句を鈴木に告げようとすると、何だか胸の辺りが苦しい。

この人はどうも心臓に悪い。妙に感情が揺さぶられる……

葵は目を閉じて、自分を落ち着かせようと深く息を吸い込んだ。その時、場違いに明るい声が耳に飛び込んでくる。

「今日はよく目立ってるなぁ」

そう言って、葵の隣にトレーを滑らせたのは五十嵐だった。

「どうも。営業部の五十嵐です」

一見、完璧な営業スマイルを浮かべる五十嵐だが目が笑っていない。対する鈴木は落ち着き払っている。

「入浴剤開発室の鈴木だ」

「こんなところでお会いできるなんて驚きです」

笑みを浮かべる五十嵐の顔を見ても、葵は嫌な予感しかしない。

「もしかして……中森ちゃんを口説《くど》いている最中、とか？」

「そうだ」

即答する鈴木に、五十嵐は大げさに驚いた顔をした。五十嵐は椅子に座ってグラスの水を飲むと、静かに口火を切った。

「中森ちゃんにちょっかい出すの、止《や》めてもらえませんか？」

鈴木に向かって、いきなりそんなことを切り出した五十嵐に仰天《ぎょうてん》する。

まるで葵と五十嵐の間に何かある、と誤解させる言い方だ。

五十嵐が葵のことを諦めさせるために、わざと言っていると理解できても、正直、五十嵐と恋人みたいに思われるのはゴメンだった。

つい助けを求めて丸尾の顔を見てしまう。葵と目が合うと、彼女は天井《てんじょう》に目をやって肩をすくめてみせた。

お手上げだ、私は知らない——ということだろうか。

微妙な空気の中、鈴木がスプーンを持つ手を止め、静かに口を開いた。

「五十嵐君とやら。君は彼女の何なんだ?」

彼は、まっすぐ五十嵐に顔を向けている。心なしかさっきより声が低い。長い前髪の隙間から覗《のぞ》くメガネのレンズがチカッと光った。

鈴木の顔はよく見えないので、感情が読み取れない。葵はハラハラしながら様子をうかがう。

「俺は……」

一瞬口ごもった五十嵐は、すぐにおどけたように笑って答えた。

「中森ちゃんのファン、ってとこです」

いつもと同じ調子の五十嵐にホッとする。鈴木を見ると、彼は何か思案する様子を見せたあと、思ったより穏やかな声で言った。

「ということは、君も葵に好意を持っているということだな」

五十嵐はしばらく鈴木を見据えていたが、やがて真顔で頷く。

「そう思ってもらって構いません」

「では、俺たちは女性の好みが同じ、すなわち気が合うということだ」

「はぁ？　気が合う？」

虚《きょ》を衝《つ》かれたのか、大げさに呆れた顔をした五十嵐に、鈴木は冷静な声で告げた。

「しかしファンは恋人ではない。だから君に俺を止める権利はない」

バッサリと言い切られ、五十嵐はむっつりと口をつぐんだ。だが、すぐに勝ち誇った笑みを浮かべる。

「でも俺、中森ちゃんと約束したんですよ。守ってやるって。だから権利はあります」

まるで葵が頼んだみたいな五十嵐の言葉にギョッとした。その上彼は、鈴木に見せつけるように葵の肩に手を回してくる。そして、ぐいっと葵を抱き寄せたかと思うと、

「ふふん」と鼻で笑った。葵はぎゅっと首を縮めた。

身体の底から嫌悪感が湧き上がってくる。

「私、そんなこと頼んでいません。それに五十嵐さん、カノジョいるじゃないですか」

気が付けば、五十嵐を否定する言葉が口から飛び出していた。

次の瞬間、ちっ、という舌打ちの音がして、肩から手が離れる。

しまった……。ここは、黙って受け入れなければいけなかったのに……

今更そう思っても後の祭りだ。眉間にシワを寄せた五十嵐に横目で睨《にら》まれ、葵は小さくなって身を硬くした。

「酷《ひど》いな～、中森ちゃんのために言ったのに」

葵の耳元に口を寄せ、五十嵐が怒りのこもった低い声で囁《ささや》く。

気まずい空気が漂《ただよ》う中、鈴木が静かに口を開いた。

「ふむ。君にはカノジョがいる。だが葵にも好意を持っている」

いったい彼は、何を言い出すのだろう？

「動物の中には複数のメスに対して生殖能力を発揮するオスがいる。それは種の保存という重要な役割を果たすため、そうするようＤＮＡに組み込まれているからだ。複数のメスと子孫を残す方が、遺伝的により多様性が生まれるし、生物として有利なのだ」

突然ＤＮＡやら遺伝やらの話が始まり、気まずかった空気が一転した。

「だからそうしたオスは、繁殖期になると多数のメスと交尾をする」

みんなポカンとする中、鈴木だけが淡々と話し続ける。

「一度に複数のメスを追いかけるのはオスに備わった本能である。イイ女がいたら口説《くど》くのは男の性《さが》と言ってもいい」

何やら彼の言葉は、五十嵐を擁護《ようご》しているみたいだ。

複数の女性に好意を持つ行動は男性として正しい——と。

それに追い打ちをかけるように鈴木は言った。

「世界には一夫多妻制の国も存在する」

その言葉に、葵はショックを受けた。彼も、妻や恋人がいながら他の女性を口説《くど》くのをよしとする男性だったのか。

怪訝《けげん》な表情を浮かべていた五十嵐は一転、弾けるように笑った。

「ははは……。まったくその通りですね。男の本能に対して、浮気だ、二股だ、って大騒ぎするなんておかしな話だ。ははっ、ほんと俺たち気が合うかも」

「気が合う？　いいや、それは訂正しよう。今のは単にそうした学説もあると披露《ひろう》したまでのこと。俺自身はまったくそうは思わない」

鈴木は容赦なく五十嵐の言葉を切り捨てた。

「オスが複数のメスを追いかけるのは確かに本能だが、理性を持つ人間においては、男女間においても一定のルールが存在する」

みるみる五十嵐の顔色が変わった。

「さらに言うなら、複数の妻を持つ男には、それ相応の経済力、家庭運営能力、責任能力が必要だ。はたして君にそれが備わっているのだろうか？」

五十嵐は鋭く鈴木を睨《にら》みつける。だが、反撃の言葉は出てこないようだ。

彼には悪いが、葵は胸のモヤモヤがすっと晴れた気分だった。

だが、話はそこで終わりではなかった。鈴木はさらに言葉を続ける。

「俺と君は違う。俺は複数の女が欲しいわけではない。欲しいのは葵ただ一人だ」

あまりにストレートな言葉に息を呑む。葵は自分が耳まで真っ赤になるのがわかった。

心臓の音がうるさく鳴り響いて耳の奥がぼわんとする。

葵は、ただ言葉もなく鈴木を見つめた。交際を拒《こば》んでいる身としては、すぐさま突っぱねるべきだったのに……

どれ位そうしていたのだろうか。壁の時計に顔を向けた鈴木の声で、我に返った。

「時間だ。失礼する」

トレーを手にさっと席を立った鈴木は、朝と同じくあっさりとこの場を後にした。

「……」

残った三人の間に居心地の悪い沈黙が漂《ただよ》う。そんな中、ぽつんと丸尾がつぶやいた。

「やるわね……」

その言葉に、五十嵐が舌打ちをする。彼は苦虫《にがむし》を噛み潰したような顔で、ぐっと葵に顔を近づけた。

「あのねえ、中森ちゃん――」

五十嵐に非難されるのを覚悟した時、ぽんと葵の肩が叩かれた。驚いて振り向くと、後ろに鈴木が立っている。彼は葵と五十嵐の間に身体を割り込ませるように身を屈《かが》め、葵の耳に低く囁《ささや》いた。

「じゃあまたね、葵」

それだけ言うとくるりと背を向け、今度こそ本当に社員食堂を出て行った。

葵は右手で耳を覆《おお》い、出入り口を見つめる。

息が苦しい。なんだか足元がふわふわする。左胸を押さえると、走ったあとみたいに心臓が早鐘を打っていた。葵は落ち着こうと目を閉じ、静かに息をはき出す。

「ふ〜ん」

五十嵐が葵に向かって声を出した。ハッとして隣を見ると、彼はいつになく真剣な顔で葵を眺めている。

「よし、決めた！」

次の瞬間、五十嵐はそう言って晴れ晴れと笑い、笑顔のままで続けた。

「俺、カノジョと別れるわ」

「ええっ⁉」

「五十嵐君、いくら言い負かされて悔しいからって、ヤケになるものじゃないわ」

丸尾が冷静に諭《さと》す。

「どうせお互い、もう気持ちは離れてるんだ。いい潮時だよ」

そう言われてしまえば、部外者は黙るしかない。

まじまじと葵を見つめる五十嵐に、悪い予感が湧き上ってくる。思わず身を引くと椅子が嫌な音を立てた。そんな葵に、五十嵐は挑戦的な笑みを浮かべて言う。

「俺にカノジョがいなければ、中森ちゃんを口説《くど》いても問題ないはずだよな？」

ちょっと待って、どうしてそうなるの!?　これ以上の面倒事はごめんなのに！

葵は顔を引きつらせ、大きく首を左右に振った。すると五十嵐は、ムッとした顔で畳みかけてくる。

「このままじゃ中森ちゃん、あの押しの強い男に押し切られちゃうよ。そうなったら、変人海ボウズのカノジョだぜ？　それなら俺の方がマシだろ？」

海ボウズのカノジョ？　まさかそんなのは困る！　だったら五十嵐の方がマシ……あれ？　――いやいや、そんなことはない！　なら海ボウズの方がいい？　えっ……どっち？

突然降りかかってきた事態に頭が混乱する。

「五十嵐君、ちょっと落ち着いたら。中森さんが困っているじゃない」

見かねた丸尾が五十嵐を窘《たしな》めてくれる。

「俺は落ち着いているよ。そんでもってよ～くわかった。マジにならなきゃあの男には勝てない。てことで、俺マジだから。俺と付き合ってくれ。よろしく中森ちゃん」

ぎょっと目を剥《む》いた葵は、頭をぶんぶんと振りながら言った。

「ムリ……ムリです！」

まさかの五十嵐からの交際申し込み。……しかもマジって言った？

五十嵐は、葵の言葉など聞こえなかったかのように笑っている。暖簾《のれん》に腕押し？　何を言ってもムダに思えるその笑顔が怖い。

助けを求めて丸尾を見る。彼女は再び、両手を広げて肩をすくめた。今度は盛大なため息つきだ。葵もつられて深いため息をこぼしてしまった。

「ヤバい。冷めてる」

隣の五十嵐は、やけにスッキリした顔でがつがつと食事を始めた。

ふと顔を上げると、こちらの様子をうかがっていた何人かと目が合った。かなり注目を集めていたようで、気持ちが滅入《めい》ってくる。

せっかく平穏な会社員生活を築いてきたのに……

小さくなってうつむくと濃紺のスカートが目に入った。

私は人の目を引くような存在じゃない。今日だってこんなに地味だ。

なのに、どうしてこんなことになってしまったのだろう……

葵は途方に暮れるしかなかった。

そしてこのあと、五十嵐は宣言通り、すぐさまカノジョと別れてしまい、それによって葵の職場環境はがらりと変わることとなるのだった。

もちろん望まぬ方に。


水曜日の朝、いつも通り出社した葵は、二階の通路へ足を踏み入れた瞬間、固まった。

「うそっ……」

庶務課の入り口に立つ白衣姿。もちろんそれは鈴木だった。

素早く階段の踊り場に引き返した葵は、項垂《うなだ》れて足元を見つめる。なんとなく予感はしていた。

でも……

「朝一番は勘弁して」

朝っぱらから長いため息をつく。つい隠れてしまったが、悪あがきだとすぐに悟る。

庶務課の出入り口は一か所だ。今日もばっちり目立たない擬態ルックを決め込んでいるが、どうしたって透明人間にはなれない。鈴木が立ち去るまで隠れていても、彼のことだから始業時刻まで居座りそうだ。

「行くしかないか」

職場放棄はできない。朝の掃除をサボる選択肢もない。

葵はもう一度ため息をついて、重い足取りで庶務課に向かった。

葵の姿を見つけた鈴木は、こちらに向かって高く手を上げ通路に声を響かせた。

「やあ、葵！　おはよう」

行きかう人々の視線が辛くて葵はうつむいてしまう。

だけど、挨拶《あいさつ》はきちんとするべきだ。

げんなりする気持ちを抑えて、葵は顔を上げた。

「おはようございます」

見れば、今日も鈴木は素足にビーチサンダルを履いている。髪の毛はしっとりと湿っていて、見事なワカメヘアーになっていた。

「またバスタブを抜け出して来たんですか？」

「そうだ。葵が知らない人とは交際できないというから、俺のことを知ってもらおうと思って話をしに来た。まず、俺の趣味だが――」

「ちょっと待ってください！　鈴木さんはすでに仕事中だったんですよね？」

「ああ。実は今、難しい仕事を抱えているんだ。そのせいでいつも以上に長い時間、開発室に詰めている」

「それなら、こんなところに来ている暇はないでしょう？　どうぞ大事なお仕事を優先させてください」

もう来てくれるな、という意味を力いっぱい込めて、葵は言った。

「ありがとう葵。でも心配には及ばない。これまでの俺は、朝早くから開発室に籠《こも》って、一日中実験や分析を繰り返していた。だが葵に会うために、こうして開発室を出てみたら、外には勉強になるものが山ほどあることに気が付いたんだ」

嬉しそうに話す鈴木には、やっぱり裏に込めた意味は通じていないようだ。

「特に社員食堂。あの空間には様々な匂いが存在していた。興味深く、発想の転換になる。仕事の役にも必ず立つはずだ。それがわかったのも葵のおかげだ」

この人凄《すご》く仕事熱心だ。葵は感心すると同時に、胸がちくっと痛んだ。

「おっはようございま～す」

その時、明るい声を上げてパートの江田島がやって来た。

葵たちが挨拶《あいさつ》を返すと、彼女は意味深なにやにや笑いを浮かべ、「頑張って」と葵に囁《ささや》き、小さく手を振って室内に消えていく。

絶対に面白がっている。あ～、もう！

葵は、鈴木に向き直ってはっきりと告げた。

「お願いです。私も朝は忙しいので、ここに来るのは止《や》めてください」

「わかった。確かにそうだな。気が回らなくてすまなかった。では朝は挨拶《あいさつ》だけにしておこう」

ん？　朝は挨拶《あいさつ》だけ？　葵の眉間にシワが寄る。

「朝がダメなら……今日の夕食を一緒にどうだろうか？」

夕食を一緒？　それってデートじゃない！

きちんと断らなければ、本当に押し切られかねない。そう判断した葵は急いでぺこりと頭を下げた。

「ごめんなさい。ご一緒できません」

「そうか、残念だ。なら昼休みしかないな」

「はっ？」

葵がそう漏《も》らしたのと同時に、鈴木はさっと背中を向けた。

「忙しいところ邪魔をした。じゃ昼に社食で」

軽く手を上げると、すたすたと大股で去って行く鈴木。

「えっ？　あれ……？　待って……ええっ⁉」

なんであの会話が、昼休みを一緒に過ごす約束になるの？　話がどんどん葵の望まない方向に転がっていく。

鈴木の後ろ姿に向かって頭を抱える葵だった。

昼休み、社食に向かう途中で丸尾に今朝の出来事を話すと、彼女は笑い出した。

「彼、結構やるわね。天然の理系って感じかしら」

「もう、笑い事じゃありません。あの、それより丸尾さん、今日も一緒に座ってもらえますか？」

葵がおずおずと尋ねると、丸尾は軽い調子で答えてくれる。

「もちろんよ」

面倒事に巻き込んで申し訳ないと思いつつも、葵は丸尾の存在を心強く感じるのだった。

そして数分後、社食のテーブルに着いた葵は、隣に丸尾、正面には鈴木と五十嵐というメンツで昼食を口に運んでいた。

「鈴木さん、今日もいるんですね……」

五十嵐が横目でちらっと鈴木を見て、イヤそうな顔をする。

「それはこちらのセリフだ。君こそしぶとく葵の前に現れるとは……なかなかの強者《つわもの》だな」

五十嵐は、「いや～そんな」とふんぞり返ったあと、「あっ、そうそう」と気楽な口調で続けた。

「実は俺、中森ちゃんに正式に交際を申し込んだんですよ」

鈴木がぴたりと動きを止めた。彼の箸《はし》から、ぽとりとから揚げが落ちる。

「……ちょっと待ってくれ。君には交際している女性がいるはずだろう?」

「ははっ、カノジョとはきれいさっぱり別れました。今の俺はフリー。中森ちゃんに交際を申し込んでもなんの問題もございません」

五十嵐は、文句あるかとばかりに顎《あご》を上げ、挑むみたいに鈴木と対峙する。

するど鈴木は、テーブルに身を乗り出し、珍しく焦った調子で声を上げた。

「それで……葵は何て答えたんだ?」

「えっ?」

「五十嵐君への返事は?」

「お断りしましたけど」

葵の答えを聞いた鈴木は、安堵したようにふーっと大きく息をはき出した。

「鈴木さんだって断られたでしょ? 立場は一緒。スタートラインに並んだところです」

「恋愛はヨーイドンで競い合うものではない」

二人の会話を聞いていると、胃が痛くなってくる。葵は二人に訴えかけた。

「あの、そういう話はもう止《や》めてください。お願いします」

丸尾が心配そうな視線を葵に向け、援護するように男性陣を窘《たしな》める。

「そうよ、二人とも。中森さんがかわいそうでしょ。もう少し周囲を気にしたらどうなの？　ほら見てごらんなさい。あっちも、それからこっちもよ」

彼女は怖い顔でそう言いながら、くいっ、くいっと顔を左右に向ける。

葵が辺りをうかがうと、こちらを向いた数人とバチッと目が合った。昨日みたいに遠巻きにされてはいないものの、やはり目立つ人間がいるせいか周囲の注目を集めてしまっている。丸尾に指摘され、鈴木と五十嵐も大人しくなる。

静かになったところで、丸尾が改めて男性二人に切り出した。

「私から提案があります。これから社食で一緒になった時は仲良く食事をしましょう。すぐに揉《も》めるから、ここで中森さんを口説《くど》くのは禁止よ。それができないなら、私と中森さんは二人と一緒のテーブルには座りません。中森さん、いいわよね？」

葵はこくこくと何度も頷いた。何てありがたい提案だろう。嬉しくて涙が出そうだ。

「反対！　せっかくフリーになってこれからって時に、アプローチするなって言うのかよ」

五十嵐が唇を尖らせた。

「そんなの……ここ以外ですればいいじゃない」

丸尾の返事を聞いて、鈴木がぼそりとつぶやく。

「昼以外ということか……。難しいな。俺は今朝、葵を夕食に誘ったんだが断られてしまったし」

「はんっ」

五十嵐がいかにもバカにした風に片頬を上げて笑った。

「君は葵を食事に誘ったことはないのか？」

鈴木は冷静だ。尋ねられた五十嵐は、ピクッと眉を揺らしたあと、黙々とご飯をかき込み始める。答える気はなさそうだ。

「五十嵐君……、人のこと笑えないでしょ。あなただって年がら年中、中森さんを誘っては断られてるくせに」

さらりと丸尾に暴露され、五十嵐は、チッと舌打ちをした。

「丸尾～、よけーなこと言うなよ」

箸《はし》を持つ手を止めた鈴木が、大げさに首を捻《ひね》りながら言う。

「自分のことを棚に上げて、人のことを笑うという行為は……どういった心理なのだろう」

五十嵐は露骨に顔をしかめ、そっぽを向いてしまう。

「忘れっぽいのか？　う～む……脳に病変でもあったら大変だ。いや待て、何らかのコンプレックスの裏返しということも考えられるか……」

これは皮肉なのだろうか？　まさか天然？

「ちょっと、鈴木さんさぁ、俺にケンカ売ってるわけ？」

「止《や》めなさいよ。小学生じゃあるまいし」

丸尾に一喝《いっかつ》された二人は、黙って食事を再開した。

「二人とも約束は守ってくださいね」

丸尾の念押しに、鈴木と五十嵐は渋々頷いた。葵は丸尾の存在に心から感謝する。

丸尾のおかげで少しだけ気持ちが楽になった。静かに昼食を口に運びながら、一日も早く以前の平穏な日常に戻りたいと願う葵だった。

その日以降、五十嵐は葵の顔を見るたびに、食事に行こうデートをしようと誘ってくる。そんな彼の行動は、実は以前と何ら変わりがない。

一方、鈴木はと言えば、一日に何度も葵の前に姿を見せるようになっていた。

またもや行動パターンを鈴木に推測されたかと恐々としたが、実際は籠《こも》りきりの実験室から頻繁《ひんぱん》に外に出るようになったためらしい。

だが、それが問題だった。

ただでさえ鈴木は、その存在が都市伝説化されているような海ボウズだ。その場にいるだけで周囲の注目を集めてしまう。

そんな彼が、「やあ葵！　おつかれさま」なんてセリフを明るく口にするのを目撃したりすれば、みな一様に目を丸くするのも無理はない。

昼休みは、多少の時間のズレはあっても、四人で取ることがほとんどだった。丸尾の提案で穏やかになったとはいえ、注目されていることに変わりはない。ここ何年も目立たない生活を送ってきた葵は、日に日にストレスを溜め込んでいったのだった。

落ち着かない日々が始まって一週間が経った。

毎日のストレスにげんなりしていた葵は、こっそりトイレで一息ついていた。さすがに二人もここまでは追いかけてこない。

そろそろ戻ろうと思って個室のドアに手をかけた時、ふと聞こえてきた声に葵はびくりと身を強張《こわば》らせた。

海ボウズ、営業、イケメン――

ドアの向こうの会話には、気になる単語が含まれている。

もしかして……あの二人のこと？

思わず息を殺して外の会話に耳を澄ました。

「えっ、庶務？」

「そう、あの背の高い方」

「けっこう地味な感じだったよね？　そんなに美人だった？」

「ん～、よく覚えてないかも」

「私も。――ねえ、このあと見に行っちゃおっか」

これって……絶対に私のことだ。

知らず動悸《どうき》が激しくなり、ガクガクと膝が震えてくる。人の気配が完全になくなるまで、葵は外に出ることができなかった。

――開発の海ボウズと営業のイケメンが庶務の美女を取り合っている。

トイレで聞いた話によると、社内では今、そんな噂が流れているらしい。庶務の美女だなんて……酷《ひど》く捻《ね》じ曲がった内容にめまいがしてくる。

知らないうちに噂が一人歩きして、どんどん大きくなっているようだった。それというのも、噂の男性二人がまったく違う意味ながら、それぞれ有名だからだろう。

思い返してみれば、このところ庶務課を訪れる者が急増している。それが、葵の顔を見るためだったとわかり、胃がきゅうっと絞《しぼ》られるみたいに痛くなった。

自分のことで精一杯だった葵は、社内にあんな噂が流れていることにこれっぽっちも気が付かなかったのだ。

それからというもの、庶務課に押しかけ、急ぎでもないのに届け出用紙などを欲しがる人々がますます増えていった。彼らは、対応に出た葵の名札に視線を走らせ、好奇心丸出しで顔を確認してくる。葵がカウンターにいない時などは、わざわざ葵の机に向かって首を伸ばす始末だ。

いつも以上に庶務課がバタバタしている。その原因が自分にあるのだと思うと、みんなに申し訳なくて、葵は背中を丸めて小さくなっていった。

そんな中、葵見物に訪れた人々に視線を向ける丸尾が、時折眉を寄せていることに気が付いた。

彼女は静かに怒っているように見える。今の葵は、丸尾のその視線すら自分を責めているみたいに感じて、居たたまれなさに拍車がかかってしまう。

庶務課にいるのが辛くて、率先して外へ出る仕事を引き受けたものの、どこを歩いていても視線が追いかけてくる。自意識過剰なだけかもしれない。それでも、誰も彼も、それこそ会社中の人間が自分に注目していると思えてしまい、どんどん気持ちがふさいでいった。

うつむき、ますます背中を丸めて出来る限り小さくなる。自分の背の高さが恨めしい。

昼休みの社食などまるで拷問だった。

数日後、葵はとうとう、社食に行きたくないと丸尾に訴えた。

「どうして？　――って聞くまでもないわね」

丸尾はふうっとため息をついたあと、正面から葵の目を見据える。

「気持ちはわかるけど、ダメよ」

「ダメ？　……何故ですか？」

「あなたは何も悪いことをしてないでしょう？　だから逃げる必要はないの」

「でも……みんなからじろじろ見られるのは辛いです」

「見られても胸を張っていればいいわ。仕事中だってそうよ。中森さんが小さくなる必要はないの。あなたは気にし過ぎよ」

それだけ言うと、丸尾は苛立った様子で、葵に背を向けた。ツヤツヤした髪が揺れ、金のバレッタがきらりと光る。

「さあ、行くわよ」

丸尾は強い口調でそう命じると、すたすたと歩き始めた。

自分を華やかに飾り、いつでもまっすぐ前を向いている丸尾に、葵の気持ちをわかってもらうのは無理かもしれない。

葵は諦めたようにため息をつき、とぼとぼと彼女のあとに続いたのだった。

それから毎日、同じような攻防が繰り広げられ、葵はそのつど丸尾に叱咤《しった》され社食に向かった。

そしてその週の金曜日。明日は休みだ、と自分を励《はげ》ましながら出社した葵は、朝からどっぷりと落ち込む羽目になった。

普段だったら絶対にしないであろう単純なミスを仕事で犯したのだ。

噂のせいで、庶務課がムダに忙しくなっていた上、周囲の視線が気になって仕方がなかったせいだ。自分が悪いとわかってはいても、悔しくて情けなくてどうしようもなくイライラした。

昼になって、丸尾と一緒に庶務課を出たものの、途中で葵の足が動かなくなる。どん底まで落ち込んでいる時に、わざわざ社食に行って神経をすり減らす気にはどうしてもなれない。

葵は切実に、社食に行きたくないと丸尾に伝えた。

そんな葵に対して、丸尾の答えはこれまでと一緒だった。

「中森さんは何も悪くないんだから堂々としてればいいじゃない」

「堂々としていたって見られるじゃないですか」

「見られたから何？　そんなの気にしなきゃいいでしょ」

結局また同じやり取りの繰り返しだ。いくら気にするなと言われても、極端に目立つのを嫌う葵には到底無理な話だった。

やっぱりわかってもらえない……

諦めた葵は別の理由を告げた。

「私、食欲がありません」

「でも、食べなきゃダメよ。それでなくたって細いんだから」

丸尾は上から下まで葵に視線を這《は》わせたあと、少し言いにくそうに続けた。

「それに、あの二人だって気にするわ。いつもあなたのことを気遣ってくれているでしょう」

　それは葵も感じていた。

　でも、葵がこんな目に遭《あ》っているのは、もとはと言えばあの二人のせいなのだ。それなのに、彼らのためにに葵が我慢しないといけないのだろうか。

「私の気持ちなんて、結局誰にもわかってもらえないんですね」

　ダメだと思いつつも、胸の中がトゲトゲとささくれ立っていくのが止められない。

「わかるわよ。でもね、二人と約束したでしょ、社食であなたにアプローチしないなら一緒に食事をするって。二人ともきちんとそれを守っているでしょ？　だったらあなたも行かなきゃ二人に筋が通らないわ」

　わかると言いながらも、どうしても社食に行け、と言う丸尾に腹が立つ。

　葵の神経はすでに限界だった。そのせいで、丸尾と、その約束事が自分を苦しめているのだと感じてしまう。

「そ、そんなの……丸尾さんが勝手に決めたことじゃないですか！」

　気付くと葵の口から、そんな言葉が飛び出していた。

「……そうね」

　丸尾の低い声に、葵はハッとして青くなる。

「あれは私が勝手に決めたことだものね……。私が悪いのよね」

丸尾は、微《かす》かに震える声でそう言ったあと、ぎゅっと唇を結んだ。

自分が発した言葉に葵はすっかり動揺していた。焦るあまり、早口になって言い訳をする。

「いえ、違うんです。ただ、私と丸尾さんは違うってこと、わかってもらえないから……」

丸尾の顔からは表情が消えている。彼女は葵に向かって淡々と告げた。

「ええ、私にはわからないわね。あなたみたいにモテる人の気持ちなんて」

その硬い声から怒りを感じ取り、葵はうろたえた。

「そ、そうじゃありません！　丸尾さんは私と違って小さいし、いつも華やかで自信があるから――」

どうにかして取り繕《つくろ》おうとした葵の言葉は、丸尾に遮《さえぎ》られた。

「好きで小さいわけじゃないんだけど」

棘《とげ》のある声だ。丸尾はしっかりと顔を上げ、まっすぐに葵を見ている。でも、こんな冷ややかな目で見られたのは初めてだった。葵は目を合わせることができずうつむいた。

この場にいるのが辛い。丸尾の視線から今すぐ逃げ出したくて、葵は下を向いたまま急いで告げる。

「と、とにかく、食欲がないので、今日は社食には行きません」

丸尾はもう何も言わなかった。葵が逃げ出す前に、彼女の方が先に階段を下りて行った。

葵はその場に立ちつくし、後悔で唇を噛み締める。

完全に八つ当たりだ。これまでのイライラを、全部丸尾にぶつけてしまった。

いつの間にか、葵はこの苦しい状況を、丸尾が救ってくれるような気がしていた。彼女はいつもいつも、葵を助けてくれていたから……

それなのに、その恩を仇《あだ》で返すとは……。私は何てことをしてしまったのだろう。

地の底まで落ち込んだ葵は、涙をこらえてふらふらと歩き出した。

これからどうしよう……

受付前のロビーにある自動販売機で紅茶を買い、少し考えて、植物園に足を向けた。

いい天気だ。燦々《さんさん》と降り注《そそ》ぐ陽射しが眩《まぶ》しい。視線を巡《めぐ》らせると、東屋《あずまや》に置かれたベンチが空《あ》いていた。

ベンチに座って紅茶を一口飲む。気持ちのいい風に吹かれていると、植物のざわめきが耳に届く。目を閉じてその音を聞いているうちに、涙が滲《にじ》んできた。

丸尾に謝らなくては。

少し冷静になると、葵の胸はその思いでいっぱいになった。

いつも昼休みの終わりに、彼女が立ち寄るトイレの付近で待っていよう。

そう決意したところ、唐突に頭の上から声が降ってきた。

「やあ、葵！」

すっかり聞き慣れた低く明るい声に、慌てて涙を拭《ぬぐ》って顔を上げる。そこには社食にいるはずの鈴木がいた。

「こんなところで奇遇だな。ちょうどこれから、社食に向かうところだったんだ」

鈴木は手に持っていた植物をひらっと葵に向かって見せる。そうして彼は、白衣のポケットから取り出したビニール袋に丁寧にそれをしまい、大事そうにポケットへ入れた。

「さあＯＫだ。行こう」

葵はうつむいて首を横に振った。

「どうした？」

「私は今日、社食には行きません」

「どうして？」

「……食欲がなくて」

「あまり顔色が良くないな。具合でも悪いのか？　医務室に行くか？」

鈴木が心配して聞いてくる。力なく首を横に振る葵に、鈴木はベンチの隣に座り込み、おもむろに腕を組んで唸《うな》った。

「具合は悪くないが食欲がない、か。ふむ。仕事でミスでもしたか？　それとも何か大きなストレスを抱えているとか？」

　大当たりだ。いとも簡単に言い当てられ、こんなに苦しんでいる自分がバカみたいに思えてくる。何だかおかしくなって、ふっと笑ってしまった。

「その通り。どっちも当たりです」

「そうか……では、仕事のミスは二度としないように気を付ければいい。ストレスは何だ？」

　ストレートに聞いてくる鈴木に、葵はスッと人差指を向けた。こうなったらヤケだ。

「俺か？」

　鈴木は驚いたように身体を反《そ》らせる。

「あと五十嵐さん。二人と一緒にいると目立つからイヤなんです」

　思い切ってはき出してしまうと、少し気持ちが楽になった。言葉と一緒にどろどろしたものが口から出て行くみたいだ。

「葵は目立つことが嫌いなのか？」

「はい」と、素直に頷く。

「なるほど。伊達《だて》メガネをかけているのはそのせいなんだな」

　葵はぎくりとした。

「伊達《だて》って……どうしてわかったんですか？」

「俺も同じだから」

思わず彼の横顔に目を向けた。

「鈴木さんも？　どうしてですか？」

晴れ渡った空の下、いつもしっとり濡れている彼の髪はすっかり乾いている。ボワンと広がったぼさぼさの髪は半分以上顔を覆《おお》い、メガネなんか見えやしない。

「一応は仕事の一環としてだ。メガネのレンズは熱に弱くバスルームに持ち込むとコーティングが剥《は》がれる。個人的な興味もあって、入浴剤入りの風呂の湯で洗った場合、メガネのコーティングがどれくらいもつか実験しているんだ。一年ほど一緒に風呂に入り続けて、レンズの真ん中がかなり剥《は》がれてきたのを実感したところだ」

なるほど。それで鈴木のメガネはレンズが変な風に光を反射し、目が見えにくいのか。

興味を引かれる内容に、葵は落ち込んでいたことを忘れて声を上げた。

「へえ、そんなことも調べるんですか。じゃあ、鈴木さんの伊達《だて》メガネは仕事で必要なんですね」

「必ずしも必要という訳ではないが、都合はいい」

都合がいい？　どういうことだろう？

葵が首を傾《かし》げると、鈴木は口元に微《かす》かな笑みを浮かべる。

「もしかしたら、俺たちは似ているのかもしれないな」

「似ている？　どんなところが？」

鈴木は少しだけ考える素振りを見せてから返事をした。

「俺にとって、伊達《だて》メガネは自分を隠す道具でもある」

葵にとってもそうだ。少しでも顔を覆《おお》い隠し、目立たず地味に見せるために伊達《だて》メガネをかけている。その点は似ているが、それにしては……

葵は訝《いぶか》しげな視線を向けて、鈴木に問いかけた。

「鈴木さんも目立ちたくない……なんて思ってるんですね？」

だって彼は、もの凄《すご》く目立つ。

ほとんど人前に現れなかった頃ですら、少ない目撃情報から海ボウズなんてあだ名を付けられ、その存在が都市伝説になっていたほど目立っていたはずだ。

「いいや。俺は、目立つ、目立たないはどうでもいいんだ」

葵がこんなに悩んでいることに対し、「どうでもいい」なんて言われてしまい、ムカッときた。

「じゃあ、鈴木さんと私は似ていません。私はとにかく目立ちたくないんです」

葵はつい尖った声を出してしまい、そんな自分が嫌になる。先ほどまでの暗い気持ちがいっぺんに戻ってきて、再び落ち込んだ。

その時、鈴木が葵の方を向き、なんのためらいもなく問いかけてきた。

「葵、そこまでして目立ちたくないそもそもの理由は何だ？」

瞬《また》く間に苦い過去を思い出し、葵の口元が歪《ゆが》んでしまう。

葵の表情に気付いた鈴木が、静かな口調で諭《さと》すように言った。

「話すだけで、楽になる場合もある」

その穏やかで低い声に、ふと、彼に話してみようか、という気持ちになる。あれから何年か経ち、誰かに話してもいいと思ったのかもしれない。

いいや。たぶん、鈴木の言う通りだと気付いたからだ。

さっきヤケっぱちで、鈴木に向かって本音をはき出した時、少し気持ちが楽になった。あの嫌な出来事も、彼に話すことで楽になるだろうか？

葵は小さく息をはいたあと、思い切って口を開いた。

「わかりました。聞いてください。鈴木さん、これでも私、昔はずいぶん派手だったんです」

「ほう」

「今とは反対に、目立ちたくて仕方がない女子大生だったんですよ」

都内の女子大に入学したばかりの野暮《やぼ》ったかった自分を思い出し、葵は苦笑いを浮かべた。

友人から、背が高くてモデルのようだと褒《ほ》められたのをきっかけに、葵はお洒落《しゃれ》に強い関心を持つようになった。バイト代をやりくりし、鏡の前であれこれ試《ため》しては、いかにすればお洒落に見えるかを熱心に研究した。その効果はすぐに表れた。

自分で言うのもなんだが、高校までの野暮《やぼ》ったさが嘘みたいに華やかに変わったのだ。カレシもでき、同好会では気の合う仲間と和気あいあいと活動し、葵はまさしく青春を謳歌《おうか》する日々を送っていた。しかし……

「ある教授に目を付けられて、誘われて……色々大変だったんです」

大学生活も一年が過ぎた頃、葵は一人の教授から、手伝いという名目で研究室に呼び出された。ちょっとおかしいとは感じたが、もともと何か頼まれると断れない性格だったため、素直に研究室に赴《おもむ》き真面目に手伝った。ところがそれ以降、葵はその教授から執拗《しつよう》に言い寄られるようになったのである。

――今日のお礼に○○のバッグを買ってあげよう。

教授から、高価なブランドの名前を出されて戸惑った。

それを断った数日後、教授は葵の目の前に細長い包みを差し出してきた。

――バッグの代わりだ。君に似合うと思う。受け取りなさい。

包みには、葵がよく身に着けているブランドのロゴが入っていた。怖くなって、葵は必死に首を左右に振った。

「しつこかったのか？」

「ええ、かなり。しかも教授には奥さんがいたのに」

「ルールを守れない男か。それは許せん」

鈴木の声が怒りに満ちる。

噂によると、教授はこれまで三回結婚していて、結婚相手は全て自分の教え子だったそうだ。他にも、気に入った生徒と食事に行ったとか、色々と気になる噂のある人だった。

葵は親しくなる気も、ましてや四人目の奥さんになるつもりもこれっぽっちもなかった。

しかし、どんなにプレゼントを断っても、教授は葵を呼び出し続けた。どうしようもなくなった葵は、同好会のメンバーに相談をした。

状況を知った仲間たちは、教授による呼び出しや、大学外への同行を命じられた際に、一緒に行ってくれた。時には葵に仮病《けびょう》を使わせ、手伝いを代わってくれたりもした。それでも、教授は葵への執着を止《や》めなかったのだ。

「私の好きなブランド名を出して、バッグやスカーフを買ってやるって言うんです。私、教授に色々チェックされてるんだって、ぞっとしました。なのに、陰で男に媚《こ》びる八方美人って噂されて……」

当時のことをまざまざと思い出してしまい、葵は顔をしかめた。

「それで……どうしたんだ？」

鈴木が憤《いきどお》った声で尋ねてきた。

「私、ガラッと地味になったんです」

「ほう、地味に？」

教授の好みが、華やかで派手な容姿の女性だと友人たちが教えてくれた。そこで葵は、藁《わら》にも縋《すが》る思いで、お洒落《しゃれ》をすることを止《や》めた。それだけでなく、変装するみたいに全身を地味に抑え込んだのだ。

「ええ、私には、それぐらいしかできなかったんです。当時は教授に楯突いたりなんて、できないと思っていました。学生は単位を餌にされているみたいな立場だから」

今思えば、世間知らずだった。もっと戦ってもよかったのだ。

「でもそのおかげで、教授は私に興味を無くしてくれて、凄《すご》くほっとしました」

その出来事をきっかけに、葵は地味になった。目立つことがトラウマになってしまったのだ。

そしてそれ以来、葵はファッションを楽しむ気になれないでいる。

「そうか、大変だったんだな」

鈴木はそう言って長い腕を伸ばし、ふわりと葵の頭に手をのせた。

「その時の葵は上手《うま》く対処したと思う。誰の恨みを買うことなく、穏便にことを収めたのだからな。いい方法だった」

優しく頭を撫でられ、気持ちが丸くなっていく。過去の自分を肯定されたことで、当時の辛かった気持ちがゆっくりと解消されていくように感じた。

「ところで葵、君はまさか、そんな男のせいで今も目立ちたくないと思っているのか？」

おずおずと頷く葵に、鈴木は信じられないという風に首を振った。

「自分がもったいないだろう」

自分がもったいない？

「葵、本来の君はお洒落《しゃれ》をするのが好きなのだろう？」

葵は再び小さく頷いた。大学時代はお洒落《しゃれ》をするだけでうきうきと気持ちが高揚したことを思い出す。

「本当は今も、心の中では注目をされるのを快感に思っているはずだ」

自信ありげにそう断言する鈴木に、葵は咄嗟《とっさ》に言い返した。

「違います。私は注目なんかされたくない。本当に辛いんです」

勝手な言い分に、つい口調がきつくなってしまう。

すると、鈴木はしゅんと項垂《うなだ》れ、謝罪の言葉を口にした。

「すまない」

「……いえ」

気まずい沈黙が流れたのは一瞬だった。鈴木はすぐに、確信に満ちた声を辺りに響かせた。

「目立ちたくない、注目を集めたくない、という考え方は、実は生物としての本能に反している」

その言葉に、葵はきょとんとする。

「え？　本能に反している？　……目立つのがイヤってことがですか？」

「ああ。生物によってはパートナーを得るために、他より目立つことをよしとするものがいる。葵もカラフルな鳥の羽やライオンの鬣《たてがみ》が何のためにあるかは知っているだろう？　より異性の目に留まりやすいよう自分を目立たせているのだ。なにしろ異性に認識されなければ、パートナーに選ばれないのだからな。人間も同じだ」

突然始まった鈴木の蘊蓄《うんちく》に苦笑いを浮かべる。だが一瞬ののち、そんな葵の口元から、すっと笑みが消えた。

確かに一理ある。人間だって年頃になれば化粧をしたり、髪を染めたり、着飾ったりする。それは大概、異性の目を気にしてのことだ。

何だか、目から鱗《うろこ》が落ちた気分だった。

そこで葵は、先ほどの鈴木の言葉を思い出す。

――自分がもったいないないだろう。

自分はずっと、間違っていたのだろうか。

葵の迷いを感じ取ったのか、鈴木は声のトーンを落とし柔らかな口調で続ける。

「ただし、知能が高く複雑な社会生活を送る人間の中には、あえて目立つまいとする者がいるのも確かだ。その理由は人それぞれだが――葵、ここにはもうその大学教授はいない。君は今、何を恐れて目立つまいとしているんだ？」

最初に本能の話なんかされたせいで、一瞬、訳がわからなくなる。

でもよく考えれば、答えは酷《ひど》く単純だった。

葵は会社で平穏な生活を送りたいと思っていた。そして葵には、目立つことへのトラウマがあり、目立つと平穏な生活が送れないと思い込んでいた。

だからこれまで、できるだけ目立たぬように擬態を続けてきたのだ。鈴木の言う本能に逆らってまで目立つのを恐れる理由は――憧れの会社で働けなくなってしまうこと。

彼に話したことで気持ちが整理され、自分が何を恐れているのかわかった。その瞬間、葵はスッキリした。

「私、この会社が好きなんです」

葵は穏やかな顔でそう答え、ぐるりと辺りに目をやった。

「気が合うな。俺も同じだ」

「……そうでしょうね」

鈴木の返事に笑って、葵は言葉を続けた。

「好きだから変に目立って大学の時みたいにトラブルが起きるのが怖いんです。それで万が一辞めるなんてことになったら、嫌ですもの」

「そうか……。葵の不安は会社を愛するが故だったんだな」

直後、鈴木は自分の胸を手の平で叩いて、声を張り上げた。

「葵、俺に任せておけ！　もし社内で何かあった時には、俺が必ず助けてやる」

鈴木の言葉に、葵はポカンと口を開けてしまった。

「だから安心して目立つがいい」

続く言葉に、思わずぷっと噴き出してしまう。

安心して目立つ……って、なにそれ。

実に鈴木らしい、面白いくらい前向きな言葉だ。

鈴木なりの励《はげ》ましだろうか？　冗談みたいな約束に心がすっと軽くなる。

「ふふふっ、ありがとうございます」

鈴木の言葉をすっかり冗談だと決めつけ、葵は笑いながら礼を言った。

ところが、彼は真面目くさった口調で続ける。

「俺は誰よりも長い時間会社にいる。葵の勤務時間中ならいつでも助けに行ける」

仕事中に私を助けに来る？

確かに、髪から雫《しずく》をたらした海ボウズ姿の鈴木が迫って来たら、トラブルも逃げ出しそうだ。

「あははっ、鈴木さんたら。実は凄《すご》く面白い人だったんですね。冗談でも嬉しいです」

「冗談ではない。俺は真剣だ。だから葵は遠慮なく自分を解放すればいい」

鈴木は安心しろというように、力強く頷くと、葵に向かってぐっと拳《こぶし》を握って見せた。

もしかして、彼は本気で言ってくれているのだろうか？

――自分を解放すればいい。

好きな服を身にまとい、きちんとメークをし、髪を下ろす……

お洒落《しゃれ》をして会社に行く……そんなことを想像できる自分に驚いた。不思議にワクワクしてくる。

今まで、絶対にしてはいけないと思い込んでいたけれど、誰かに禁止されたわけじゃないんだ。

ベンチに座る自分の膝に目を落とせば、地味なねずみ色。とっておきの擬態ウェアである今日のスカートは、座っている古びたベンチの色とそっくりだった。

「鈴木さん……。私、地味でいることを止《や》めても大丈夫でしょうか？」

それを聞いた鈴木は、口元に笑みを浮かべて、はっきりと言った。

「もちろんだよ、葵」

鈴木はたった一言で、葵の長い間の思い込みを覆《くつがえ》してしまったのだ。

「目立つことは怖くない。これで解決だ」

鈴木の言葉は力強い。葵の頑《かたく》なだった気持ちを簡単に柔らげてしまった。

目立つ、目立たない、派手だ、地味だ——滑稽《こっけい》なほどそんなことに囚《とら》われていた自分。

たった一度のトラブルで、そこまで重く考える必要はなかったのかもしれない。

こんな風に考えるきっかけをくれた鈴木に感謝の念でいっぱいになる。

時々理屈っぽいし、こっちの話を聞いてくれなかったりするけど、優しい人なんだなぁ。

葵は微笑んで、隣に座る鈴木を見上げた。

すると突然、鈴木がすいっと葵に手を伸ばしてきた。

「葵の笑顔はステキだ。もう大学時代の不快な出来事は忘れてしまえばいい」

そう言いながら、彼は葵のかけていた伊達《だて》メガネを取り上げ、白衣のポケットにストンと落とした。

「あっ……」

驚いた葵は、慌ててメガネを取り返そうと手を伸ばす。しかしその手はやすやすと鈴木に捕まえられ、勢いのまま彼に抱きよせられる形となった。鈴木は葵の手をぎゅっと握り、自分の心臓の上に押し付ける。

「ほら。葵のステキな笑顔のせいで凄《すご》くドキドキしている」

耳元で低く囁《ささや》かれると、たちまち葵の身体が火照《ほて》ってしまう。どうしていいかわからず、葵はただ口をパクパクさせた。

時折、鈴木はガラリと雰囲気を変える。そのたびに不覚にもドキドキさせられてしまうのだ。

「メ、メガネ、返してください」

葵の手を放した鈴木はポケットをガサゴソと探ると、何かを取り出し葵の手の平にのせた。

「一緒に食べよう。これは俺のお気に入りの品で、かなりイケる」

見ると、栄養補助食品の箱の上に、葵のメガネがのっている。思わず笑ってしまい、葵は鈴木を見上げた。

二人でベンチに並んでクッキーみたいな栄養補助食品を頬張る。

「あ、美味《おい》しい！」

葵が目を丸くすると、鈴木は口元に優しい笑みを浮かべた。

緑を眺めながら清々《すがすが》しい風に吹かれていると、まるでピクニックでもしているようだ。いつの間にか、気持ちはすっかり穏やかになっている。身体も軽くなったみたいだ。たくさん話して、それから笑ったおかげだろう。

思えばこれまで、鈴木とこんな風に落ち着いて話をしたことはなかった。いつも彼から逃げることばかり考えていたからだ。

やっぱり自分は頑《かたく》なだったのかもしれないと、葵は密かに反省するのだった。

鈴木と別れたあと、葵はいつも昼休みの終わりに丸尾と立ち寄るトイレに向かった。

トイレから出て来た丸尾は、待ち構えていた葵を見て、気まずい顔をする。そんな彼女に向かって、葵は深々と頭を下げた。

「すみませんでした」

丸尾は、ふうっと息をはき出した。

「私こそごめんなさいね。中森さんが、そこまで目立つのが嫌だったとは思わなかったの……」

「いえ、丸尾さんはいつも私のことを考えてくれていたのに、本当に失礼なことを言いました。許してください」

「もういいわよ」

優しい声に心底ほっとした。

「中森さんは、わざと地味にしているんでしょ？」

やはり丸尾には、お見通しだった。

葵が困った顔をすると、彼女は葵の顔を見上げ、胸の前で腕を組む。

「あなたは今、目立つまい目立つまいと必死になっている。だけど、それに反して凄《すご》く目立っちゃってるからイライラする。そりゃあストレスも溜まるわよ」

まったくその通りで、葵は思わず肩をすぼませる。

対照的に胸を反《そ》らせた丸尾は、緩《ゆる》く頭を振りながら葵に言い聞かせた。

「かわいそうだけど、今のあなたは凄《すご》く目立ってるの。それはもう、どこに隠れても、どんなに地味にしてもムダなくらいにね」

大きなため息をはき出した丸尾は、一転して気軽な調子で告げた。

「何をしても無駄なら、いっそ開き直って目立っちゃったらいいんじゃない？　楽になれるわよ」

つい先ほど、安心して目立て、と鈴木から言われたばかりだ。

「そういうものでしょうか……」

「そうよ。きっと何倍も人生が楽しくなるわ」

そう言って丸尾は、力強く微笑んだ。

そんな選択肢があるのだと、葵は今日初めて気付かされた。

「でもまずは仕事仕事。さ、急ぎましょう」

丸尾に急《せ》かされ、葵は急ぎ始める。

ほんの一時間前まで、並んで歩き地味な自分を止《や》めることなんて考えもしなかった。必死になって目立つまいと足掻《あが》いていた。

だけど……やっぱり自分は間違っていたのかもしれない。

庶務課に向かって歩きながら、葵は自分の気持ちがこれまでと変わり始めていることに驚いていた。


週末、葵は思い立ってショッピングへ出かけた。

我ながら単純だと思うが、鈴木や丸尾と話したことで心境が変化したせいだ。

目についたお店に入り、以前、丸尾から似合うと言われたボルドー色のワンピースを試着してみる。すると、想像以上にしっくりきて自分でも似合っていると思った。

ショップの人にも薦められ、いくつかの小物と一緒に購入する。久しぶりに明るい色の洋服を買い、気持ちまで明るくなったようだ。

鼻歌まじりで歩いていると、新色の口紅が飾られたウィンドウに引き寄せられる。落ち着いた深い紅色が美しい。口紅だけ試《ため》すつもりが、結局あれこれと新しいメーク用品まで買ってしまった。

帰宅してからは、買ったばかりのワンピースを、つい何度も身体に当ててしまう。これを着て出かける自分を想像するだけでウキウキしてくる。

自分の好きな洋服を着ることは、こんなに楽しかったのだと、久しぶりに思い出した。

長い間閉じこもっていた硬い殻に、ヒビを入れてくれた鈴木と丸尾に、葵は心から感謝したのだった。

そして迎えた月曜の朝。クローゼットの扉を開けた瞬間、ふっと気持ちが浮き立った。

でも……

噂の的《まと》になっている今、いきなり着飾って会社に行ったらどう思われるかな。

どのみち注目されるとわかってはいても、『地味』という自衛の殻をいきなり取り払ってしまうのは、やっぱり心細い。

少しずつ、でいいかな？　それなら私だって大丈夫。

葵は、クローゼットの扉の裏側にある鏡に向かって姿勢を正してみた。

うん、今日はこれぐらいでいいだろう。

今日一日、背筋を伸ばして過ごすことを目標に定め、葵はいつもの擬態ファッションを引っ張り出した。

身支度を終えて鏡を覗《のぞ》くと、代わり映えのしない自分が映っている。

だけどクローゼットの中には鮮やかなボルドー色のワンピースがある。そして、鏡の前には新しいメーク道具が並びキラキラ光っている。背筋だって、よし！　伸びている。

葵はこの朝、久しぶりに明るい気持ちで家を出たのだった。

午後二時過ぎ、部署ごとに仕分けた荷物をワゴンに載せ、葵は庶務課を出発した。

行く先々で向けられる興味本位の視線に、縮こまりたくなるのをぐっと我慢し、背筋を伸ばしたまま配達をこなしていく。

研究棟の入浴剤開発室のドアの前に立つと、待ち構えていたかのようにドアが開いて鈴木が顔を出した。

「……葵！　よかった。今日はもう会えないかと思っていたんだ。こうして会えて凄《すご》く嬉しい」

鈴木はそう言って、口元に大きな笑みを浮かべる。

今日の昼休みは、珍しく鈴木も五十嵐も現れず、久しぶりに丸尾と二人きりだったのだ。

「さっきまで慌ただしくしていて、研究棟から出られなかったんだ。ようやく一段落したところに来てくれるなんて葵はタイミングがいい」

自分と会えたことを喜ぶ鈴木に、葵も自然と微笑み返す。彼に会えて嬉しく思うなんて、自分の変化に驚くばかりだ。

その時、室内から明るく声をかけられた。

「中森さ～ん。おいでおいで。お菓子あげるから」

この声は、開発室長だ。中を覗《のぞ》くとニコニコと笑いながら有名店のお菓子の箱を葵に向かって見せてくる。

「お疲れ様です。荷物を届けに来ました」

葵は開発室の事務スペースに入り、室長に荷物を手渡した。

「いつもご苦労さん。さあさあ、お菓子をどうぞ」

「……えっ……と」

「頂きものなんだけどね。女の子は甘いもの好きでしょ？」

室長が少しだけ首を傾《かし》げて葵の顔を覗《のぞ》き込んでくる。葵はハッとして背筋を伸ばし、きゅっと口角を上げた。

「ありがとうございます！ これすっごく美味《おい》しいんですよね」

室長が顔をくしゃっとさせて笑った。眉を下げて何度も頷く彼は本当に嬉しそうに見える。

こんな時、今までだったら遠慮しながらも断り切れなくて、結局はオドオドと受け取っていた。そこには当然、気まずい空気が漂《ただよ》う……

せっかくもらうならこの方がいい。今ここでは互いが満面の笑みを浮かべている。

背筋を伸ばし、胸を張ると気持ちまで変わるみたいだ。

開発室を後にした葵の足取りはすっかり軽くなっていた。

口元に笑みを浮かべたままワゴンを押して事務棟に戻ると、前方に五十嵐の背中が見えた。

今までの葵だったら、遠くから彼の声が聞こえてきただけで逃げ出していただろう。だけど胸を張って歩く今日の葵は違う。

それに……何だか気にかかるのだ。うつむき加減でトボトボと歩く五十嵐の背中は、どことなく元気がないように見える。

彼に追いついた葵は、背後から声をかけた。

「五十嵐さん。お疲れ様です」

「ああ、中森ちゃん」

ちょっと驚いた様子で振り向いた五十嵐は、葵に向かって薄く笑ってみせた。

「今日は忙しくってさ、今、昼飯食ってきたところ」

彼はそう言って社食の方角を親指で指した。

「月曜って何だか慌ただしいですよね」

並んで歩くと、やっぱり様子が変だと感じた。ポケットに両手を突っ込んだまま下を向いて歩いている五十嵐には、いつもの明るさがない。

何かあったのかな？

そう思った時、五十嵐はちらっと葵の方をうかがって、思い切ったように口を開いた。

「あのさぁ……今までゴメンな」

「えっ？」

「いや……色々しつこくしてさ。悪かった」

まさか五十嵐の口から、そんな言葉が出るとは思わなかった葵は、びっくりして声を詰まらせた。

「う……えっと、五十嵐さん、どうしたんですか？」

五十嵐は視線を床に落としたまま、ゆっくり歩を進めている。言いにくそうな様子ながら、やがて彼は話し始めた。

「先週さ、中森ちゃんが社食に来なかった日があっただろ。その日、俺と丸尾の二人きりで昼飯食ったんだけどさ……」

ああ、葵が丸尾に八つ当たりした金曜日だ。今思い出しても恥ずかしい。

「その時、丸尾からこんこんと説教くらった」

そんなことがあったなんて。丸尾は何も言わなかったから、全然知らなかった。

「中森ちゃんの気持ちを考えろってね。中森ちゃんが、今社内でどんだけ辛い立場に立っているか聞かされて、俺、すっごく反省したんだよ。ほんと悪かった」

「丸尾さん、そんなことを……」

感動して思わずつぶやくと、五十嵐がしみじみと言う。

「丸尾っていいヤツだよな」

葵はコクンと頷く。

「本当にステキな女性です」

「ま、そんなこと前から知ってるけどな」

独《ひと》り言《ごと》のように言って五十嵐はそこで足を止めた。

「なあ。俺、中森ちゃんのこと諦めた方がいい？」

その言葉に、葵も歩みを止めて振り向いた。見れば、五十嵐の口元が強張《こわば》っている。

「あ……」

緊張した様子の五十嵐に、つい下を向いてしまう。……だが葵は、すぐに思い直した。

はっきり気持ちを伝えなくてはダメ。ちゃんと背筋を伸ばして向き合うべきだ。

葵は背筋をすっと伸ばすと、五十嵐に向かって丁寧に頭を下げた。

「ごめんなさい」

「ここまではっきり言われると、諦めがつくなぁ……」

五十嵐は苦笑しながらそうぼやくと、ためらうように聞いてくる。

「これからも仲良くしてくれる？」

「はい、もちろんです」

「昼も時々は一緒に食べていい？」

「ええ、待っています」

「安心した。じゃあな！」

五十嵐は笑顔で軽く手を上げ、少し先にある階段に向かって足早に去って行った。

ふう〜。思わず口からため息が漏《も》れた。肩から力が抜け、すとんと気持ちが楽になったみたいだ。

いつも逃げ回っていた五十嵐に自分から近づいてみたら、まさかこんな展開が待っているとは夢にも思わなかった。

考えてみれば、自分の気持ちを真剣に彼に伝えたことがあっただろうか？

五十嵐の誘いや好意の言葉を、葵はいつだって拒絶していた。しかし、その拒絶を彼がまともに受け止めてくれたと感じたことはない。

そもそも、葵はいつも逃げ腰だった。正面から五十嵐にぶつかったことなんて、一度もなかったように思う。

背中を丸めて、嫌なことから逃げ隠れしても、何も解決しないのだ。

——胸を張って、堂々としていればいい。

丸尾の言葉が蘇《よみがえ》る。今頃になって、それが葵への大切なアドバイスだったことに気が付いた。

その日の終業後、葵は植物園に向かった。日中、庶務課の窓から、大輪の真っ赤な秋咲きのバラが目に入ったからだ。

十月の夕暮れ時ともなれば、さすがに少々肌寒い。肩をすぼめてバラの植え込みに近づくと、ふわりといい香りが漂《ただよ》ってくる。

春のバラよりも、秋咲きのバラの方が濃い香りがするように感じられる。真っ赤な花に顔を寄せ思い切り空気を吸い込むと、上品な香りにうっとりした。ちょっとぐらい寒くても来てよかった、と思わせるほどステキだ。

ふと気が付けば、薄闇の中、真っ白なものがガサゴソと動いている。目を凝《こ》らすと、ハーブの茂みの中に鈴木が屈《かが》み込んでいた。近づくと、彼は何かの植物の匂いを嗅《か》いでいるようだ。

「鈴木さん、お疲れ様です」

声をかけると、振り返った鈴木が「やあ！　葵」と笑みを向けてくる。

すぐに藪《やぶ》から出てきた彼の手には、見慣れない植物が握られていた。

「もしかして、まだお仕事中でしたか？」

恐る恐る尋ねると、鈴木は軽く頷く。

「ああ、そこのハーブの茂みに嗅《か》ぎなれない匂いの植物があってね。――これだ。これからちょっと調べてみようと思う」

彼は白衣のポケットからビニール袋を取り出し、その植物を丁寧に中に入れた。

「いつも遅くまで大変ですね」

「そうだな。仕事自体は苦にならないのだが、今取り組んでいる案件が難しくてな。悩んでいる」

そういえば、前にも聞いた覚えがある。仕事の邪魔をしては悪いと思い、葵は慌ててぺこりと頭を下げた。

「お忙しいところ、声をかけてしまってすみませんでした」

「いや、葵だったらいつでも大歓迎さ」

すぐさまそう答えた鈴木は、「ん?」と言って葵に顔を寄せた。

「葵、スッキリした顔になったな」

「えっ……」

鋭い! でも、こんな風にスッキリしたのは彼のおかげでもある。きちんとお礼をしようと思い、葵は口を開いた。

「あの……実は私、この間ここで鈴木さんと話をして色々と気が付いたことがあったんです。私がスッキリした顔になったのは、鈴木さんのおかげです。ありがとうございました」

そう言って深々と頭を下げた葵に向かって、鈴木は口元をほころばせる。

「そうか。それはよかった。では葵、俺もスッキリさせてくれないだろうか。葵にちゃんとしたお礼をして、俺もスッキリしたい」

お礼って……もしかして、あの時のこと? 自分は床に散らばった書類を拾っただけなのに。

「そんな、お礼をされるほどのことなんてしていませんから……」

「いや、それでは俺の気が済まない。せめて一度だけでも、食事をごちそうさせてもらえないだろうか」

「でも……」

ためらう葵に、鈴木は軽く頭を捻《ひね》って黙り込んだ。やがて軽く息をはくと、葵に向かって、訴えかけるような、切実な声色を出した。

「じゃあ考え方を変えてくれないか。さっきも話した通り、俺は今、仕事に行き詰まって非常に困っている。そこで葵、よかったら俺の気分転換に付き合ってもらえないだろうか？　何かいい突破口が見つかるかもしれない」

困っている人に助けを求められると、どうにかしてあげたくなるのは、葵の長所であり、同時に短所でもある。

こうして葵は、鈴木からの誘いに、とうとう首を縦に振ったのだ。

二人で週末の予定を確認し合い、土曜日の夜に食事に行くことになった。

別れ際、鈴木がこう付け足してきた。

「そうだ、葵。俺にはもう何も隠す必要などないのだから、思う存分お洒落《しゃれ》をしてくるといい」

お洒落《しゃれ》と聞いて、すぐさま葵の頭にクローゼットの中のワンピースが浮かび上がる。

あれを着ていける。

そう思いついた途端ウキウキした。鈴木を見上げ、葵は顔を輝かせて大きく頷いたのだった。


約束の土曜日は、からりとした秋晴れだった。

待ち合わせをした午後七時に、鈴木に指定されたお店に行く。そこは和食の有名店だ。前々から気になっていた店だったが、高級な店構えに気後《きおく》れし一度も訪れたことはなかった。

店の前で立ちつくし、葵はドキドキする胸を押さえる。

実は今日、家まで迎えに行くという鈴木の申し出を、迎えに来てもらうほどの距離ではないという理由で葵は断っていた。でも本当は……鈴木と顔を合わせるのが気まずかったのだ。

この数日というものの、葵はふとした瞬間に鈴木のことを思い出しては、そわそわした。自分で自分を持て余すくらい、妙に落ち着かないのだ。その感情に覚えのある葵は、これってまさか、いやいやまさか……だってつい先日まで逃げ回っていた相手だよ、と激しく頭を振り続ける。

鈴木から迎えに行くと言われた時も、嬉しいのか困るのかわからないまま妙に焦ってしまい、葵は歩いて行くと言ってしまったのだ。

そして今日、はっきり自覚できるほど、葵は浮かれている。

だけど、それは鈴木のせいではなく、ボルドーのワンピースに身を包み、久しぶりにお洒落《しゃれ》をしたからだと思い込もうとした。そのくせ弾むような足取りで、店までの道を歩いたのだった。

今の状態で鈴木の顔を見たら、そわそわするこの感情にはっきりと名前がついてしまいそうだ。

とはいえ、ずっと店の前に立っているわけにもいかず、葵は意を決して和食店のドアを開けた。店の入り口で名乗り、葵はスタッフの後ろをついていく。

店内の半分は個室のようになっていた。それぞれの席が壁で仕切られており、開いた入り口に暖簾《のれん》が下がっている。

鈴木はとうに来ているようで、葵の胸はすぐにドキドキと落ち着きをなくした。スタッフに案内された部屋の暖簾《のれん》の奥を覗《のぞ》いた瞬間、葵はハッと息を呑んだ。

そこには、以前、葵が助けたイケメン酔っ払いが座っている。

どうして彼がここに？　部屋を間違えたのでは？

首を捻《ひね》った葵が間違いを指摘する前に、スタッフは中の男性に声をかけてしまった。

「お連れ様がおみえになりました」

イケメンは顔を上げて葵を見るとにっこりと微笑んだ。

「やあ、葵！」

やあ、葵……？

一気に頭の中が混乱する。凄《すご》い勢いで何かが結びついた瞬間、葵は驚愕《きょうがく》に目を剥《む》いた。

「……す、鈴木さん⁉」

「どうぞ」

茫然《ぼうぜん》とする葵を室内に促《うなが》し、スタッフが椅子を引いてくれる。笑顔だった鈴木が、葵の様子を見て訝《いぶか》しげに目を細めた。

葵はぽかんと開けていた口を慌てて閉じ、取り繕《つくろ》うように咳払いをした。

何か言おうと思いながらも言葉にならず、葵はひとまず動悸《どうき》を落ち着かせようと椅子に座り深呼吸をする。そして、一息ついてから口を開いた。

「鈴木さんだったんですね」

「ん？」

「いえ……」

テーブルの横にスタッフが控えているので、葵は首を小さく振って口をつぐんだ。

鈴木にコースでいいかと尋ねられ、「お任せします」と返事をする。まだ衝撃が収まらない葵は、鈴木とスタッフが薦める日本酒名にこくりと頷いた。

二人きりになると、鈴木が笑顔で切り出した。

「来てくれてありがとう。やっと葵に恩を返すことができる」

「あっ……」

そこでハタと気が付いた。鈴木が言っていたお礼とは、書類を拾ったことなどではなく、葵が酔っ払った鈴木をマンションまで送り届けたことを言っていたのだ。

私ったら、何て勘違いを……

今まで、どうして勘違いに気付かなかったのだろう？　葵のピントのズレた答えは、きっと彼を困らせていただろうに。

「すみません。私、あの時助けた人が鈴木さんだったと、今の今まで気付いていませんでした」

「ええ？　いや、だが、酔った俺をタクシーで送り届けてくれたのは、葵で間違いないはずだが……そうだよな？」

葵は赤くなって、頷いた。

「なるほど……まず、そこから通じていないとは思わなかった。それなら葵は、俺が何の礼をしようとしていると思ったんだ？」

まさか、紙を拾ったから――なんて言えるわけがない！

「いえ、その……あー、今日はお招き頂きまして……ありがとうございます」

ますます赤くなった葵は、咄嗟《とっさ》に頭を下げて、質問をごまかした。

目の前の鈴木は、仕立ての良さそうなジャケットを羽織りスッキリと髪をまとめている。ボサボサ頭の白衣の鈴木と同一人物だなんて、誰が思うだろうか。

あまりに驚かされたせいで、なんだか恨みがましい気持ちが湧き上ってくる。

「鈴木さん、会社にいる時と雰囲気が違い過ぎます」

少しだけ唇を尖らせた葵の言葉に、鈴木は困ったような表情を浮かべた。

「このままだと、日常生活が色々と煩《わずら》わしいんだ」

そう言って柔らかく微笑む鈴木の顔を見て、すぐにその意味がわかる。こんなにステキな笑顔だもの、社内の女性たちが放っておくはずがない。葵は納得顔で深く頷いた。

だが、納得はしたものの、やっぱり少し腹立たしい。鈴木は以前、伊達《だて》メガネのことを都合がいい、と言っていた。けれど彼にとって都合がいいのはメガネだけではなかったのだ。

「鈴木さん、その長い髪もワザとですよね？」

だから葵は、酔っ払ったイケメンと白衣の鈴木が、同一人物だと気が付かなかったのだ。

「いや、それは違うよ。俺の髪が長いのは、洗髪実験のためには、ある程度の長さが必要だと思っているからなんだ」

「洗髪実験？　それってどんな実験ですか？」

聞き慣れない言葉に葵が尋ねると、鈴木は途端に嬉しそうに口元をほころばせる。

「開発室では入浴剤を溶かした湯を使って、洗濯や洗髪の実験を繰り返している。そうやって衣類や毛髪への影響を調べているんだ」

「ああ、だから、髪の毛が濡れている時があるんですね」

「そうだ。タオルドライして、あとは自然乾燥だ。まとめてしまうと乾きにくいからな」

そうやって、ワカメを被ったみたい、と揶揄《やゆ》される髪型が出来上がったのか。

「時々ビーチサンダルを履いてたりもしますよね？」

ここぞとばかりに、笑顔で葵が問いかけると、鈴木も笑って頷いた。

「入浴剤の肌当たりや、色、香りを感じるために、俺たちは風呂に入る。出社するなり風呂なんてこともあるから、白衣の下に水着を着て、足元はビーチサンダルなんてことも多い」

なるほど。まるで海水浴だ。海ボウズの秘密を知ったようで楽しくなる。

葵がくすくす笑っていると、鈴木もふわりと笑みを浮かべて言った。

「約束通りお洒落《しゃれ》をしてきてくれて嬉しいよ。今日の葵は一段と綺麗だ」

ドキリとして頬が熱くなる。目の前の彼はこれまでと同じ鈴木なのに……百倍ぐらい胸が落ち着かない。

「メガネを外してきてくれたんだね。葵の綺麗な瞳がよく見えて嬉しい」

ドキドキドキドキ……

心臓の音がうるさい。

メガネで隠れていた鈴木の瞳はとても知的だ。しかもどこか甘さを漂《ただよ》わせている。彼の方こそ瞳が見えるせいで魅力が百倍増しになっているのかもしれない。

でもやっぱり白衣姿の彼と同一人物だ。だって、お酒も入っていないのにこんなキザなセリフを口にできるのは、まさしく海ボウズ鈴木だもの。

やっと脳が納得したみたいで、葵は少し落ち着きを取り戻す。

日本酒で乾杯する頃には、葵はどうにかリラックスし周りを見る余裕が出てきた。

「初めて来ましたけど、ステキなお店ですね」

黒に朱をきかせた室内は、漆塗《うるし》りみたいでモダンだ。雪見障子《ゆきみしょうじ》から見えるライトアップされた竹林のある庭も凄《すご》く風情《ふぜい》がある。

順に運ばれる料理は美しく、感動的に美味《お》しい。葵はその一品一品を献立表で確認しては、弾んだ声を上げた。

「私、栗、大好きなんです。わぁ、銀杏《ぎんなん》とムカゴが松の葉っぱに刺さってますよ。可愛い～」

ふくよかな香りの日本酒を口に含み、葵はすっかりリラックスモードだ。

「喜んでくれて嬉しいよ。葵と一緒に食べると食事が美味《おい》しい。社食でもそう思っていた」

「鈴木さん、ここと社食を比べたら失礼ですよ。まあ、うちの社食も美味《おい》しいですけど」

「いや本当だ。俺は食事なんて栄養バランスさえ取れればいいと思っていたんだが、葵と一緒に取る食事は格別な味がする。それに楽しい」

そう言って、鈴木は優しく目を細めて葵を見つめる。

再び頬が火照《ほて》ってきて、心臓の鼓動が速くなるのを感じた。

なるほどこれはダメだ。もしも会社でやられたら仕事にならないかもしれない。やっぱり彼は、会社では海ボウズでいるべきだ。

葵は慌てて彼から視線を外し、うつむいて献立表に目を落とす。

「あっ、次は松茸の揚げ物ですって。楽しみですね。私、人生初です。鈴木さんは、食べたことあります？」

無駄に高いテンションでしゃべってしまう。落ち着け、落ち着けと、葵は少し酔いの回った頭に言い聞かせた。

松茸の揚げ物は、酢橘《すだち》と塩で食べる。サクッと揚がった衣を噛むと、松茸の香りが口いっぱいに広がった。

「いい香り～。あぁ、しあわせ～」

口から勝手に言葉がこぼれ出た。

「確かにこの松茸は香りが強い。恐らく国産の新鮮なものだろう。鮮度が落ちると香りも薄まるからな。松茸の独特の香りには、食欲増進や精神安定作用があると言われていて、桂皮酸《けいひさん》メチル、マツタケオールなどからできている」

出たっ！　いつもの薀蓄《うんちく》。

そんな些細《ささい》なことが、不思議と嬉しくなってくる。やっぱり彼はこうでなくっちゃ。

「鈴木さん、もの凄《すご》く鼻が利くだけじゃなくて、匂いにも詳しいんですね」

葵の言葉に、鈴木は途端にばつの悪そうな顔をした。

「すまなかった。匂いのことになると、つい無意識に口から出てしまう。俺は元々匂いに敏感だったし、会社に入ってからもずっと香料について学んでいるんだ。うちの会社には調香師《ちょうこうし》がいないからな」

「調香師《ちょうこうし》？」

耳慣れない言葉に葵は首を傾《かし》げた。

「香料を専門に調合する人のことだ。うちでは開発員が製品の香りを決めているが、一部の大手会社にはそうした専門家がいる。例えば――」

鈴木は、超大手の製薬会社名を挙げた。入浴剤の売り上げトップの老舗《しにせ》だ。入浴剤に関しては後発である海山ホームプロダクツにとって目標となっているのか、よく社内でも引き合いに出される社名だった。

「入浴剤にとって香りの果たす役割は大きく、重要だ」

「私も同感です。いい香りのお風呂に入ると幸せですから。松茸を食べた時と同じくらいに。うふふっ」

「ははは。松茸の香りの入浴剤は売れないだろうな。自分が土瓶蒸《どびんむ》しの具になったように思える」

「中には、具になりたい人がいるかもしれませんよ？」

二人は顔を見合わせ、声を上げて笑った。

笑いが治まると、鈴木が「さて」と切り出した。

「入浴剤について少し聞いてもいいだろうか？　実は今、バンボンボンの改良に取り組んでいるのだが、その参考にさせてほしい」

それを聞いて気の毒になった。仕事に行き詰まっている、とか、難しい仕事に取り組んでいる、と聞いてはいたが、鈴木がそう言うのも無理はない。

バンボンボンは、カラフルな色の真ん丸な入浴剤だ。我が社の入浴剤のラインナップに名を連ねてはいるものの、薬事法対象外なので、正式には雑貨に分類される。

見た目は可愛いが、入浴剤として何の効能もなく、正直に言って売れていない。

葵自身、香りや色を楽しみたい時、たまに手に取る程度で、あまり使ったことがなかった。

自分に何ができるかわからないが、少しでも役に立てるならと思い、葵は「はい」と頷いた。

「葵はフルーツ系ではどんな香りの入浴剤が好みだろうか?」

入浴剤の大好きな葵は、大真面目に首を捻《ひね》って考え込む。

「う〜ん、そうですね。好きなものがいっぱいあり過ぎて難しいんですけど……。私はシトラス系が好きです。特にオレンジ」

「オレンジ? 柚子《ゆず》ではなく?」

「はい。私は、わりと普通の匂いが好きなんです。ベリーだったら馴染《なじ》みのない何とかベリーじゃなくて、よくあるイチゴの匂いが好きです」

「普通の匂いか……参考までに、ハーブや花は?」

「カモミールは好き、でもラベンダーは苦手かな。桜やバラも好きですけど……入浴剤のバラの香りはあまり得意じゃないです。バラの香りは生花に限ります。私の勝手な思い込みですけど」

鈴木は小さく頷きながら、濁《にご》りや炭酸の有無《うむ》、肌への当たりや、入浴剤の形状などについて次々に尋ねてくる。

葵はポンポンとそれに答えていった。一通り聞き終えた鈴木がこれまでの答えを総合して言う。

「葵が最も理想とする入浴剤は、オレンジの香り、透明でサラッとした肌触りの強炭酸錠剤型ということになるな」

それを聞いた葵は、笑顔ではっきりと頷いた。だがすぐに、「あっ」と一声漏《も》らして首を左右に振った。

「でも私が一番好きなのは、草の湯です」

「草の湯が好き？」

鈴木の喉仏《のどぼとけ》がゆっくりと上下に動いた。

「はい。私の一番お気に入りの入浴剤です。生薬《しょうやく》の匂いしかしないし、色も薄いけど、入れば違いがわかります。あれは本当に素晴らしい入浴剤です！」

力説する葵の顔を、瞬《まばた》きもせずに見つめていた鈴木は、やがて軽く咳払いをして口を開いた。

「草の湯は、俺が初めてメインで開発した入浴剤なんだ」

「えっ、鈴木さんが草の湯を……」

葵が目を丸くして見つめると、鈴木は照れた様子ながら、嬉しそうに目尻を下げた。

「ほんとですか。凄《すご》い！　私、草の湯が大好きなんです！」

一気に興奮した葵は、草の湯について、あれこれと鈴木に質問し始める。にこやかにそれに答えていた鈴木は、ふいに黙り込むと、ぽつりと言った。

「入浴剤の話でこんなに女性と盛り上がったのは初めてだ」

「あ……私もそうかも。大学の温泉同好会のメンバー以外では初めてです」

葵の言葉に、鈴木はぐっと身を乗り出した。

「温泉同好会？　葵の大学には温泉同好会があったのか？」

彼の目の色が変わっている。

「はい」

「何てことだ！　俺もその大学に入ればよかった……」

「あの、女子大だから鈴木さんは入れないと思います」

「そ、そうか……」

鈴木はがっくりと項垂《うなだ》れ、力なく椅子に背を預けた。

「鈴木さんの大学には温泉同好会がなかったんですか？」

「ああ」と、鈴木はすっかり気の抜けた様子だ。

明らかに落ち込んでいる姿は、子どもみたいでちょっと可愛い。

「うちの同好会、他の大学と交流することもあったんですよ。鈴木さん、大学はどこですか？」

鈴木は日本一偏差値の高い大学名を口にし、そのまま大学院に進んだと教えてくれた。

葵は驚きつつも、やっぱり、とどこか納得しながら頷いた。

そういえば、確かあの大学には、つい最近温泉サークルができたばかりのはず。

それを教えると、鈴木は頭を抱えて唸《うな》った。

「そうかぁ……、自分で作ればよかったのか。俺としたことが……」

すっかり落ち込んでしまった鈴木に、葵は明るく声をかける。

「鈴木さん。私でよかったら、今夜は大好きなお風呂の話をたっぷりしましょうよ！」

途端に鈴木の表情が輝いた。

「葵も風呂好きだったんだな」

「はい。私の趣味です」

そう言い切った葵の顔を見て、鈴木は心底嬉しそうに笑う。

「俺にとっては、風呂は最高の仕事で、最高のレジャーだ」

そこから先、二人の会話は止まらなかった。

葵は大学時代、温泉同好会に所属していたほどの筋金入りの風呂好きだ。

一方の鈴木も、風呂好きが高じて入浴剤の開発室勤務を熱望し、それが叶った今、朝早くから夜遅くまで仕事に精魂《せいこん》を傾けている男だった。

目の前の相手が自分と同じように風呂を愛する人間だとわかった二人は、すっかり意気投合し、大いに盛り上がった。日本酒を楽しみながら、競い合うように入浴剤やお風呂、はては温泉の効能について語り合う。気が付けばあっという間に閉店時間になっていた。

「ごちそうさまでした！」

笑顔の葵は、店から出るとペコリと鈴木に向かって頭を下げた。

「凄《すご》く楽しい夜でした」

「それはよかった」

鈴木の表情も明るい。

「葵の家は歩いて十分ほどだったな？　どうだろう、歩きながらもう少し話さないか？」

「夜のお散歩、いいですね！」

鈴木の提案に、葵ははしゃいだ声を出す。一緒にいるのが楽しくて、この時間が終わるのが名残《なごり》惜しかった。

二人並んで歩き始めると、鈴木がジャケットを脱いで葵の肩にかけてくれる。彼の温もりに包まれ、何だかくすぐったくて、自然と頬が緩《ゆる》んできて仕方がない。

その顔をごまかすようにうつむいて歩いていると、鈴木がふと立ち止まった。振り返った葵の肩に両手を置き、彼は意を決した様相で切り出してきた。

「葵、聞いてほしい。こうやって一緒に過ごし、葵が好きだという俺の思いはいっそう強くなった」

鈴木は、真剣な表情で葵の目を覗《のぞ》き込んでくる。

「葵、もう一度言わせてくれ。君が好きだ。俺と付き合ってほしい」

心臓の鼓動が一気に速まり、胸が苦しくなってくる。

今の葵はもう知っていた。自分がすっかり彼に魅了されてしまっていることを。

鈴木は、仕事熱心で、知識が豊富で、尊敬できる男性だ。普段の海ボウズ姿の時ですら、そう思ってドキドキしていたというのに、さらにこんなにステキな人だったなんて。

こんな男性から思われて、好きにならないはずがない。

「……はい」

葵はおずおずと鈴木を見上げながらも、はっきりと返事をした。

鈴木の目が明るく輝く。彼は心底嬉しそうな顔をしてぎゅっと葵を抱き締めた。片手で葵の長い髪を撫でつつ、ため息をこぼしながら言う。

「ああ、葵……。やっとＯＫしてもらえた……」

嬉しそうに響く彼の低い声やどこまでも優しく動く手に、胸がきゅんとなる。葵は鈴木の広い胸にトンと頭を預け、彼の背に腕を回した。彼の腕の中はまるで自分のためにあるみたいに心地いい。葵は安心してうっとりと身を任せていた。

だが……徐々に鈴木の動きが大胆になっていく。優しく髪を撫でていた手が髪に挿し込まれ、彼は葵の頭に口づけを落とした。その間、もう片方の手が背筋をたどり少しずつ葵の官能を刺激してくる。それを意識した葵は、急にそわそわしてしまう。

いくら人通りがないといってもここは路上だ。しかも自分のアパートはここから目と鼻の先。おまけに会社までは徒歩圏内なのだ。正直、誰に見られるかわからない場所である。

車のライトが近づき、二人の影を浮かび上がらせると一気に落ち着かなくなった。

いくらお付き合いをOKしたとはいえ、それとこれとは別問題だ。

「あの……鈴木さん、ちょっと待って」

「ん？　どうした？」

耳元で甘く囁《ささや》かれ、その刺激に葵はたまらず一歩引いた。すると、鈴木は腕の拘束を少しだけ緩《ゆる》め、不安げな声を出す。

「俺に触られるのは嫌か？」

鈴木の腕の中で、葵は小さく首を振った。

「あの、そういうことじゃなくて、ここ、外ですし……」

その言葉を聞いた鈴木は、さっと腕の中から葵を解放する。ほっとしながらもちょっぴり寂しく感じた瞬間、彼の手が葵の手を固く握り締めてきた。

「よし、わかった。行くぞ」

葵の手を引いた鈴木は、夜道をどんどん進んで行く。

「えっ？　私の家、そっちじゃない……」

引きずられるようにして歩きながら、葵は戸惑って抗議の声を上げた。葵のアパートはすぐそこなのに、彼が違う道を選んだからだ。これは海岸へと続く道だ。

「いいや、合っている。俺の家はこっちだからな」

ええっ！　鈴木さんの家？

鈴木は何かに急《せ》き立てられるように足を動かしながら言う。

「葵……俺のうちに来ないか？」

「そんな……いきなり……ですか？」

「俺は今、葵と離れたくない。大丈夫、何もしない――」

そこで鈴木はピタリと足を止め、葵の顔をじっと見下ろした。

「何もしない、と言い切るのは難しいかもしれないな。これぐらいは許してくれ」

鈴木は葵の肩を掴《つか》むと、すっと顔を傾け、葵の唇に素早く自分のそれを重ねた。

唇に触れるしっとりした感触に頭が痺《しび》れた。

いいや、頭だけじゃない。頭のてっぺんからつま先まで、痺《しび》れるような心地よさを感じる。身体がふわふわして、崩れ落ちないように足に力を入れなければならなかった。

「ふぁっ……」

唇が離れると同時に、甘い吐息がこぼれる。

鈴木の指先がそっと葵の唇に触れた。

「この唇はなんて気持ちがいいんだ……」

わずかな刺激なのに身体がびくりと反応する。

いつの間にか、ここが路上であることなど、頭から消え去っていた。

葵は潤《うる》んだ瞳でじっと鈴木を見つめた。すぐに彼の手が葵の頭と背を支え、再び斜めに傾けた顔が近づいてくる。

鈴木は唇で愛撫《あいぶ》するみたいにキスをした。彼のキスは葵を痺《しび》れさせるだけでなく、蕩《とろ》けるように甘い。

つまり鈴木はキスが上手だった。

あまりの気持ち良さに上手《うま》く力が入らない。こんなことは初めてだった。

これこそ相性が良いということなのか……

鈴木が以前、二人の相性は遺伝子レベルで良い、と言ったことを、靄《もや》のかかった頭で思い出す。

その間にも、鈴木の舌先が葵の唇の上をするっとなぞり、唇の隙間からゆっくりと中に入ってくる。鈴木の舌が葵の舌に熱く絡《から》まった瞬間、目の裏に火花が散り、全身がわなないた。

「……んっ」

葵は堪《こら》え切れず鼻から声を漏《も》らす。鈴木の舌は滑《なめ》らかに葵の口内を動き回り、官能を煽《あお》っていく。

やがて二人の唇が離れ、小さく湿った音がした。閉じていた瞼《まぶた》を開けると、鈴木の熱っぽい目と視線が絡《から》まる。鈴木は震えるように息をはくと、再び葵の唇に、強く自分の唇を押し当てた。

鈴木の何もかもが熱い。彼と触れ合う部分から熱が流れ込み、葵の体温がじんわりと上昇するのがわかる。胸がドクドクと痛いくらいに鳴っている。

葵は、鈴木にしがみついたまま、ただ彼の唇と舌に翻弄《ほんろう》され続けた。

キスってこんなに感じるものだったの？

ううん……やっぱり彼は特別なのかもしれない。

やがて唇を離した鈴木が、葵の耳元で囁《ささや》いた。

「葵の匂いが強くなった。これ以上はマズい。我慢が利かなくなる」

耳にかかる熱い吐息に葵はぶるぶると身体を震わせてしまう。

まったくもって同感だった。身体の奥底にとっくに熱が生まれている。このままでは、理性をしっかり保てなくなりそうだ。

耳元で聞こえる鈴木の息が荒い。彼が興奮しているのを感じ取り、胸がきゅんとするのと同時に、ますます身体が熱く疼《うず》く。

私も離れたくない……

その思いのまま葵は、鈴木の腰に手を回してしがみついた。

鈴木の身体がぴくっと揺れた。と、次の瞬間、彼は葵をきつく抱き締め返す。

「葵……俺はもう我慢できない。一緒に家に来てくれるか？」

鈴木が間近から葵の顔を覗《のぞ》き込んできた。彼の目は欲望で濡れたように光っている。

きっと自分も同じだろう。

本能なのか遺伝子のお導きなのかわからない。自分にとっては大冒険。だけど……彼と一緒にいたいのだ。

しかも頭の中で声がする。「この男だ」と。それこそ本能じゃないかと葵は思う。

自分の本能を信じ、その声に従うことを決意した葵は、鈴木を見つめて頷いた。

「私を鈴木さんの家に連れて行ってください」

鈴木はふわりと微笑んで頷いたあと、真顔になって言う。

「葵、俺の名前は晋也だ」

「晋也さん」

葵がそう呼びかけると彼は笑った。それは、心臓が止まりそうなほどステキな笑顔だった。

五分ほどの道のりを、二人は指を絡《から》め合って歩いた。途中、晋也は葵の耳元に顔を寄せ、心底嬉しそうに言う。

「今日は、俺の人生最良の日だ」

「晋也さん……」

葵は胸が温かくなって、そっと彼に身を寄せる。

ドエル富士波にたどり着き、エレベーターに乗り込む。五階のボタンを押すと晋也は葵の肩を抱いて無言になった。扉が開くと、葵を抱え込んで足早に進み、部屋に入ってドアを閉めるや否《いな》や、その場で抱きすくめた。

すぐにキスをされる。路上で交わしたのなんか、話にならないくらい濃厚な口づけ。荒々しく唇を包み込み、戸惑う葵の舌を絡《から》め取る。強く腰を引き寄せられ、互いの下半身が密着した。ぐいっと熱く反応した彼の熱を押し付けられると、葵の胸が大きく音を立てる。

性急に求めてくる晋也に頭の中が沸騰したみたいに熱くなった。

気付けば葵も自《みずか》ら舌を絡《から》ませ、彼を受け入れようと動いていた。熱く激しく口腔《こうこう》を蹂躙《じゅうりん》してくる舌の感触が気持ち良くて、沸騰しきった頭がくらくらしてくる。強く舌を吸われた瞬間、身体から力が抜け落ちた。

「ふあっ……」

葵の手からバッグが滑り落ちる。

その鈍い音に、晋也は我に返ったように唇を離した。そして、息を荒らげながら絞《しぼ》り出すように低い声を出す。

「我慢の限界だ……」

次の瞬間、葵の足は宙に浮いていた。

「──キャッ……」

必死になって晋也の首に腕を回してしがみつく。足からミュールが抜け落ち、カツン、コンッと玄関ホールに音を響かせた。

晋也に横抱きにされた葵は、そのまま廊下を運ばれて、真っ暗な寝室のベッドに優しく下ろされた。すぐにサイドライトが灯《とも》され、目の前に晋也の整った横顔が浮かび上がる。

「早く二人きりになりたかった」

「私も……」

「葵が欲しい」

そう言って、ワンピースの前ボタンに長い指をかける。葵は慌てて、晋也の手を握った。

「あの、……先にシャワー、使っていい、ですか？」

ぴたりと動きを止めた晋也は、真顔で葵を見下ろし首を横に振る。

「ダメだ。葵はそのままがいい」

美しい瞳に見つめられ、そう断言されると何も言えなくなる。やっぱり伊達《だて》メガネを外した彼は危険だ。それでなくても、いつだって気付けば晋也のペースに巻き込まれてしまうのに、その瞳に魅せられた今、抗《あらが》うことなんかできない。

晋也の手が葵の手首を掴《つか》んでシーツに縫《ぬ》い止めた。彼に触れられたところから、甘い疼《うず》きが駆け上がる。葵はぶるりと身体を震わせながら、決意を固めた。

彼がそのままの私でいいと言うなら、安心して身を任せよう。

身体から力を抜いた葵の耳たぶに、晋也は小さな音を立ててキスをした。そこですーっと息を吸い込む。

「ああ……葵の匂いだ。これが俺をおかしくさせる……」

匂いだなんて、まるで動物だ。

「なんか……恥ずかしい」

それって、彼の本能が自分を求めている、ということになるのかしら。

葵を抱き締め大きく息を吸い込んだ晋也が、葵の耳たぶを咥《くわ》える。彼の舌がそこを這《は》い始めると、湿った音と晋也の荒い呼吸音が、耳を伝わり頭の中に響き渡る。やがて、晋也は葵の頭部をガシッと掴《つか》み、唇を首筋に移動させた。熱い舌で執拗《しつよう》にそこをたどられ、葵の息もどんどん荒くなる。

やにわに晋也が葵の首に歯を立てた。

「あっ――!」

葵の身体が跳ねる。

「たまらない」

晋也が乱れた呼吸を繰り返しながら、低く呻《うめ》く。

目を開けると、彼はぎらつく目で葵を見下ろしていた。自分を射すくめる鋭い瞳に、葵は動けなくなってしまう。

彼の野性を目の当《ま》《あ》たりにしたようで、葵の心臓がドキドキと音を立て、身体の奥深くがぬるりと潤《うる》むのを感じた。

上半身を起こした晋也は、葵のワンピースに手を伸ばし、器用な指先でプチン、プチンと胸元のボタンを外し始めた。

あっという間にワンピースの上半身が大きくはだけられ、両肩から引きずり下ろされる。キャミソールの肩紐もすぐに外されて、ワンピースと一緒に腰のあたりに絡《から》みついた。

葵の背に回された晋也の手がブラのホックを外してさっと取り去る。彼の手は優しいけれど迷いがなく少し強引だ。

解放された膨らみを、熱い手で包み込まれた。

「あんっ……」

晋也は、胸の柔らかさを確かめるみたいに、ゆっくりとこねるように手を動かす。

「……ふうっ……あっ」

思わず声を出した葵に、晋也は満足げに微笑み、胸元にすっと顔を寄せ深く息を吸った。

「葵の肌は甘い匂いがする……」

上目遣いで葵を見つめながら、乳房の上で晋也が言う。彼の吐息が肌に触れ鳥肌が立った。

心臓の鼓動がますます速くなり、身体がいっそう火照《ほて》っていく。

「ふぁ……」

晋也が葵の乳首を口に含んだ。

温かく湿った感触はムズ痒《がゆ》く、葵は喉を反《そ》らして甘い声を漏《も》らす。

唇で包み込まれ、熱い舌先で舐《な》め回されると、あっという間に乳首がツンと尖っていった。彼は、ちゅうっ、と音を立てて強く乳首を吸い上げ、時に柔らかに歯を立て甘噛みしてくる。

反対側の乳首も、指先でクリクリと弄《いじ》られたり摘《つま》んだりされるうちに、どんどん硬さを増してその存在を主張した。

「あん……あぁ……」

葵は気持ち良さに身体を震わせ、蕩《とろ》けるような声を溢《あふ》れさせる。

執拗《しつよう》に胸をまさぐられ、乳首を刺激されると、身体の奥がどんどん熱くなり疼《うず》くようにきゅうと切なくなる。

「うっ……んんっ——」

悩まし気に眉を寄せた葵は、うずうずする腰を揺らし、親指を噛んで声をこもらせる。

晋也は胸から顔を上げると、葵の口から親指を外させた。

「葵、噛んじゃダメだ」

潤《うる》んだ瞳で見つめる葵に、わかっている、とでも言うように晋也は小さく笑った。そして葵に唇を重ねながら、ワンピースの裾から手を潜《もぐ》り込ませる。

葵の太ももをゆっくりと撫で上げる手は下腹部をひと撫でし、そのまま脚の間へ滑り込んできた。

「あぁっ！」

待ち望んだ刺激に葵は背をしならせ叫ぶ。下着の上から敏感な部分を上下に擦られ、否応《いやおう》なく息が上がっていく。

勝手に漏《も》れ出す声が恥ずかしい。葵は晋也の首に手をかけ、引き寄せた彼の唇にキスをした。

晋也がそれに応え、二人の唇が深く重なり合う。

「ん……んふっ……」

唇の隙間から声が溢《あふ》れ出していく。下着越しの刺激が酷《ひど》くもどかしい。

葵はもっと強い刺激が欲しくて、無意識に腰をくねらせた。

それに気が付いた晋也は、葵の身体に残るワンピースとキャミソールを取り去り、下着をストッキングごと一気に脱がせる。

葵は軽く身を捩《よじ》って、彼の動きを助けた。

葵をすっかり裸にした晋也は、自身も身に着けていたものを手早く脱ぎ去る。

裸になった晋也は葵の隣に寄り添い、感極まったような声を漏《も》らした。

「葵……きれいだ」

ああ……気持ちいい。

ぴったりと素肌が触れ合うのがたまらなく心地いい。

「君はこんなにもきれいな身体をしていたんだな」

晋也は欲望のこもった視線を葵の全身に這《は》わせていく。

その言葉が嬉しくて、でも同じくらい恥ずかしくて葵は甘えるように晋也の胸に頭をすり寄せた。広くて逞《たくま》しい胸。裸になるとそれがよくわかる。

「葵、好きだよ」

胸が甘酸っぱく痛む。

「嬉しい……晋也さん。……私も好きです」

葵の告白に笑顔を輝かせた晋也が、髪、こめかみ、瞼《まぶた》……と順にキスを落としてくる。耳たぶを噛まれ、葵はぴくりと身体を揺らした。そのままそこに舌が這《は》わされ、葵は身体の奥深くから、とくりと潤《うるお》いが溢《あふ》れ出すのを感じた。

晋也の唇は耳たぶから頬を通り、葵の唇をふさいだ。すぐに激しいキスが繰り返される。

「ん……むぅ……」

葵の唇からくぐもった声が漏《も》れる。吐息を貪《むさぼ》り合い何度も角度を変えて唇を合わせながら、晋也の手はくすぐるみたいに葵の脇腹やへその周りを撫でる。その動きは、葵の官能を確実に煽《あお》っていった。やがて茂みにかかった手が、ゆっくりとそこを撫で回し始めた。

その刺激に秘裂の奥が痙攣《けいれん》しずきずきと蠢《うごめ》く。

葵の中が、彼が欲しいと訴えているのだ。

じわじわとした刺激に耐えきれず、葵は泣き言を漏《も》らしてしまう。

「あ、あん……晋也さん、お願い……」

葵は晋也の腕を掴《つか》んだ。

「どうした？　葵」

すると晋也は、葵への愛撫《あいぶ》を止《や》めてしまう。薄く微笑んだ彼の顔は、葵の望みをわかっていながらそうしているのだと言っている。

「……いじわる……」

拗《す》ねた声を出しつつも、葵は自《みずか》ら腰を揺らし奥を探ってほしいとアピールした。

晋也は、葵の耳に唇を押しつけ、低く掠《かす》れた声を流し込む。

「どうしてほしいんだ？　はっきり言ってごらん」

そう言って晋也は、ゆっくりと太ももを撫で上げる。整った顔は楽しそうに笑っていた。

葵は羞恥《しゅうち》に身体を震わせる。しかし、切なく疼《うず》く奥をもてあまし、ついに自分を見下ろす晋也に向かって懇願した。

「もっと奥……触って」

「ふっ……」

晋也が小さく笑った。

「葵は本当に可愛いことを言う」

「だって……もう……っ」

そこで言葉が途切れる。晋也の指が熱く潤《うる》む入り口に触れたからだ。

葵は身体をびくりと跳ね上げ、喜びの声を漏《も》らした。

「……あぁぁっ！」

秘裂をなぞる晋也の指が、くちゅ、くちゅ、とぬかるんだ音を立ててスムーズに滑り始める。彼の長い指が、濡れそぼる葵の溝を、ゆっくりと往復した。

濫《みだ》りがわしい水音に、葵は自分がたっぷりとそこを濡らしていたことを自覚して、頬が熱くなる。

「ああ……凄《すご》い。ビショ濡れだ……」

「言わない――でっ……」

気持ちよくて、恥ずかしくて、嬉しくて――色んな感情が一緒くたになって、葵の目が熱く潤《うる》む。

葵の溝を丁寧に隅々までまさぐったあと、晋也の指は葵の敏感な突起をぐにゅっと強く押し潰した。

「ひぁっ！」

その瞬間、全身をびりびりした感覚が駆け抜ける。想像以上に強烈な刺激に、葵はぐっと頭を反《そ》らせて歓喜の声を上げた。

晋也は、目の前にさらけ出された葵の首に強く唇を押し当てながら、敏感な粒を濡れた指でぬるぬると刺激し続ける。

「ああっ……」

硬くなった突起がジンジンと痺《しび》れ、思わず身体が動いてしまう。

やがて晋也は、蜜をはき出し続ける葵の穴に、ぬっと指を押し込んだ。

待ち望んでいた快感だ。早くそこに入ってきてほしかった。

ぬぷっ……、つっ……、くちゅっ……

「あ——、ふっ……あぁっ……」

葵は唇を震わせ、顔を歪《ゆが》める。

「葵……。もっと……もっと感じるんだ」

首元から頭を上げた晋也は、硬く目を閉じて苦しそうに息をはく葵の顔を見つめ、ゆっくりと指を動かしていく。

「きゃうっ！」

中を探っていた指にある一点を突かれた時、葵は鋭い声を上げてビクンと震えた。

「ここだな……」

「あ、あっ、晋也さん――、そこはっ……んん！」

晋也の指は、そこ、と葵が告げた辺りを執拗《しつよう》に刺激して、葵にさらなる声を上げさせる。

「ああ、葵……可愛いよ」

感じ過ぎて頭の芯が白くなる。ビクビクと跳ねる身体を自分ではまったくコントロールできなくて怖くなった。

「やっ！　もっ、だめ……んっ」

悲鳴のような葵の声に、晋也はつぷりっ、と葵の中から指を引き抜いた。

晋也は葵の手を取り、下腹部でそそり立つ自分の分身に導いた。

「葵の中に……入りたい」

葵の震える手ごと、晋也はそれを握り締める。

ああ、大きい……早くこれで中を埋めてもらいたい。

驚くほど熱くて硬い彼のものを手の平に感じ、葵は息を呑んだ。

「ふっ……葵」

ゆっくりと自身を上下に擦りながら、晋也は葵の言葉を待っている。

「……私も欲しい……晋也さんが欲しい……」

熱い息をはき出し、葵は甘く掠《かす》れた声で晋也に訴えた。

晋也が準備をする間、葵は彼に背を向けて目を閉じた。徐々に呼吸が落ち着いてくる。

「葵……」

ぎしりとベッドが軋《きし》み、晋也の温もりが葵の背中に寄り添ってきた。一度ぎゅっと抱き締めたあと、晋也は葵を仰向けにして、こつんと互いのおでこを合わせる。

「愛してる」

「あ……」

心臓が暴れた。その言葉が凄《すご》く嬉しいものだと思い知った葵は、自分も彼にお返しをする。

「私も愛してます」

晋也がくしゃっと顔を歪《ゆが》める。

きっちりとまとめられていた晋也の髪が乱れ、幾筋かが額《ひたい》にかかっていた。それが凄《すご》く色っぽくて、葵の口からため息がこぼれる。

晋也は葵の膝に手をかけ、大きく広げた。

この先の行為を思って、心臓がドキドキと早鐘を打つ。

開いた脚の間に身体を滑り込ませ、晋也は欲情を滲《にじ》ませた瞳で葵の濡れそぼる部分を見下ろした。

晋也は自身の熱い塊《かたまり》をそこにあてがい、溢《あふ》れた蜜を塗り広げるかのように、溝に沿ってゆっくりと往復させる。

「んん……あっ、もう、お願い……」

身体が熱い。下腹部が疼《うず》き、早く晋也が欲しくてひとりでに腰が揺れてしまった。

「はっ、葵！　俺も限界だ……」

晋也はもう一方の手で葵の膝を撫でると、低い声で言った。

「葵、入れるよ……」

葵は高まる期待にこくりと頷いて目を閉じた。

ああ！　やっと……

熱くたぎった晋也のものが、ぐぐっ、と膣壁を大きく押し広げ、葵の中に入ってくる。

「くっ！」

「あぁぁ……！」

晋也は一気に自身を最奥《さいおう》まで沈み込ませ、葵の上に覆《おお》いかぶさってくる。その瞬間、二人は一分《いちぶ》の隙間もないほどぴったりと重なった。

「うっ……はあ、こんなに気持ちがいいなんて……」

「あ……晋也さん……」

「葵、やっぱり君は特別だ」

晋也の言葉に葵も同感だった。

晋也のものは、まるで初めから決まっていたみたいに自分の中をこんなにも満たしてくれる。

うっとりと自分の中にある彼の存在を感じながら、葵も晋也の背に腕を回す。彼が特別だと認めるほかなかった。

葵を抱き締めた晋也が、ゆっくりと腰を動かし始める。

耳たぶに唇が触れ「葵……」と彼が切なく漏《も》らすと、ぶるっと身体が震えた。

――ああ、彼のことが好きだ……

耳の中を執拗《しつよう》に舌が這《は》い回る。

「ん、あっ……」

ちゅっ、ねちっ――

音を立てて耳たぶが吸われる。そこを唐突にきゅっと噛まれると葵の背がぐっと浮いた。

「あうっ！」

「うっ、葵……そんなに締めるな」

晋也も同時に声を漏《も》らす。彼の背はしっとりと汗ばみ、触れ合う肌が心地いい。

耳に唇を押し当てたまま、晋也が囁《ささや》いた。

「葵の中……、熱くうねってたまらない――」

晋也はゆっくりと葵の中を出し入れし続ける。硬く張りつめたもので、柔らかく蕩《とろ》けた葵の中を丹念に余すことなくなぞり続けた。

早く昇りつめたいと願うと同時に、このままずっと彼を感じ続けてもいたい……葵はじわじわと高められる自分の身体をどうしていいのかわからなくなった。

戸惑いと快楽から、思わず声が漏《も》れる。

「ああ……――私……おかしくなっちゃう――」

その直後、晋也は葵の身体に回していた腕を解き、両手で葵の腰を掴《つか》んできた。角度が変わった瞬間、息が止まる。

「思う存分おかしくなれ……俺が、ちゃんと見てるから大丈夫だ」

そう言って熱い眼差しで見下ろす晋也に、葵はごくりと喉を鳴らして小さく頷いた。

腰を掴《つか》まれたまま、激しい抽送《ちゅうそう》を繰り返される。

「――あっ、……あんっ、――ああっ、――ふっ、……」

強い快感に喘《あえ》ぎが止まらない。

「葵――、葵」

晋也の声が聞こえる。そうだ、おかしくなってもいい。彼が大丈夫だ、と言った。

「あうっ！　――いいっ！」

葵は感じるままに顔を歪《ゆが》めて荒い息をはき出した。与えられる刺激に身を委《ゆだ》ね、絶え間なく艶《つや》っぽい声を上げ続ける。

快感に乱れる自分の姿を、晋也が眺めている。

恥ずかしい、でも嬉しい……

そんな感情がさらに葵の快楽を大きくしていった。かっかと頬が火照《ほて》り、じわっと汗が噴き出してくる。

ふいに晋也の動きが緩くなった。彼は葵の両手首をひとまとめにして頭の上に縫《ぬ》い止めると、ゆるりと腰を動かしながら顔を近づけた。

「不思議だ……葵の匂いが変わってきた。ますます甘くなって……そう、ジャスミンみたいに」

そう言って、晋也は露《あら》わになった葵の脇の下に顔を寄せると、そこをぺろりと舐《な》める。

「ひゃっ！　……そんなとこ舐《な》めちゃダメ……」

「断る。葵の匂いは……俺の本能を刺激する……。まるで、強烈な媚薬《びやく》のようだ」

晋也は脇の下から腕に向かって舌を這《は》わせ、柔らかな腕の内側に強く吸いついた。

「ふっ……んん、やぁ」

羞恥《しゅうち》に身を捩《よじ》ると、晋也は葵の手首を放し、ゆっくりと身体の線をなぞっていく。

「葵の肌は、しっとりと手に吸いついてきて……気持ちがいい」

晋也が何か言うたびに、葵の胸が甘くときめく。同時に、ぞくぞくした痺《しび》れが背中を伝って全身に広がり、子宮が痛いほど疼《うず》いた。

晋也は上半身を起こすと、葵の膝に手をかけてさらに大きく脚を開かせた。

「や、晋也さん……っ」

彼はギリギリまで腰を引き、再びグッと強く突き入れる。

パンという身体同士がぶつかる音がして、内側に戦慄《せんりつ》が走り抜けた。

「ひあっ……！」

「くっ……葵っ」

晋也は、熱くたぎった塊《かたまり》を、ぎりぎりまで引き抜いては奥まで挿入する行為を繰り返す。長いストロークに葵は喉を喘《あえ》がせた。

「んあっ、晋也さん――っあ、凄《すご》っ」

ぐちゅんっ……ぐちゅんっ……

晋也のものが葵の中を出入りするたびに、イヤらしい音が部屋に響く。

彼の激しい動きに合わせて、葵の乳房がぷるんぷるんと揺れた。

晋也は激しい抽送《ちゅうそう》を続けながら、二人が繋《つな》がる部分に手を伸ばし、敏感な突起を親指の腹でぐりっと押した。剥《む》き出しにされた最も敏感な部分を刺激され、葵が喉を仰《の》け反《ぞ》らせて叫ぶ。

「ああっ……凄《すご》いっ！」

強烈な快感が大波のように押し寄せ、葵の身体に力が入る。

思わず腰を浮かせて、最奥《さいおう》まで深々と貫く晋也のものをギュウッと締め付けてしまった。

「うっ！　葵……ダメだ」

再び覆《おお》いかぶさってきた晋也が、何かを堪《こら》えるように葵の背を強く抱き締める。

しばらくそのままでいた晋也は、大きく息をはき出すと一気に腰の動きを速くした。

晋也の熱く硬いものが、速く、強く葵の膣壁を抉《えぐ》ってくる。

「葵……葵………っ」

激しく身体を揺さぶりながら、晋也が何度も葵の名前を呼ぶ。薄く開いた瞼《まぶた》から、彼の理知的な唇が苦しげに歪《ゆが》んでいるのが見えた。その唇が凄《すご》くセクシーだ。

たまらず顎《あご》を上げて葵から口づけると、すぐに晋也の舌がねじ込まれ舌を絡《から》められる。

深いキスの間も晋也の腰は動き続け、ぐいぐい中を突かれるたびに嬌声《きょうせい》が溢《あふ》れてキスが解けてしまった。

「ああっ……あっ……ああっ……あっ、も……だめ――」

葵は頭を反《そ》らせ、彼の動きに合わせて腰を動かした。

唇からは堪《こら》えきれない喘《あえ》ぎがこぼれ続ける。

速いリズムで強く腰を打ちつけられ、例えようのない快感が葵の中に溜まっていく。

本当に、おかしくなる――

その時、晋也がひときわ強く葵を抱き締め、二人が繋《つな》がる部分をぐにゅっと擦り合わせた。

「あんっ……晋也さん！」

晋也を包み込んだ奥がギュッと収斂《しゅうれん》し、葵はぶるぶるっと激しく身を震わせた。強烈な快感に腰が甘く痺《しび》れ、頭の中で何かが弾ける。

「んっ！　ああぁーーっ……」

「うっ……、いくっ！　葵……」

もう一度、ずんっと葵の中を抉《えぐ》った晋也は、大きく腰を震わせ、そのまま動きを止めた。

葵は瞼《まぶた》をぎゅっと閉じ、めくるめく絶頂を存分に享受する。

荒い息をはきながら、晋也がぐったりと葵に体重を預けてくる。葵の身体からも力が抜け、晋也の首に回していた腕がぱたりとシーツに落ちた。

葵の中で晋也のものがビクンビクンと脈打つ感触に、身体の一番奥がヒクッと小さく痙攣《けいれん》する。

「――ん、はぁんっ……」

ゆっくりと彼のものが引き抜かれるのを感じて、葵の口からため息のように切ない声が漏《も》れた。

葵はふわふわと今にも途切れてしまいそうな意識の中で思う。

もう自分はこの男しか受け入れられないのではないか――

晋也との行為は、それくらい気持ちが良かった。

葵の心と身体は、本能的に彼が特別な男だと理解したのだろう。

目を閉じた葵は満足のため息をこぼし、いつの間にか眠りに落ちていた。


ふと目を覚ました葵は、一瞬でここが晋也のベッドの上であることを思い出した。

カーテン越しにうっすらとした光を感じる。どうやら夜明けが近いらしい。

ぐっすり眠ったせいか、妙に頭がすっきりとしている。

隣で眠る晋也に目をやると、髪を解いているせいで、すっかり海ボウズに戻ってしまっていた。

くすっと笑って、顔にかかっている髪をそっと払うと、輝くようなイケメンが現れる。

眠っているその顔は、初めて出会った日の酔っ払った彼を思い起こさせる。

あの時の晋也を、葵は遠い世界に住む人、もう縁がない人だと思った。そしてそうとは知らずに再会した時、彼は同じ会社で働く白衣の変人海ボウズだった。そして今は、葵の恋人だ。

ふふっ、こんなに何度も印象が変わるなんてびっくりしちゃう。もしかしたら、他にもまだ別の顔があったりして……

葵は小さく笑って、眠る晋也をしみじみと眺めた。

あの時、酔っ払った彼を助けた自分の行動を誉《ほ》めてやりたい。いいやそれ以上に、頑《かたく》なに拒絶する葵を何度も口説《くど》いてくれた晋也に感謝しなくてはならないだろう。

しばらく晋也の寝顔を眺めていた葵はふと喉の渇きを覚えた。水を飲もうと、そっとベッドを下りようとしたら、手首を掴《つか》まれた。

「葵……」

「あっ、ごめんなさい。まだ寝ていて……」

晋也が葵の腰に逞《たくま》しい腕を回す。

「すみません……洗面所とか……借りてもいいですか？」

背後を振り返って尋ねると、晋也が頷いた。ちょっと掠《かす》れた眠たげな声が続く。

「自由にして、全部……冷蔵庫も……。洗面台、引き出しに歯ブラシ……」

「わかりました。使わせてもらいます」

葵の返事に、晋也は安心したように笑みを浮かべて腕を離し、再び目を閉じた。

葵とは比べようもないほど、晋也が長時間会社にいることを知っている。会社が休みの週末ぐらいは、ゆっくりと眠らせてあげたかった。

音を立てないように部屋に散らばる衣服をかき集める。そこで葵は、自分のバッグがないことに気が付いた。

記憶をたどって玄関に向かうと、ひっくり返った自分のバッグやミュール、晋也の靴が目に飛び込んでくる。

昨夜、自分たちがここで繰り広げた濃厚なあれこれが生々しく蘇《よみがえ》ってきて、葵は顔を赤くしながらそれらを片付けたのだった。

探し当てた洗面所に足を踏み入れた葵は、あまりに晋也らしい光景に思わず噴き出してしまった。

大きな棚一面に、様々な種類の入浴剤が積み重なるように並べてある。さらには、アロマや保湿剤などのビンがところ狭しと林立していた。

これじゃあ家でお風呂に入る時も、開発室にいるのと同じじゃない……

本当に晋也は仕事熱心——というより、心の底からお風呂が好きなのだろう。

昨夜、食事をしながら目をキラキラさせて入浴剤の効能について語っていた晋也を思い出す。

彼と同じくお風呂好きを自認する葵には、本当に楽しい一時だった。

でも……普通の女性相手だったら、あんなに入浴剤の話ばかりしていたら呆れられてしまうんじゃないかしら。

葵自身、過去に同じようなことをやって、恋人に去られた経験がある。

そう考えると、趣味の合う男性と付き合えるというのは、凄《すご》く貴重なことだとしみじみ思った。

カラフルな入浴剤のパッケージを眺めながら、いつの間にか顔が笑っている。なんだか飛び跳ねたい気分だ。

私……ウキウキしてる。晋也さんという恋人ができたことが凄《すご》く嬉しい。

葵は、ほうっと息をはいて、堪《こら》えきれない笑みを漏《も》らしたのだった。

シャワーと着替えを借りてさっぱりした葵は、冷蔵庫からミネラルウォーターのペットボトルをもらう。それを手に、リビングの窓から外を眺めて小さな歓声を上げた。

「うわぁ、きれい……」

戸建の家々の屋根や緑の木々の向こうに海が広がっているのが見える。空はだいぶ明るくなり、完全に夜が明けるのも近そうだ。

その時、窓の外を白い鳥が横切った。

興味を引かれた葵は、静かに窓を開けてバルコニーに出てみる。見渡すと、ここだけで葵のアパートの部屋ぐらい広さがありそうだった。

バルコニーの奥にはテーブルセットが置かれている。葵はその椅子に座り、持っていたペットボトルの水を一口飲んだ。

空を仰いでふうっ、と息をはく。

ああ、気分爽快。

「さすが高級マンション。眺めまで最高……」

一人で海を眺めているうちに、葵は急に落ち着かなくなった。

晋也のマンションはとんでもなく広い。先ほどちらりと見た家具も凄《すご》く高そうだった。

それに、葵が座っているテーブルセットだって、普通の家庭によくあるプラスチック製などではない。タイルと黒いスチールでできた非常にお洒落《しゃれ》なものだ。

ドエル富士波は、海の側に建てられた重厚な低層マンションだ。この部屋は五階とはいえ、最上階にあたる。マンションは上階になるほど値段が高くなると、どこかで聞いたことがあった。

一人暮らしの晋也が、なぜこんな高級マンションの最上階に住めるのだろう？

なんだか不安になってくる。彼にはまだ、私の知らない顔があるのだろうか……

「……くしゅんっ！」

そんなことを考え込んでいたら、クシャミが飛び出した。

うう、さむっ――

晋也のだぶだぶのTシャツを着ただけの自分の腕を慌ててさする。十月の早朝はさすがに寒い。

葵はバルコニーから、すごすごと室内に戻った。

すっかり身体が冷えてしまった葵は、洗濯して乾燥機にかけていた衣類を取り出し着替えを済ませる。

そっと寝室に戻ると、晋也は未だぐっすりと眠り込んでいる。その顔を見ているうちに彼にくっつきたくなってきた。葵が静かにベッドに潜《もぐ》り込むと、晋也の腕が身体に巻き付いてくる。

「ふふふ、あったかい……」

晋也の温もりを感じているうちに、再び葵はうとうとしていたのだった。

次に葵が目覚めた時、隣に晋也はいなかった。慌てて寝室を飛び出す。

「お、おはようございます」

「やあ、葵！　おはよう」

キッチンにいた晋也は、葵を目にするとすぐさま隣にやってくる。そして、優しく抱き締め額《ひたい》に唇を押し当てた。彼は葵の目を覗《のぞ》き込んで幸せそうに言う。

「目覚めたら隣に葵がいた。こんな朝を迎えられるなんて夢のようだ」

彼の全身から、葵を愛おしく思う気持ちが伝わってくる。

葵は彼の肩にことんと頭を預け、背中に手を回した。胸がいっぱいで言葉が出てこない。

「葵、俺のことが好き?」

葵は、はにかみながら頷いた。

晋也は、「やっぱり夢のようだ……」とつぶやくと、心から嬉しそうに笑う。

葵はそんな彼の笑顔を眩《まぶ》しく見つめる。

本当に、こんなに幸せで夢みたいだ。

互いに微笑み合うと、唇が近づき——葵は目を閉じる。

軽く触れただけで、すぐに離れてしまった晋也の唇に凄《すご》くドキドキさせられた。

「葵、腹が減っただろう?」

素直に頷くと、晋也は優しく微笑む。

「すぐ準備する」

「あっ、手伝います」

二人でキッチンに並んで朝食の支度を始めた。男性の一人暮らしにしては、ここのキッチンには色々なものが揃っている。

「食事は大切だな。きちんと食材から調理したものを食べると身体の調子がいいと今更ながらに気が付いたんだ。入浴剤としっかりした食事を組み合わせると、より効果的に体調の変化を感じられる」

日常生活の中でも、なんだかんだと入浴剤について考えている晋也はとてもイキイキしていた。

サラダとハムエッグ、こんがり焼けたトースト。それに香り高いコーヒー。シンプルだけど、美味《おい》しそうな朝食がテーブルに並んだ。

「美味《うま》いな」

楽しそうに食べる晋也は明るい笑顔だ。しかもモリモリと食べている。

「ふふっ。凄《すご》い食欲ですね」

「葵と一緒に食べると一段と美味《うま》い。それにトレーニングのあとだしな」

「ああ」

葵は納得顔でリビングの片隅を振り返った。

そこには、まるでジムのようなコーナーがある。鉄アレイやマットの他、葵にはよくわからない道具が並んでいた。

「晋也さん、筋トレしているんですね」

昨夜抱き合った逞《たくま》しい身体を思い出してしまい、葵は薄く頬を染める。

「毎朝、効率的な組み合わせで運動を行《おこな》っている。運動不足による身体能力の低下、および様々な病気へのリスクは理解しているつもりだ」

運動も効率的……晋也らしい言葉に、葵は笑みを浮かべた。

「運動不足は恐ろしい。コレステロールを増やし血液の粘性を高める。その結果、動脈《どうみゃく》硬化《こうか》が発症し、それが高血圧や心筋梗塞《しんきんこうそく》、狭心症《きょうしんしょう》などを引き起こす。水分も重要で――」

熱心に語られる病気の話に頷いていると、話はいつしか運動の素晴らしさに移っていった。

「その上、運動には幸せホルモンを分泌させ、気分を良くする効果もある。葵は幸せホルモンを知っているか？」

「う〜ん、耳にしたことはありますけど、実はよくわからないかも……」

「運動をすると、脳内でベータエンドルフィン、ドーパミン、セロトニンなどが分泌される。これらが幸せホルモンだ。人にワクワク感や達成感を持たせ、心を安定させてくれる効果がある。実は、入浴にも同じような効果があるのではないかと言われているんだ」

「へえ。入浴にも！」

葵のストレス解消法はまさしくお風呂に入ることだ。自分の感覚は正しかったと嬉しくなる。

それにしても、と葵は目の前のイケメンを見つめる。

会社では変人海ボウズと薄気味悪がられているというのに、実際の晋也はとんでもなくレベルが高い。

不思議な人。こんな風に薀蓄《うんちく》を披露《ひろう》している様子はいかにも堅物の理系男子という雰囲気だ。けれど……時折、妙に女慣れしている顔を見せ、女心をぐらりと揺さぶってくる。

優秀な理系男子が超イケメンだとこうなるの？

これからも彼に翻弄《ほんろう》される予感がしてちょっぴり不安を覚える葵だった。

食事を終え、ゆったりとコーヒーを口に運ぶ晋也に、葵は先ほどから気になっていたことを切り出した。

「ここ凄《すご》いマンションですね」

「ああ、そうだな。なかなか住み心地がいい。入社祝いに伯父からもらったんだ」

想定外の答えに、葵の目が丸くなった。

「……もらった？　ここを……」

目を真ん丸にしたまま、葵は周囲をぐるりと見渡す。

「ここからの眺めが気に入って購入したそうだ。当初伯父は、ここを富士波工場に来た時に利用しようと考えていたらしい」

そして晋也は、呆れたように苦笑する。

「だが、たまに泊まるだけならホテルのほうが面倒がないとわかり、すぐに使わなくなったんだ。それで俺が富士波工場に配属された時、ここを譲られた」

「あの……伯父さんって？」

「言ってなかったな。海山太一《うみやまたいち》、うちの社長だ。俺の母親は社長の妹なんだ」

「社長が……晋也さんの、伯父さん？」

晋也は、「ああ」と頷いて、何事もなかったみたいにカップを手に取った。

彼が社長の甥《おい》……

そう脳が理解した瞬間、緊張してしまった。とにかく落ち着こうと、葵もコーヒーを口にするものの、まったく味がわからない。

晋也が社長の親族だと判明したからといって、彼を好きだという気持ちが変わるわけじゃない。それでも、葵は知ったばかりの事実に酷《ひど》く動揺していた。

葵と同じ、一般社員だとばかり思っていた晋也が、急に雲の上の人みたいに思えてしまう。

私は本当に、この人とお付き合いしてもいいのだろうか？

うろたえた葵の口から、不安な気持ちと一緒に言葉が滑り出た。

「晋也さん……もしかして、ゆくゆくは社長の跡を継ぐなんてことは……」

「いいや、それはない」

晋也はあっさりと首を横に振った。

「社長にはちゃんと息子がいるから、そんなことにはならない。社長が伯父だからといって、俺の人生や仕事に影響はない」

それを聞いて葵がほっとしたのも束の間、晋也はふと顔を曇らせた。

「いや……そんなこともないな。実は……社長から本社に移るように言われているんだ」

「えっ？　本社に？」

つい声が大きくなる。せっかく彼と付き合うことになったというのに、離れ離れになってしまう。

「あの、それはいつからですか？」

恐る恐る尋ねると、「まだ決まったわけではない」と晋也は返事をし、酔って葵に助けられたあの日のことを告白した。

社長から、春までにバンボンボンの売り上げを入浴剤部門の一位にできなければ開発室を離れるよう命じられ、やけ酒を飲んでしまった、と。

「春までに入浴剤部門の一位？　あのバンボンボンを？」

葵は目を剥《む》いて声を上げた。

それはかなり難しい、いや、むしろ無謀ともいえる。バンボンボンの売り上げが、人気入浴剤である山の湯を上回ることなど想像できない。

晋也が取り組んでいるのは、そんな大変なことだったのか。

「そうだったんですね……」

葵は肩を落とす。

「俺が開発した草の湯の売り上げも良くないし……社長の命令は仕方のないことかもしれない」

晋也もうつむいて深いため息をこぼした。

葵は洗面所の入浴剤が並んだ棚の様子を思い浮かべる。あんなに入浴剤が好きで、熱心に研究の仕事をしている晋也が、開発室を離れるかもしれないなんて……

会社員である以上、社長の決めたことには口出しできない。

草の湯の売り上げが芳《かんば》しくないことや、バンボンボンの低迷については、もちろん葵も知っている。その結果を前に、下手《へた》な励《はげ》ましの言葉はかけられない。

つい暗い気持ちになってしまった葵は、続く晋也の言葉に驚いて顔を上げた。

「バンボンボンのメインターゲットは子ども。あとはせいぜい若い女性……」

客観的に見ても、達成するのは不可能に近い命令なのに、彼は諦めていないのだ……思い返せば、昨夜もバンボンボン改良の参考にと、あれこれ葵に尋ねてきたではないか。

彼のために、自分にも何かできることはないだろうか？

その時、晋也が焦ったように「すまない」と言ってきた。

「また入浴剤の話になってしまった。今日はもうこの話は止《や》めよう。そうだ、葵の生まれはどこだ？　誕生日は？　血液型は？」

自分を知ろうとしてくれることが嬉しい。葵が質問に答えると、晋也は新たな質問を次々に繰り出してくる。晋也の優秀な頭の中に、葵のデータがたくさん書き込まれていった。そして葵も、晋也の情報をいくつか手に入れたのだった。

そのあと、一緒に食事の後片付けをしたり、ソファでまったりと語り合ったり……。

そのうち、甘い雰囲気でキスをして、再び昂《たかぶ》った晋也に寝室に運ばれたり……

昼間から窓のカーテンを閉め、二人はベッドの上で何度も抱き合った。

晋也は、甘い言葉をたっぷりと囁《ささや》き、惜しみなく愛情を葵に示してくれた。

情熱的な時間を過ごし、ぐったりと晋也の腕に頭を預けた葵は、彼の裸の胸に手を伸ばす。晋也の心臓の鼓動を指先に感じながらつぶやいた。

「こんなに愛されちゃったら、私、凄《すご》く愛情に贅沢《ぜいたく》になってしまいそう」

「ふっ……」

晋也は小さく笑って、葵を腕の中に抱き込んだ。

「大丈夫だ。俺の愛情は全て葵にやる」

「そんなこと言うと、すっごくワガママになっちゃうかもしれませんよ」

「葵のワガママは全部受け止めてやるから大丈夫だ」

葵の髪を優しく撫でて晋也が言う。葵はその胸に頬をすり寄せ、幸せに酔いしれた。

そんな風に、葵は予想していなかった甘い週末を彼の家で過ごした。

日曜の夜、アパートまで車で送ってもらった頃には、葵はすっかり晋也に溺《おぼ》れていた。

車のテールランプを見送りながら、彼の体温を思い出して切なくなる。

けれど、心にも身体にも妙に力がみなぎっていた。細胞が全て入れ替わり、自分がまったくの別人に生まれ変わったような気にさえなってくる。

その思いのまま、先週までの自分とはサヨナラしようという決意が葵の中に湧き上がってきたのだった。

2

晋也が思い人——中森葵と恋人同士になってから一週間が経った。

晋也は交際を隠すことなく、仲睦まじく堂々と社内で過ごしている。といっても、一緒に過ごせるのは昼休みの社員食堂ぐらいだ。そうなると自然に丸尾と五十嵐も同じテーブルにつき、一見以前と変わらぬ状態が続いていた。

今日も社食で四人揃って昼食を取っている。

「あ〜あ、マジでくっついちゃうとか、……ったく信じらんないよなぁ」

晋也の目の前に座る五十嵐がそうぼやいた。この男は、同じようなセリフを毎日必ず口にする。元恋敵《こいがたき》としては甘んじて受けようと思うが、さすがに毎日聞かされるとうんざりしてくる。

その時、五十嵐の隣に座る丸尾が大きなため息をついた。

「ほんと諦めが悪いわね……。いい加減、男なら潔《いさぎよ》く二人を祝福しなさいよ！」

そう言って、ぴしゃりと叱られた彼は、そっぽを向いて舌打ちをした。これもお馴染《なじ》みのやり取りとなりつつある。

自分を睨《にら》みつける五十嵐に向かって、晋也はニヤッと片頬を上げてみせた。

どんなに恨みがましい目で見られても、絶対に葵を渡したりしない。

先ほど、ここに向かう途中で五十嵐に会い、初めて二人きりで話をした。

「俺さぁ、中森ちゃんに、ずいぶん前から目を付けてたんだよね」

「ほう。じゃあなぜもっと早くから真剣に交際を申し込まなかった？」

「中森ちゃん、お堅いし……断られたらカッコつかないだろ」

晋也は鼻で笑った。

その程度の思いのヤツに負けてたまるか。俺は初めて会った時から、葵こそ運命の相手だと心に決めたのだ。彼女を諦めるつもりなど、毛頭なかった。

それにしても、未だにガタガタ言ってくるのは、五十嵐ぐらいのものである。

あれほど騒がしかった周囲がすっかり静かになっているのを晋也は肌で感じていた。不思議なことに、二人が本当に交際しているとわかると、周囲は興味を失ったようだ。

噂には想像の余地があって面白いが、真実は決定事項なのでつまらないということだろうか。

葵の方も、週の頭には晋也とのことをあれこれ尋ねられたようだが、今は落ち着いたと言っている。

「注目されるのがイヤで、あんなに悩んでジタバタしていた自分がバカみたい」

憑《つ》き物が落ちたみたいにすっきりした様子の葵は、そう言いながら安堵していた。

社食の居心地は良くなったが、晋也は昼食を食べ終えるとすぐに席を立った。

「葵と離れるのは名残《なごり》惜しいが、もう行かなければ」

困難な仕事を抱える今、昼休みをのんびりと過ごすわけにはいかない。

「午後も頑張ってくださいね」

小さく手を振って葵が笑顔で見送ってくれる。それは晋也にとって大きな活力源となっていた。

「お疲れ様でーす！」

午後二時過ぎ、配達物を手にした葵が、明るく開発室に入ってきた。

「中森さん、凄《すご》く綺麗になったねぇ」

今日も葵に、差し入れのチョコレートを握らせながら開発室長が言う。

やはり誰が見てもそう感じるのだろう。

晋也は眩《まぶ》しいものでも見るように目を細めた。

仕事で庶務課を離れる時、葵はパソコン用の伊達《だて》メガネを外すようになった。これまで、メガネの奥で伏せられがちだった目は、クルンとカールした長いまつ毛に縁どられ、イキイキと輝いている。

以前は一つにまとめていた髪も、解いて背中に流していた。艶《つや》やかな黒髪が彼女が動くたびにさらりと揺れている。

明るい色を上手に取り入れるようになった服装と相まって、女らしく華やかになった。唇はぷるんと潤《うるお》い、顔色も明るい。晋也にはよくわからないが、化粧も変えたのだろう。

本当に綺麗になった。まさしくサナギが殻を脱ぎ捨て、艶《あで》やかな蝶に変身したかのように。

「やっぱり女の子は恋をすると変わるねぇ」

感慨深げにしみじみとつぶやく室長に、葵が少し照れた笑みを向ける。

晋也はごくりと喉を鳴らして思わず目を逸《そ》らした。

危ないところだった。もし今、この場に室長がいなかったなら、すぐさま葵を抱き寄せ、唇を奪い、髪を撫で……口では言えないあれやこれやをやらかしていたかもしれない。

自分にとって、葵はそれほどの魅力を放っているのだ。

晋也は葵に触れたくてうずうずする手を白衣のポケットに突っ込んだ。

「いつもありがとうございます。これ食べて午後も頑張りますね」

葵は室長にペコリと頭を下げると、すすっと晋也のもとに近寄って小首を傾《かし》げる。

「今夜も遅いの？」

「……ああ、そう、だな」

晋也はポケットの中の手をぎゅっと握り締める。

「無理しないでくださいね。明日会えるのを楽しみにしてる」

「……俺も」

葵のえもいわれぬ匂いを嗅《か》ぎ取ってしまい、そう答えるのが精一杯だった。

初めて葵を抱いて眠った夜からすでに一週間が経っている。

せっかく恋人同士になったのだ。どんなに仕事は忙しくとも、何度か、「仕事帰りに夕食でも」と葵を誘った。だが、全て断られてしまったのだ。理由を尋ねると、何やら急いでやることがあると言う。

思うに、きっと優しい葵のことだから、晋也の仕事の邪魔をしたくないとでも考えてくれているのだろう。負担をかけまいと、はっきり言わずにいるのが奥ゆかしい。

だがあと一日の辛抱《しんぼう》だ。明日になれば思う存分、葵を抱き締めることができる。

「じゃあね」

ニコッと微笑んで、胸の前で小さく手を振る葵は、超絶に魅惑的だった。

葵が出て行ったドアを見ながら、室長がしみじみと言う。

「酔っ払った鈴木君を助けたのは、本当に中森さんだったんだね」

「ええ。それには絶対の自信がありました。俺は一度嗅《か》いだ匂いは忘れませんから」

「鈴木君の鼻は確かだからね。しかし気になるな。私にはわからないが、いったい彼女からはどんな成分の香りがするんだい？」

室長の問いかけに、晋也は言葉を探すように目を閉じた。

「う〜ん、しいて言えばジャコウ……ですかね。ジャコウ草、……いやジャコウ猫です」

「ほう。あのクレオパトラが身体に塗ってシーザーを魅了したという香りか」

「ええ。古代では媚薬《びやく》です。ジャスミンにも近いような……。とはいえ、彼女の匂いは再現することが難しい」

「そうか。その香りに君はやられてしまったのだね。君ほどの人間を虜《とりこ》にするような香りの入浴剤ができあがったら、きっと売れるだろうになぁ」

室長は小さく頷いて微《かす》かに笑ってみせた。

彼は、日頃から晋也の才能を高く評価してくれている。ありがたくも、入浴剤開発室に必要な人材だ、と言ってくれていた。その言葉に報いるためにも、ここは踏ん張らなければならない。

晋也は小さくかぶりを振って葵の匂いを消し去り、頭の中を仕事仕様に切り替えて言った。

「評価室に籠《こも》ります」

自分は今、どうしても失敗できない仕事と闘っている。バンボンボンという人気のない入浴剤を、売り上げトップに改良することだ。

そろそろ方向性を定める時期にきているが、バンボンボンの改良は行き詰まったままだ。

晋也は内心の焦りを押し殺し、データ分析の書類を持って評価室のドアを開けた。

評価室とは、入浴剤の色や香り、溶け方などをチェックする場所だ。素材の違うバスタブがいくつも並び、それを照らす照明も、色の違いを見るために三種類ある。

サクランボのイラストが描かれたバンボンボンの包みを破いて真ん丸な入浴剤を取り

出した晋也は、それを三つ並んだバスタブに、ポチャン、ポチャン、ポチャンと一つずつ投げ入れた。

じわじわと入浴剤が溶けるに従い、シュワシュワとした泡を伴ってお湯が濃いピンク色に変化していく。甘いチェリーの香りがふわりと鼻に届いた。

しゃがみ込んで入念に匂いを嗅《か》ぐ。

これでは匂いが甘すぎるのではないだろうか？

照明による色の違いを見分けようと目を凝《こ》らす。

もっと薄いピンクの方がいいのだろうか？

温泉成分を加えるべきだろうか？　それとも炭酸を強くするべきか？

あれこれ考え込んでは、思いついたことをメモしていく晋也だが、やがてため息をついて立ち上がった。

こんなことで、今更バンボンボンの売り上げが伸びるとは思えない。だが、大きく仕様変更ができるほどの時間もない。

すでに十月も終わろうとしているのだ。

パッケージデザインを変更するとか、おまけを付けるとか、小細工《こざいく》をした方がまだましに感じる。

何か、発想の転換が必要かもしれない。

チェリーの香りのするピンクの湯を見つめる晋也の頭の中に、伯父である社長の言葉が蘇《よみがえ》った。

『バンボンボンの売り上げを春までに入浴剤部門の一位にしてみせろ。それができたら、今のまま開発室に置いてやる』

意識を無くすほど酒を飲んだのは、あの日が初めてだった。

ひと月ほど前、海山ホームプロダクツの社長が富士波工場を訪れた。彼は仕事のあと、市内の高級クラブに晋也を呼び出した。

きっちり髪をまとめ、シャツに細身のパンツ姿で現れた晋也を見て、社長は呆れたように言った。

「お前、そんなまともな格好もできるんじゃないか。仕事中はいつも、頭のおかしな科学者みたいな外見をしているくせに」

「あの方が仕事はやりやすいんです」

社長は軽く眉を上げ、自分の隣に座るよう晋也を促《うなが》した。ホステスが優雅な動きで水割りを作るのを眺めながら、社長が口を開く。

「どうだ。最近は」

「ええ、まあ……」

伯父と甥《おい》は、親族間の出来事などを弾まぬ口調で進めていく。

当たり障《さわ》りのない話題をひとしきり済ませると、本題とばかりに社長が切り出した。

「実は今、うちとクルートとの提携話が出ている。この話、お前はどう思う?」

クルートというのは老舗《しにせ》の健康飲料メーカーだ。乳酸菌など発酵《はっこう》に強い会社で、最近は飲料だけでなく、発酵菌《はっこうきん》を使用した化粧品にも力を入れている。提携することで、海山ホームプロダクツにはない、発酵《はっこう》や菌の知識を新たに入浴剤に活用できるかもしれない。

「いい話だと思います。うちの将来を考えたらぜひ進めるべきです」

「そうか。お前がそう言うなら安心だ。覚えているか? お前がまだ大学生だった頃、雑談中に、アメリカ発の経済危機を予言したことがあった」

「たまたまです」

そんなこともあったな、と思いながら晋也は軽く笑った。

「それ一度きりのことじゃない。お前には経済の先行きを読む能力がある」

「そんなことはありません」

首を振る晋也の顔を、社長はグラス片手に真顔で見つめていた。かと思うと、突然話題を変える。

「クルートのお嬢さんと縁談の話が出ている」

「えっ……誰にです？」

昔どこかで会った高慢な女の顔がぼんやりと浮かぶ。

「お前に決まってるだろ。私の息子はすでに結婚している。だいたい晋也、お前は幾つになった？」

「……三十一です」

「付き合っている女性もいないそうだな。百合子《ゆりこ》が心配していた」

社長はそこで自分の妹、つまり晋也の母親の名前を口にした。

「彼女との結婚はお断りです」

「何故だ？　何度か会ったことがあるだろう？　あんな美人になんの不満があるんだ」

晋也はむっつりしたままグラスを呷《あお》る。そんな晋也に向かって社長は声を和《やわ》らげた。

「どうだ晋也。結婚して、経営陣に加わらないか？」

「俺は今の開発室で十分満足です。それと、結婚はしません」

即答する晋也に向かって、社長はあからさまにムッとした顔をした。

「お前は昔っから風呂が好きで……本当に年寄りのようだ。だがな、好きだけで利益の出ない仕事をされちゃあ、会社としてはかなわん」

身に覚えのある晋也としては、黙り込むしかない。

「お前が開発した草の湯は、あまり動きが良くないな」

やはりそこか……。痛いところを突いてくる。

「一つの商品を売るために、広報や営業など様々な部署が絡《から》む。売り上げ不振の原因がどの部署にあるか、一概に言えないこともある。しかし草の湯に関しては、間違いなくお前のこだわりのせいだ。高級な材料をふんだんに使っているから確かに品質はいいが、その分値段が高い。天然の素材だけでできているせいで地味すぎてシニアにしか売れない」

返す言葉もない……。

「お前の頭がいいのはよく知っている。それを有効に使える場所は、富士波工場じゃなく本社だ。お前の頭は会社の経営にこそ、使った方がいい」

返す言葉がないからと言って、黙って言いなりになる訳にはいかない。

「今、新しい入浴剤の開発に取りかかっています。その結果が出るまでは開発室を動くことはできません」

社長は、ヒタと晋也を見据え、ビシリと指を差して言った。

「お前は、温泉成分を分析するより、経済情勢を分析するべきだ」

強面《こわもて》の社長が凄《すご》んでみせると、ほとんどの相手がたじろぐ。しかし晋也は慣れたものだ。静かに手の中のグラスを弄《もてあそ》んでいる。

黙りこくる晋也に向かって、社長は脅すように声を低くした。

「それなら半年だ。来期までにその新しい入浴剤で結果を出してみせろ。私は道楽で会社を経営している訳じゃないからな。いつまでも待ってなどおれん」

晋也は飄々《ひょうひょう》と反論する。

「それは無理なお話です。お忘れですか？　医薬部外品の入浴剤は開発してから販売許可が下りるまでに数年かかります」

社長は口元を歪《ゆが》め、顔を赤くして言う。

「じゃあ、ええっと、あれだ。あれをどうにかしろ。あれは薬事法対象外の雑貨だ。すぐに改良品を販売できる」

あれ……？　我が社の薬事法対象外の入浴剤といえば——

「バンボンボンのことですか？」

「そうだ。バンボンボンの売れ行きは草の湯よりさらに酷《ひど》い。小学生の遠足の土産《みやげ》になっているだけだ」

確かにバンボンボンは工場見学に来た子どもたちにお土産《みやげ》として配られ、喜ばれている。もちろん無料。社長の言う通り、入浴剤としてはあまり売れていない。

「そのバンボンボンの売り上げを春までに入浴剤部門の一位にしてみせろ。そうしたらそのまま開発室に置いてやる。できなかったらお前は来期から本社だ！」

そう言い捨てて、社長は席を立った。晋也は茫然《ぼうぜん》としたまま彼を見送った。

バンボンボンの売り上げを春までに一位にする？

あのオモチャみたいな入浴剤は、カラフルな色と香りを楽しむためのものだ。薬効成分も入っていない。そんな無謀な話……奇跡でも起こらない限り不可能だ。

そこで晋也は気が付いた。

社長の中では、自分が経営陣に加わるのは決定事項なのだと。

朝から晩まで長い時間を過ごしてきた開発室から、去らなければならない……

そう思うと目の前が真っ暗になった。

晋也は絶望的な気持ちで、クラブで浴びるようにウイスキーを飲み続けた。まさしくヤケ酒だ。

そして、べろべろに酔っ払って店を出た晋也は、ふらつく足取りで会社に向かった。

仕事で行き詰まると、会社の植物園に足を運ぶ癖があったせいか、自然に足が向いてしまったのだ。

そこには、製品に使われている様々な植物が植えられている。工場見学後の子どもたちが、植物の有用性について学ぶ素晴らしい場所だ。

植物園脇のフェンスにたどり着き、金木犀《きんもくせい》の香りを嗅《か》いだところまでは覚えている。

そのあと、おそらくそのまま道端で眠り込んでしまったのだろう。

自宅マンションのロビーのソファで目覚めた時、女性に声をかけられたことと、タクシーに乗った記憶の欠片《かけら》が、微《かす》かに残っていた。

「酔い潰れた鈴木さまを女性がタクシーで送り届け、名乗らずに帰っていかれました」

マンションのフロント係からは、そう聞かされた。背の高い若い女性だったと言う。

並外れて嗅覚《きゅうかく》の鋭い晋也は、自分を魅了する彼女の匂いを記憶に留めていた。

運命を感じさせるほどのいい香りだったが、覚えているのはたったそれだけ。どんなに再会したくても、自分を助けてくれた恩人には二度と会えないだろうと思っていた。

けれど晋也は奇跡的に、その恩人、葵に会えたのだ――

彼女は何かから隠れるように地味に装《よそお》っていた。だが、頭身のバランスが取れた美しい人だった。匂いだけでなく見た目も晋也の好みだった。

葵こそ運命の相手だ、と興奮してしまったのも無理はない。

これまで何人かの女性と交際してきたが、それは全て女性側からアプローチされてのこと。自分から欲しいと思ったのは、葵が初めてだった。

そんな葵とようやく恋人同士になれたばかりなのだ。開発室を離れることも辛いが、それと同じくらい、いやそれ以上に葵の側を離れるのが辛い。

社長の性格はわかっている。言い出したら絶対に聞かないのだ。

だったら、晋也がここに残る方法はただ一つ。

社長の命令通りにバンボンボンの売り上げを一位にすればいい。

そうすれば、社長は自分の宣言通り、晋也を開発室に残すしかなくなるのだ。

この改良に晋也の人生がかかっていると言っても過言ではない。

どうにかしてバンボンボンの売り上げを一位にして、胸を張ってここに残りたい。必ず奇跡を起こしてみせる。

その決意のもと、今日も夜遅くまで開発室で試行錯誤を繰り返す晋也だった。


翌日の土曜日、葵は午後になって晋也のマンションに現れた。

「遅くなってごめんなさい」

待ち焦《こ》がれた葵。晋也はすぐさま抱き締めて唇をふさぎ、寝室に連れ込もうとしたところ……予想外に抵抗されてしまった。

「ちょ、ちょっと待って！　晋也さん、見てほしいものがあるの。ねえ、お願い！」

晋也は不満げな顔をしたものの、愛する葵の、「お願い！」を無視するわけにもいかない。渋々寝室ではなくリビングに足を向けた。

「あのね、これ、少しは晋也さんの役に立つんじゃないかと思って……」

ソファに座った葵は、バッグの中から一冊のファイルを取り出し、おずおずと差し出してきた。怪訝《けげん》な顔でそれを受け取った晋也は、中を見て弾かれたように顔を上げた。

「これは⁉」

「私、大学の時、温泉同好会に入っていたって言ったでしょ。メンバーはみんな入浴剤にもうるさいの。先週、晋也さんに話を聞いたあと、みんなにバンボンボンを使ってみてってお願いしてて、その感想をざっとまとめたのがそれ」

「もしかして、やることがあると言っていたのはこれだったのか？」

葵が小さく頷く。

「お風呂にうるさい人の意見だったら、何か参考になるかなと思って」

晋也は二センチほど厚みのあるファイルに視線を戻す。

「最初はバンボンボンのことだけお願いしてたんだけど、みんなこだわりが強すぎて、それだけじゃ済まなくなっちゃったの。色々張り切ってくれて、凄《すご》い量になったから、役に立つかわからないけど――」

文字を追い始めた晋也は、どんどん前のめりになっていく。いつしか葵の声も耳に入らなくなっていた。

なんだこれは……非常に面白い！

会社のホームページでも入浴剤に関するアンケートは行《おこな》っている。しかし、それとは比べ物にならない。

バンボンボンの香りと色に対する容赦ないダメ出し。相手が友人だからかまったく意見に遠慮がない。

この内容は、普段からブログに綴《つづ》っていたものをまとめたものだろうか？　各社の入浴剤比較レポートまである。直接バンボンボンとは関係ないが、大変興味深い。

コトッ。

その時、目の前のテーブルにコーヒーが置かれた。夢中になって読み込んでいた晋也は我に返って顔を上げる。

しまった！　どれほど時間が経ったのだろう？　葵のことをすっかり忘れていた。

「悪い。すっかり夢中になってしまった」

「ううん。私なら大丈夫。この本、面白いし」

葵は笑顔で、『決定版　死ぬまでに一度は入りたい温泉』の表紙を晋也に向けて見せる。そのあと、少し不安そうな顔で聞いてきた。

「どう？　少しは役に立ちそうかしら？」

晋也は深く頷いてみせる。

「素晴らしいよ、葵。これは間違いなくこれから先の仕事の参考になる。まとめるのは大変だったろう？」

「ううん、全然。私って、時々お節介なの。自分にできそうなことを思いつくと、つい行動しちゃうのよ」

ほっとしたように笑みを浮かべる葵に、晋也はあるページを指差して見せた。

「バンボンに関しては、こういう発想の転換が欲しかったんだ」

「ああ、これ。でもこの娘《こ》……もうバンボンボンは使いたくないって書いてるけど……」

申し訳なさそうに答える葵に向かって、晋也は顔を輝かせて説明を始めた。

「この彼女は今、半身浴にハマっている。だから固形の入浴剤は使用しない。なぜなら半身浴の湯量に合わせて、固形入浴剤を半分に割るのが面倒だからだ」

葵が続きを引き取り、話し始めた。

「粉末状の入浴剤もきっちり量れなくてめんどくさい、ってぼやいてた。半身浴に一番いいのは、やっぱり液体の入浴剤だって」

「しかし彼女は、バンボンボンは簡単に半分に割ることができて良かった、と書いている」

「でも、結局はいちいち半分にするのが面倒だから、もう使いたくないって……」

「そこだよ、葵。だったら最初から半分にしてしまえばいいんだ」

「えっ？　……ってことは玉の大きさを小さくするの？」

「いや。そのレベルの変更だと、工場の仕様まで変える必要がある。それでは間に合わない」

晋也は、胸の前で左右の手の平を合わせ、丸くして見せた。

「バンボンボンは元々二つの半球をくっつけて一つの玉にしているんだ」

葵は何かを思い出すように視線をさまよわせたあと、「ああ」と言った。

「そうそう、そうだった。工場で作ってるところを見たことあるわ」

「だから真ん中の合わせ目で切ればちょうど二分割できるし、割りやすかったんだろう。だったら初めから割れたままにしておけば、半身浴にぴったりということだ」

「あ、なるほど！　半身浴の時は一個、通常の湯量の時は二個入れればいいのね？」

「その通り。それなら今の製造工程を変える必要はない。むしろ、丸くするという工程を一つ省くことができる」

「じゃあ、それで売り上げがアップするかしら？」

身を乗り出して尋ねる葵に向かって、晋也は冷静な口調で答える。

「いや、これだけでは無理だろう。しかし半分に割るなんてまったく考えもしなかったアイデアだ。何かに繋《つな》げることができないだろうか？」

腕組みをして考え込んでいた晋也は、すっくと立ち上がる。

「ちょっと試《ため》してみよう」

今や晋也の頭の中は、完全に仕事モードになっていた。

バスルームに入った晋也はすぐさま湯船にお湯を張り始めた。葵がひょいと顔を出し、静かにお湯が増え続ける湯船を覗《のぞ》き込む。

「大きなお風呂よね。羨《うらや》ましい」

「満タンで三百五十リットル入る。入浴剤は百五十から二百リットルの浴槽を基準に作られているから、俺はいつも入浴剤を通常の二倍入れている」

「へえ。じゃあ入浴剤を使い終わる時、一回分だけ余ったらどうするの？　違う種類を混ぜ合わせたりするの？」

その言葉に晋也はハッと息を呑み、それからしばらくの間、放心したように葵の顔を見つめた。

「……晋也さん？」

「葵……俺は必ず偶数になるように入浴剤を買っているんだ」

「ふふっ。そうよね。晋也さんならそのぐらいちゃんと考えてるわよね」

「そうだよ……。だから違う種類の入浴剤を一緒に入れるなんて考えたこともなかった」

たった今探り当てた答えを確認するために、晋也は硬い声を出す。

「バンボンボンは半分の状態のままで包装する。半身浴なら一個、通常なら二個使用する。その二個を、自由に組み合わせできたらどうだろう？　自分で香りを調合する入浴剤だ」

「へえ、それ面白いかも。ちょっとやってみたいな」

葵の即答に、晋也は安堵したように息をはいて続けた。

「香りだけじゃない。色も変化する」

目を見開いた葵はポンと手を打ったあと、輝くような笑顔で言う。

「自分で色と香りを作り出せる入浴剤ってことね。すっごく面白いアイデアだわ」

この笑顔に見合う結果が出せるのか？　急に不安を感じる。

晋也は増え続けるお湯をじっと見つめながら、必死に考えた。どこかに落とし穴があるんじゃないだろうか……

硬い表情のまま、晋也は独《ひと》り言《ごと》のようにつぶやいた。

「簡単すぎる……これで、本当に大丈夫だろうか？　香りを変える必要もないし、製造工程もほとんどそのままだ。パッケージもひとまずシールを貼れば対応できそうなレベルだ……」

そんな晋也に、葵が明るく声をかけてくれる。

「でもね、絶対に子どもたちは、お風呂に二つのバンボンを入れたがるはずよ」

突然、目の前に道が開けて、ずっと探し求めていた明るい場所に出たような気がする。道しるべを葵が示してくれた。

「ははっ……。葵、ははは、あはははははっ……！」

晋也は唐突に笑い声を上げて、葵に抱きついた。ずっと胸につかえていたものが取れて、身体がふわりと軽くなったようだ。

「葵、ありがとう！　君のおかげだ！　やっと上に持っていける案が出来た！」

「いいえ、晋也さんがずっとずっと頑張ってきたからよ！」

葵が嬉しそうに言った。顔をくしゃくしゃにして笑っている。

「この方向で進めてみるよ！　ありがとう、葵」

「よかった、晋也さん！」

「やっぱり葵は最高だ！」

チャラランラララランラララン……

興奮した空気のバスルーム内に突然メロディーが流れ、パネルからちょっと間の抜けた感じの人工音声が聞こえてくる。

『お風呂が、沸きました』

手を取り合って喜びに沸いていた二人は、くすくす笑いながら顔を見合わせる。

たっぷりのお湯がキラキラと波打って湯気《ゆげ》を立てている。葵もキラキラ輝く目で晋也を見た。

「ねえ、試《ため》してみない？」

「俺も今、そう言おうと思ったところだ」

晋也は浴槽の縁に並べたバンボンボンのケースを手に取った。

「この湯船にはバンボンボンを二つ入れればちょうどいい。さて、どれにする？」

ケースを覗《のぞ》き込んだ葵は、ちょっと考え込む。

「う～ん。そうねえ……。無難なところでイチゴとブルーベリーかしら」

「そうだな。ベリー系同士、色も香りもケンカしない」

床に膝をついた晋也はイチゴの封を切って、ポチャンと湯船に落とした。淡いピンクの泡と一緒に甘いイチゴの香りがバスルームに立ち昇る。続けてブルーベリーを入れるとピンク色の湯に青が広がっていく。晋也が手を入れてお湯を軽くかき回すと、ピンクとブルーが混じり合って青みがかったきれいな紫色になった。

「あっ、何だか香りが、ちょっと高級なベリーになった感じがする」

隣にしゃがみ込んで、浴槽の縁に手をかけ鼻をクンクンさせる葵は、小動物みたいで愛らしい。

「わ～、これは楽しい。ブドウとパイナップルだと、どんな感じになるのかしら？」

バスルームに葵の明るく弾んだ声が響き渡る。反対に晋也は、難しい顔で湯船を覗《のぞ》き込んだ。

「う～ん。どの組み合わせでもイヤな臭いにならないようにしなくてはいけないな……」

「それって、難しい？」

「よほどのことがない限り、異臭を放つことはないだろう。どちらかというと色を綺麗に出す方が大変かもしれない。今より色を濃くすればどうにかなるかな……」

「色か……。バンボンボンって食べ物の香りだけだったわよね？」

「バンボンボンは、フランス語でお風呂キャンディーって意味だからな。実際のキャンディーにあるような香りばかりだ」

「ミルクはあったわよね？　やっぱり白は絶対に必要よ。ミルクなら何と組み合わせても大丈夫そうだし、色も可愛くなりそう。あとは……キャラメルとフルーツを合わせたらどんな感じになるのかしら……ハチミツやミントも面白そう……。あ、ねえ、バニラを追加してみたらどう？」

次々と想像を膨らませて、葵はイキイキとした表情を見せる。

その顔は湯面の光に照らされて凄《すご》くきれいで、晋也はつい見とれてしまう。葵は、晋也の視線に気付くことなく楽しげに話し続けている。

ちょっとだけ寂しいような……悔しいような……

からかい半分、本音半分でぼそりとつぶやいた。

「……開発室に行きたくなってきた」

「ええっ、やだ！」

葵は瞬時に声を上げ、頬をぷくっと膨らませた。慌てて晋也に身体をすり寄せてくる様子が、子どもっぽく、それがまた可愛い。

何気ない仕草のひとつひとつがこんなにも俺の熱情を煽《あお》ることを、葵は知っているのだろうか……

あっという間に晋也の欲望に火が点《つ》いた。開発室に行こうなんて考えは一瞬で頭から消え去ってしまう。

「はは、ウソだよ。月曜から全力で頑張るから、今は葵と一緒にいたい」

葵の肩を抱くと、ホッとしたように晋也を見つめ返してくる。晋也は、葵の額《ひたい》にキスを落として、耳元で囁《ささや》いた。

「だから葵、一緒にお風呂に入ろう？」

「ええっ……」

それきり言葉に詰まってしまった葵の首筋が、赤く染まっていく。

「実はね。さっきから気持ちよさそうだなって思ってたの。でも、一緒に入るのは……ちょっと恥ずかしいかな」

真っ赤になった葵は、小さな声でそうつぶやいた。

晋也はおもむろに立ち上がると、着ているものをぱっと脱ぎ始めた。脱いだものを手渡された葵が、それを持ったまま目を白黒させる。

晋也が最後の一枚を脱ぎ捨てると、葵は目のやり場に困ったのか、これ以上ないくらい真っ赤な顔をしてバスルームから逃げ出してしまった。

「あ～、昼風呂は最高だな～」

湯船に入った晋也が葵に聞こえるように大きな声を出す。すると、扉からおずおずと葵が顔を覗《のぞ》かせた。

「イチゴブルーベリーの湯、凄《すご》く気持ちがいいぞ、葵」

両手でお湯をすくって見せると、葵は恨めしそうに言った。

「私がお風呂大好きって知ってるわよね？」

「へえ。気が合うなぁ。俺も風呂が大好きだ」

「気持ち良さそう……」

晋也は風呂の縁に腕を置き、そこに顎《あご》をのせて葵を誘う。

「おいで葵……身体を洗ってあげよう」

ゆったりと微笑んで見せると、葵の顔がボンッと赤くなり、扉の奥に引っ込んでしまった。しかし彼女は、脱衣所に留まり迷う気配をさせている。晋也はここぞとばかりに声を大きくした。

「葵にもこの心地よさをわけてやりたいなあ。一緒に入ったらきっと楽しいだろうに、残念だ」

やがて曇りガラスの向こうから衣擦《きぬず》れの音が聞こえ始めた。葵が覚悟を決めたことを感じ取り、晋也は満足げに微笑む。

ほどなくして、タオルで前を隠した葵がバスルームに入ってきた。

「よく来たね、葵。約束通り身体を洗ってあげよう」

「じ、自分で洗えるから……」

葵はうつむいて、もじもじしながら言う。そんな言葉など気にせずに、ざばっと立ち上がると、葵は恥じらうように視線をさまよわせた。

その姿に、今すぐ葵の脚を開かせ、その中心を暴きたくなる。そんな自分をぐっと押し殺し、晋也は葵を軽く抱き締めキスをした。しかし、葵の素肌に触れ、彼女の匂いを嗅《か》ぐと、否応《いやおう》なく晋也の中心が熱を持ち始めた。

素肌同士が触れ合っているのだ。当然、晋也の反応を葵も感じ取っているだろうが、構いはしない。

晋也は、葵の肩を掴《つか》むとバスチェアに座るよう促《うなが》した。葵はちらっと晋也の顔を見たあと、素直に従ってくれる。

葵の後ろで膝立ちになり、自分の髪からヘアゴムを外して素早く葵の髪をまとめ上げると、剥《む》き出しになったうなじに唇をつけ、大きく息を吸った。

「葵の匂いは、バンボンボンよりも甘いな……」

自分を誘い、昂《たかぶ》らせる媚薬《びやく》のような香りがたまらない。

「んっ……」

首筋に押し当てられた晋也の唇に、葵が小さく喘《あえ》ぎ声を漏《も》らし肌を粟立《あわだ》てた。

湯船から温かなお湯をすくい上げ、肩からかけてやると、今度はふうっと吐息をこぼす。

葵は放心したみたいに、ボディーソープを泡立てる晋也の手を眺めている。

晋也はその手をゆっくりと葵の身体に滑らせた。軽く背中をなぞるだけで、葵の肩がピクリと揺れる。

「葵、全身が真っ赤だ……」

「……だ、だって、こんなに明るいんだもの。やっぱり恥ずかしい……」

「肌、すべすべで気持ちいい……」

「んん……。毎日、入浴剤使っているからかしら。晋也さんのお肌もきれいよね……」

「そうか?」

ボディーソープを塗り広げながら葵の身体をまさぐっていく。

「はぁ……そうよ。色も白いし、羨《うらや》ましいぐらい……」

背中から肩を通って、ほっそりした腕に優しく手を這《は》わせる。

「ふっ……葵だって白いじゃないか。明るいところで見ると眩《まぶ》しいくらいだよ」

そう言って後ろから手を回し、葵の胸をすくうように揉《も》み上げた。張りがあるのに柔らかな乳房の感触を存分に堪能したあと、すでに硬くしこり始めている乳首をクニクニと摘《つま》んで洗い上げる。

「ふっ……あっ……んっ！」

葵は身体をびくびくと震わせ、喉をさらけ出す。

頭を反《そ》らせた葵を後ろから支えた晋也は、葵のお腹から太もも周辺にも泡を塗り広げた。

葵の息がどんどん荒くなり、くぐもった喘《あえ》ぎ声がバスルームに響いていく。

葵の淡い茂みを撫で、奥に指を潜《もぐ》り込ませると、葵が色っぽく鼻を鳴らした。

「くう――んっ」

葵のそこがすでにぬるぬると蜜を滲《にじ》ませているのを指先で感じ取り、晋也は嬉しくなる。

熱い血が自分の中心に向かって、どくどくと流れ込んでくるのがわかった。

葵の乳房に左手を当てて身体を支えながら、右手の指先で柔らかくぬめる溝を上下に擦る。するとは葵は、晋也に預けた背中をびくっと強張《こわば》らせた。

「あっ……あんっ……あっ……晋也さんっ」

「葵、かわいい……」

下半身をなぞる指と同じタイミングで声を上げる葵に満足する。だが、晋也はもっと葵を啼《な》かせたくて熱く潤《うる》んだ入り口に指を伸ばした。

「ひっ――」

触れると同時に、華奢《きゃしゃ》な身体がピクッと跳ねる。何度か刺激を繰り返すと、葵に腕を取られて動きを止められた。

「そ、そこは――ダメ……」

「ダメか？」

後ろから葵の耳元で低く尋ねた。

「ん……っ」

返事とも喘《あえ》ぎともつかない声が返ってくる。

葵の耳たぶに舌を這《は》わせながら、指先で隙間を探ってコロンとした突起を捉《とら》えた。濡れた指で左右に擦ると切羽詰《せっぱつ》まった声が葵の口からこぼれ出す。

「あっ、や……。晋也……さん――」

すでに充血し、膨らみきっている粒をなぞって、葵をゆっくり高めていく。そうしながら、時に強く押さえたり、軽く弾いてみたりして強弱をつけた。

小さく跳ねる身体と喘《あえ》ぎ声から、葵の限界が近いのだとわかる。

「イッていいよ」

晋也が囁《ささや》いた瞬間、葵は晋也の腕をぎゅっと掴《つか》んで、身体を硬直させると声高く叫んだ。

「ああっ、私、だめっ――んっ」

昇りつめ、ぴくぴくと震える葵の身体から、がくりと力が抜け落ちる。晋也は、くたりとした身体に腕を回し、すっぽりと抱き止めた。

「はあ、はあっ、晋也さん……」

忙《せわ》しない息をはきながら、葵はとろんとした目で晋也を見上げる。

晋也は笑みを浮かべ、葵の額《ひたい》に口づけた。それからシャワーを手に取り二人の身体の泡を洗い流す。

「さあきれいになった」

晋也は葵の肩にキスをして、軽く言った。

「葵、先に風呂に入っていてくれ」

「えっ……？」

未だにポワンとした様子で首を傾《かし》げる葵が愛くるしくてたまらない。

「大切なものを取ってくる。すぐに戻るよ」

腰にタオルを巻き、晋也は大急ぎで寝室に向かった。このまま葵と繋《つな》がりたかったが、そういうわけにはいかないだろう。逸《はや》る気持ちで避妊具を手にするとバスルームに戻った。

「お待たせ。葵」

「晋也さん……」

湯船の端にちょこんと収まっていた葵は、恥ずかし気に目を伏せる。

晋也は湯船に入り、葵を膝の上にのせてすっぽりと背中から包み込んだ。ぬるめのお湯に包まれた素肌同士の触れ合いは、最高に心地がいい。

晋也が手の平でお湯をすくって葵の肩にかけてやると、気持ち良さそうにすーっと息を吸い込んだ。

「いい匂い……」

晋也は、背後から葵の髪に鼻を押しつけ、息を吸った。何度でも嗅《か》ぎたくなってしまう愛おしい葵の匂いだ。

「葵からも甘い匂いがする。葵の体臭は興奮すると甘さを増すから、ベリーの匂いと混ざってくらくらする。スイートベリー……みたいで美味《うま》そうだな」

晋也は手の平で葵の乳房を包み込むと、小さく笑って続けた。

「ここはまるで、小ぶりの木苺みたいだ」

ふっくらとした乳房の先端にある淡く色づいた乳首。ツンと尖った愛らしいそれを指先できゅっと摘《つま》む。

「はぁ……ん」

葵が切なく吐息をこぼした。

右腕を下腹部に回して茂みに手を滑らせ、小さな突起をくっと押す。

「ここも小さなベリーだな……」

葵の身体がお湯の中で小さく浮き上がった。

「ふうんっ……あぁ」

ため息みたいな声を漏《も》らす唇が色っぽくて、晋也は誘われるようにキスをした。柔らかな唇を堪能し、舌を葵の口内に押し込んだ。舌を絡《から》めつつ、ねっとりと口腔《こうこう》を蹂躙《じゅうりん》していると、身体がうずうずしてくる。

熱くたぎる晋也の下半身は、今すぐ葵の中に入りたいと訴えている。

唇を離した晋也は、葵の額《ひたい》に貼り付いた髪を掻き上げた。葵は甘えるように晋也を見上げてくる。晋也は軽く目を閉じて、己《おのれ》の欲望から気を逸《そ》らそうとふうっと息をはいた。

もっとだ。もっと葵に快感を与えたい。

再び目を開けた晋也は、葵の脇に手を差し入れ、浴槽の縁に座らせた。

そこはいつも、湯船に浸《つ》かった晋也が頭をのせているスペースだ。葵が腰かけても十分すぎるほどの広さがあった。

葵は、戸惑いながらも大人しくそこに座り、背中を壁に預けている。しかし、晋也が彼女の膝に両手をかけると、その意図を察してぐっと膝に力を込めて抗《あらが》ってきた。

「葵、力を抜くんだ」

「……っ、あ、明るいし……やっ」

頬を染めた葵が、いやいやと首を横に振る。

「葵のことを、もっと気持ち良くしたいんだ」

葵は唇を噛んでうつむき、再び小さく首を振った。

「気持ちいいの……困る」

「どうして？」

「だ、だって。あんまり感じ過ぎて……」

「葵が感じてくれなきゃ、俺が困る」

晋也が真顔で答えると、葵は恥じ入るように口を開いた。

「でも、晋也さん、凄《すご》いんだもの……」

晋也は一瞬ポカンとしたあと、ニヤリと笑った。

「ふふっ、ありがとう葵。その期待にちゃんと応《こた》えよう」

「でも私……イヤらしい自分が恥ずかしい……」

眉を下げて困ったみたいに言う葵はもの凄《すご》く可愛らしい。

晋也は感極まり、「可愛い……」と漏《も》らした。身体中に力がみなぎってくる。

「イヤらしい葵も大歓迎だ。俺の手で葵にそうなってもらいたい」

晋也は葵を強く抱き締め、ちゅっと唇にキスをした。それから目を細めて葵を見つめながら言う。

「葵、安心してイヤらしくなれ。葵がイヤらしくても、そうじゃなくても、俺が葵を世界一愛しているのは変わらない」

「晋也さん……」

葵はしばらくためらったのち、膝の力を緩《ゆる》めた。

晋也は葵の膝を左右に押し開くと、足首を持って湯船の縁にのせた。

明るいバスルームで浴槽の端のスペースに座って脚を開いている葵。恥ずかしさのせいか顔を背《そむ》け、微《かす》かに身体を震わせている。

その姿にどうしようもなく興奮し、鼓動が速くなった。

晋也は、目の前の翳《かげ》りに目が釘付けになる。

誘われるように指を伸ばしてそこに触れると、ぬるっとした液体が指に絡《から》まった。

「……ふうっ……」

葵が息を漏《も》らす。

「葵のここ、すっかり濡れてイヤらしいな。凄《すご》くきれいで、可愛いよ」

妖艶《ようえん》なバラの花びらみたいな葵の襞。その合わさったところを指で押すと、敏感な突起がぷくりと頭を出した。顔を寄せ、尖らせた舌でそっと触れる。

「ひやぁっ！」

たちまち声を上げた葵が、がくがくと震えた。奥から、じゅんと愛液が溢《あふ》れ出す。

ぬらりと輝く葵の花びらに鼻を押し当てると、ほのかな甘い香りが鼻腔《びこう》をくすぐる。

晋也にとっては媚薬《びやく》のような香りだ。

「ああ……ん」

葵が切なく喘《あえ》いだ。

葵の全てに、晋也の頭は興奮し、肌が粟立《あわだ》ってくる。

すでに硬く立ち上がったものがピクピクと勝手に動いてしまう。

晋也は葵の太ももを両手で押さえ、潤《うる》んだそこに舌を這《は》わせる。

「葵の香りは媚薬《びやく》のようだ……」

「あん、いや……恥ずかしい……」

葵は唇を噛んで羞恥《しゅうち》に震える。

晋也はとろとろにぬかるんだ葵の中に指を埋め込み、ゆっくりと抜き差しを始めた。

「ああっ……ん」

くちゅり――ぬちゃ――

葵の切ない喘《あえ》ぎ声と、濫《みだ》りがましい粘着質な水音がバスルームに響く。

自分の指を受け入れる入り口を熱っぽく眺めていた晋也は、つぷっと指を抜いた。そして、しとどに蜜を溢《あふ》れさせる葵の隙間を下から上にべろりと舐《な》め上げる。

「やあっ――」

葵は叫び声を上げ、びくびくと腰を痙攣《けいれん》させた。

晋也は、指でピンク色の粒を剥《む》き出しにし、唇をすぼませてちゅるりと吸い上げた。

「はうっ！」

ガクガクと震えて、葵が身体を仰《の》け反《ぞ》らせる。

晋也は剥《む》き出しの粒を強く吸っては、押し潰しこねるみたいに舐《な》め回す。そして、その下の花びらを一枚ずつ吸い上げ舐《ねぶ》り始めた。

「あっ、やん……そこだめ……ああ、……あうん……」

葵の中から止めどなく蜜が溢《あふ》れてくる。目を上げると、喘《あえ》ぎ続ける葵の白い喉が見えた。

「ああ……凄《すご》い！　スゴイの……晋也さん、気持ちイイ」

とうとう葵は、湯の中でそそり立つ晋也のものに視線を向け、震える声で懇願した。

「お願い、晋也さん……もう欲しいの……」

自分を欲しがる葵を、心から愛おしいと思う。

晋也は急き立《せ》てられるように身体を起こすと、葵の頭を抱え込み唇をふさいだ。

「ちょっと待ってて」

そう言って葵を湯船に戻した晋也は、彼女に背を向け素早く避妊具の準備を済ませる。

それから、とろんとした眼差しで湯船の縁にもたれる葵に声をかけた。

「葵、ここに手を、ついて」

「ん……」

葵は素直に晋也に背を向けて、風呂の縁に手をついた。

晋也は葵の腰を掴《つか》んで、グッと高く持ち上げると、熱く猛《たけ》るものを一息に埋め込んだ。

「あぁっん……っ！」

「うっ……葵……きつい」

あまりの気持ち良さに目の前が白くなる。晋也は慌てて頭を振って、意識を保たなければならなかった。

葵の中はきゅうきゅうと収縮して、晋也を締めつける。たった今入れたばかりなのに、すぐにも昇りつめそうになって焦った。

晋也はきつく唇を噛んで、射精の誘惑をぐっとこらえる。

目の前の白くまろやかな尻を撫でた晋也は、ゆっくりと腰を使い始めた。

葵が硬く勃《た》つ自分を呑み込んでいく。魅惑的な光景を眺めながら、奥深くまで何度も抉《えぐ》った。

「ああっ、……ああっ、……んあ……っ、……あふ」

晋也が動くたびにざぶざぶと風呂の水が波立つ。その水音に混ざって、すすり泣くような喘《あえ》ぎ声が聞こえる。葵は時折ヒクヒクと背中を反《そ》らせ、自分の中を擦り上げる晋也を強く締め付ける。

晋也は腰を動かしながら、葵の乳房を両手で掴《つか》んだ。少し乱暴に揉《も》みあげて、その柔らかさを堪能する。ぷるぷるとした感触を手の平に感じ、幸せな気持ちになった。

「はあ……晋也さんっ」

葵が切ない声で名前を呼ぶ。

乳首を指先で引っかくように刺激すると、葵の中がきゅうと収縮した。熱く絡《から》みついてくるそれに、腰がずんずん熱くなる。

晋也は指先に力を込め、硬く尖った乳首をぎゅっと捻《ひね》った。

「あっ……いいっ」

葵は頭を後ろに跳ね上げ、喜びを露《あら》わにする。

晋也をさらに奥へと引き込むように中が蠢《うごめ》いた。持っていかれそうな刺激に耐え、気持ち良さを堪能するように腰の動きを緩《ゆる》める。

すると葵が、焦《じ》れたみたいに自《みずか》ら腰をゆらゆら揺らし始めた。

「うっ！」

たまらず晋也は呻《うめ》き声を上げてしまう。

葵の熱い粘膜が柔らかく絡《から》みつき、限界まで上を向いたものを、ぎゅうぎゅう締めつけた。

腰が溶けるみたいな強烈な痺《しび》れに、晋也は抽送《ちゅうそう》を再開する。

葵は弓なりに背を反《そ》らして尻を突き出すと、晋也の動きに合わせて腰をくねらせた。

「っ、葵、凄《すご》くいい……葵の中、熱くて最高だ」

「私も……私もいいの。晋也、さん……もっと、もっとちょうだい――」

貪欲に快感を得ようとする葵に合わせ、晋也は自分も腰の動きを加速し、激しく葵の中を突き上げていく。

「あっ――、あぅ、凄《すご》、い――っあ……」

明るいバスルームに嬌声《きょうせい》がこだまする。

力強いストロークを数回繰り返したあと、晋也は葵の最奥《さいおう》をごりっと穿《うが》つ。

「あっ、あっ、きもちいっ、――も、ダメ。いっちゃう……」

頭を仰《の》け反《ぞ》らせ、甘い声で叫んだ葵が全身を硬直させた。晋也を強く締めつけ、ぐぐっと奥へ奥へと誘い込むように中が収斂《しゅうれん》する。

「ううっ！」

その動きに合わせて、晋也も熱くどろどろしたものを葵の中に解き放った。ドクッ、ドクッと、ほとばしる快感が脳天を突き抜けていく。

葵の身体からくたりと力が抜け、晋也は慌てて自身を引き抜いた。

葵の身体を支えて湯船の中で抱き締める。

はっ、はっ、と荒々しい息をはく葵の額《ひたい》には玉の汗が浮かんでいた。

晋也も弾んだ呼吸を落ち着かせようと、大きく息を吸い込んだ。

自分の腕の中に葵がいることが今でも奇跡のように思える。

いつか直《じか》に葵の中で果てたい。思う存分、葵の中に欲望を注《そそ》ぎ込みたい。このまま腕の中に閉じ込めて、何処にも行かせたくない。

こうした強い衝動が、自分の子どもを産んでくれるメスを囲い込みたいというオスの本能だと、冷静な頭で分析する。

俺も結局はただのオスだな。

だったらその本能に従って、俺は葵を生涯《しょうがい》離さずこの手で守っていこう。

晋也は胸の奥で誓いを立て、葵に口づけるのだった。

3

バンボンボンの改良アイデアに晋也と抱き合って喜んだのは十月の終わりだった。それから二か月後、突然のバンボンボンブームは、年末年始で会社が休みの間に巻き起こった。

休暇が明け、一月も十日が過ぎたのに、未だブームは収まる気配を見せず、会社はパニック状態に陥《おちい》っている。

もうすぐ始業時刻の午前九時。

いつもなら、葵は庶務課の掃除をしつつ出社してくる社員を窓から見下ろしている時間だ。

しかし今日の葵は会社の受付に立ち、ドアの向こうで長蛇の列をなす人々を、信じられない思いで眺めていた。この人たちの目的は、工場の入り口で直接販売しているバンボンボンだ。

突然起こったこのブームが年末年始に重なったことで、小売店から軒並み商品が消えてしまったのだ。そんな中、工場に行けば購入できると誰かが情報を流し、それを知った人々が一気に押し寄せてきたらしい。庶務課の葵は、受付の助っ人として朝から駆り出されているのだった。

厚い上着にマフラーをぐるぐる巻きにした人々が寒そうに足踏みをしている。

これは夢ではないだろうか……

茫然《ぼうぜん》とその光景を眺めていたら、ドアの前に立つ警備員が合図をよこした。ガーッと音を立てて自動ドアが開き、冷たい空気とともに人々が押し寄せてくる。

「押さないでください！　お一人様ひと箱です！」

人波に押されながら警備員が叫ぶ。

「おはようございます。いらっしゃいませ」

お辞儀をして頭を上げたあとは、余計なことを考える暇はなくなった。目の前に立った人にバンボンボンの箱が入った白いビニール袋を手渡し、代わりに代金を受け取る。葵はひたすらその動作を繰り返すのだった。


今からひと月とちょっと前、カレンダーが残り一枚になったばかりの頃、ようやくバンボンボンの改良版が市場に出回り始めた。

師走《しわす》で慌ただしい世間とは反対に、晋也はやっと落ち着いた日々を取り戻し、葵も人心地ついた思いだった。

そんな十二月初旬の週末、葵は晋也の部屋にいた。

——高温のお風呂に短時間入るより、低温のお風呂に長時間入ったほうが温まる。

常日頃から晋也が力説している通り、葵はバスルームで彼と二人で、ぬるめのお風呂を楽しんでいた。ベッドで深く愛し合ったあとの空気は、どこか気だるげでのんびりしている。

「葵、一年で最も入浴剤が売れる季節はいつだと思う?」

「簡単。冬でーす」

「その通りだ」

「新しいバンボンボンが、冬の最も売れる時期に間に合ってよかったわね」

「まったくだ。あんなに悩んでいたものが、まさかこうも簡単に販売までこぎつけられるとは、俺も驚いた。だが……、とりあえずはほっとした」

前髪を掻き上げながら晋也が柔らかく微笑む。

なんてステキな笑顔だろう……

うっとりと見つめる葵に気付かず、晋也は入浴剤の話を続けていく。

「では葵、入浴剤が冬に売れるのは何故だ？」

「え、それは……寒いと、あったかいお風呂に入りたいから？」

「お湯だけでも温まるのになぜ入浴剤を入れるんだ？」

「いい匂いがするし、う～ん……リラックス効果があるからかしら？」

「そうだ、葵。香りや色が緊張状態を解きほぐす。入浴剤は素晴らしい。他には？」

「お肌もしっとりするわね？」

「いいぞ。保湿系の入浴剤は湯上がり後の肌の水分を蒸発させにくくする。本当に入浴剤は素晴らしい。他には？」

「えーっと、身体が温まりやすくて、冷めにくい」

「その通りだ。体温が上がると免疫力が高まる。特に空気が乾燥し、ウイルスの動きが活発になる冬は入浴剤がひときわ力を発揮する季節だ。やっぱり入浴剤は素晴らしい」

「うん、冬こそ入浴剤よね。ほんと気持ちいい～」

晋也が初めて開発した入浴剤、草の湯を溶かしたお湯に浸《つ》かりながら葵は続ける。

「でも……私、夏でもクールタイプとか炭酸系の入浴剤を使ってるわ」

「さすがだな。夏でも、エアコンなどで身体は冷えている。それにたくさん汗をかく夏は、清浄効果の高い入浴剤を使った方が肌にもいい。まったくもって入浴剤は素晴らしい」

晋也はここぞとばかりに入浴剤への愛を炸裂させる。

「ほんとね。私も入浴剤大好き……」

晋也とともに、お気に入りの草の湯を入れた大きなお風呂に浸《つ》かっていると、葵にとってここは天国のように思えてくる。

晋也と恋人同士になってから、葵はずっと幸せな日々を過ごしていた。しかし、どんな時も、葵の頭の片隅にはバンボンボンのことが引っかかっている。

晋也は伯父である社長から、無謀な指令を言い渡されている。それは、今、我が社の入浴剤部門の中で最低の売上であるバンボンボンを、春までに一位にするというもの。それができなければ、晋也は本社に異動になってしまうのだ。

「バンボンボン、売れるといいなあ……」

葵のつぶやきを聞いて晋也が言った。

「そうだ葵。開発に協力してくれた温泉同好会の友人たちに、新しいバンボンボンを送ってほしい」

「ありがとう、みんな喜ぶわ」

晋也に微笑みながら、葵はまだ何か自分にできることはないかと、必死に頭を働かせるのだった。

そして、友人たちにバンボンボンを送った葵は、再び彼女たちにあるお願いごとをした。

――新しいバンボンボンについて、どんな些細《ささい》なことでもいいから情報を広めてほしい。

少しでも話題になってくれればと思ったのだ。

友人たちは、快《こころよ》く協力を約束してくれた。それからすぐに、彼女たちは自分の属するネット上のコミュニティで、精力的にバンボンボンのことを話題にし始めた。

みんな温泉同好会に入会するほどの風呂好きばかり。彼女たちは多数の入浴剤マニアと繋《つな》がっている。だから、新しいバンボンボンの魅力に気が付いた彼女たちの情報は、ファンの間ですぐに共有された。バンボンボンの面白さは評判となり、やがてそれは温泉愛好家にも飛び火した。

人気はじわじわと燃え広がり、バンボンボンは徐々に売り上げを伸ばしていくこととなる。

そしてある日、友人の一人が取った行動が、バンボンボンの運命を変えたのだった。

彼女はなんと、温泉同好会の後輩であり、湯けむりアイドルとして売り出し中の現役女子大生アイドルに目を付けたのだ。

その後輩は、時折、深夜の温泉番組に出演する程度で、テレビ的な知名度はまだ低かった。しかし彼女の人気は、かなり凄《すご》かったのである。

その後輩アイドルは、毎日自撮りのバスルーム写真付きメッセージをネットにアップしていた。そんな彼女をネット上で追いかける人々が、なんと百万人近くもいたのだ。

『大学の先輩から早めのクリスマスプレゼントもらっちゃった。超可愛いいい！キャンディーみたいだけど実は入浴剤。組み合わせていろんな匂いと色になるんだよ！』

『今日のバンボンボンはオレンジとハニー。色も綺麗、甘く爽《さわ》やかな香りで大成功！』

『イチゴとミルク。見て見て～、こんなに可愛いピンク色。女の子に生まれて良かったって感じ。うふっ』

彼女は毎日、バンボンボンを使って入浴する様子をネットで発信してくれた。それにより、彼女のファンの間でバンボンボンの知名度はウナギ登りとなる。

葵は、日に日に増え続けるバンボンボンの口コミに驚いた。それは我が目を疑ってしまったほどだ。

そして極めつけが、後輩アイドルがアップしたこのコメント。

『今日のバンボンボン、キャラメルとパイナップルを合わせてみたら超ビックリ！　我が家の愛猫ミータンの肉球の匂いになっちゃった！　すっごく香ばしくて甘いの～。しかもこの色、ミータンと同じ茶トラ色！　幸せ～』

一緒にアップされたのは、濃い黄色のお湯に浸《つ》かって招き猫ポーズをする後輩の写真。

このコメントと写真は、彼女のファンのみならず、猫好きの心までぎゅっと掴《つか》んでしまったようなのだ。しばらくすると、バンボンボンで再現した飼い猫の肉球の匂いを、競い合うようにネットに公開する愛猫家が次々と現れた。それはもはや、ブームと言ってもいいほどだった。

『うちの猫の肉球は、キャラメルとミントの匂い！』

『我が家のタマはハチミツと青りんご！』

マニア同士のコミュニティでは一瞬で情報が共有される。

それまでは、入浴剤、温泉、アイドルを愛する人々の間で共有されていたバンボンボンの名前は、猫を愛する人たちの間にもあっという間に広がっていった。

情報を追っていた葵は、口コミが驚異的に広がっていく様を目の当《ま》たり《あ》にして、圧倒された。

友人たちにバンボンボンを送ったのはほんの三週間前のことだ。

それは戸惑いを感じてしまうほどのスピードだった。

そして暮れも押し迫った十二月三十日、年末年始の休暇で実家に戻っていた葵は、昼頃のネットニュースでこんな見出しを発見する。

『キャラメルとパイナップルで肉球の香り⁉』

ま、まさかね……

葵は、何度も瞬《まばた》きを繰り返して、携帯電話を見つめていた。ドキドキし過ぎて、すぐにはリンク先を開くことができなかった。脈が速くなり心臓がせり上がってくるみたいな気がする。

思い切ってタップした先で目に飛び込んできたのは……後輩の招き猫ポーズ！

それは、猫の肉球についてつぶやいた女子大生湯けむりアイドルの写真だった。

「う、そ……」

その場にぺたりと座り込んで茫然《ぼうぜん》としていた葵は、急に目が覚めたみたいに電話をかけ始めた。

まずは九州の温泉地を巡《めぐ》っている晋也に知らせ、続けて同好会の友人たちには感謝の言葉を伝えた。

そうしてこの日を境に、バンボンボンは爆発的に知名度を上げたのだった。

『うちの子、風呂嫌いで大変やったけど、これのおかげで風呂に入りたいってウルサイくらいや』

『色のお勉強になるかもしれないと思って、息子のために買ってみました』

元々のターゲットは子どもたちだった。

やっとそこまでバンボンボンの名前が届いた――と思った時には、市場では売り切れが続出し、店頭から商品が姿を消していた。

しかも時期が悪かった。

年末年始で工場は完全に休業、年が明けて操業を再開しても、突然舞い込んだ大量の注文に対応できるはずがない。

やむなくバンボンボンは出荷停止という状況に追い込まれてしまったのだ。

手に入らない、というプレミア感も人々を煽《あお》っているのかもしれない。

こうして工場に行けば買えると知った人々が、朝早くからバンボンボンを求めて列を作ることとなったのである。

葵はバンボンボンが売れるようにとずっと願っていた。友人たちにも後輩にも感謝しているし、晋也も喜んでいる。会社の空気も、落ち着きはないが明るく活気づいている。

口コミによって爆発的に売れるという予想外の事態に戸惑いつつも、この時の葵は素直に状況を喜んでいた。まさかこの結果によって、晋也との関係を揺るがす出来事が起こるなどとは考えもしなかったのだ。

工場に行列ができるようになると、騒ぎを聞きつけた地元新聞社がすぐに取材にやってきた。

『子どもたちに大人気！　入浴剤を自分好みに』

翌日の紙面にはそんな文字が躍《おど》り、行列をバックにバンボンボンの箱を手に持った人がニッコリ笑っていた。

次は全国紙だ。その時はバンボンボンの写真とともに、社長のお詫びコメントが載った。

『一刻も早く全国のドラッグストアなどで手に入るよう、全力で生産ラインを強化しております。今しばらくお待ちください』

さらには、地元テレビ局が続き、カメラが回される様子を、葵たちは遠巻きに眺めるのだった。

しばらく経って、ようやくバンボンボンが全国の販売店に行き渡るようになり、受付前の行列が姿を消した。

正月明けからのバタバタしていた日々がやっと落ち着き、応援に駆り出されていた葵もやっと一息ついた気持ちになった。

しかし、バンボンボンのメディアへの露出はまだ続いている。

健康雑誌などにも取り上げられるようになり、ついには全国放送が決まったそうだ。撮影日には、本社から社長と広報も来るらしい。

「もしかするとインタビューされるかもしれない」

晋也からそう聞いても、葵は特に驚かなかった。すでに雑誌や新聞にバンボンボン開発者として彼のコメントが何度か掲載されていたからだ。

一月下旬のある日、テレビ局のクルーたちがやって来た。

その日もいつも通り、葵は昼休みに丸尾と一緒に社員食堂に向かった。足を踏み入れると、普段よりもテレビの周りが賑《にぎ》わっている。昼の情報番組にチャンネルが合わされているのを見て、葵は思い出した。

ああ、今日は全国に生中継されるんだっけ……

テレビの周囲には空《あ》きがなかったので、離れたテーブルに座った。時折、テレビ画面に目をやるものの中々中継は始まらず、政治資金の流用疑惑についてコメンテーターがブツブツ言っている。

しばらくすると五十嵐がやってきて同じテーブルに着くなり、「おや？」と首を傾《かし》げた。

「今日は……いないんだな？」

晋也のことを言っているのだとすぐにわかった。葵はテレビに顔を向けて答える。

「ええ。今日は、テレビ放送でインタビューされるかもしれないって言っていましたから、そのせいかもしれません」

「えっ、鈴木さん出るの？」

丸尾がぎょっとしたように声を上げた。葵と目が合うと彼女は慌てたように言い足す。

「そ、そりゃあそうよね。彼がバンボンボンの開発者だもの……」

テレビを見やった五十嵐は、わざとらしく眉間にシワを寄せた。

「コメントするとか、声の出演だけだろ～」

それからおどけたように笑って続ける。

「妖怪バンボンボンを登場させたら、子どもたちが怖がって売れなくなっちまうぞ」

「ちょっと五十嵐君、失礼でしょ」

丸尾が横目で睨《にら》むと、五十嵐は小さく舌を出して肩をすくめた。

会社にいる時の晋也は白衣にぼさぼさ頭の海ボウズ姿だ。こんな風に言われても仕方がないと葵も思っているので腹は立たない。

五十嵐の言うことももっともだ。

晋也さんは画面には出てこないかもしれないな……

葵がそう思った時、テレビの前から声が上がった。

「おっ、始まったぞ」

工場の外壁に書かれた海山ホームプロダクツの文字とロゴマークが、テレビ画面に大映しになっている。カメラが下に下りると、女性レポーターが大きく手を振っていた。

『みなさ～ん、こんにちは！　今日の健康コーナーは入浴剤についてお送りしま～す。私は今、巷《ちまた》で大人気の入浴剤、バンボンボンを製造している海山ホームプロダクツの富士波工場におじゃましていま～す』

自分の職場がテレビに映るとやっぱり視線が釘付けになってしまう。

『のちほど入浴剤を作っている場所から詳しくお送りしますね。ＣＭのあとは、まず先ほど取材させていただきました、工場と植物園の様子をＶＴＲでご覧いただきます』

数人の女性がテレビに近づき、それにつられたようにわらわらと人々が集まり始めた。

「ほら、私たちも行くわよ」

「え？」

「鈴木さんが出るかもしれないんでしょ」

丸尾に促《うなが》されて席を立つと、五十嵐も後ろに続いた。テレビの周りにできた輪に交じると、五十嵐に気付いた女子社員たちから黄色い声が上がる。

「五十嵐くん、元気？」

「あっ、五十嵐さんだぁ～」

葵の横に立つ五十嵐は、それらの声ににこやかに応対している。彼は変わらず女子社員に人気があるようだ。

ＣＭが終わると、工場内が映され工場長が商品の説明を始めた。

『我が社では、海の湯、山の湯という入浴剤を製造販売しておりました。そこに一年前、えー、草の湯が加わりまして――』

周囲から「おっ」とか「緊張してるわね」なんて声が聞こえてくる。

続けて植物園が紹介されたあと、一旦スタジオに戻る。司会者は入浴剤について軽くコメントすると、すぐにレポーターの名前を呼んだ。

『はい。こちらは入浴剤の開発室です。ここがあのバンボンボンの生まれたところなんですよ』

先ほどの女性レポーターがマイクを持って室内に立っている。

『では、こちらをご覧いただきましょうか』

レポーターの手の先は、『入浴剤評価室』のプレートが掲《かか》げられたドアだ。

葵も見慣れた室内は、まさしく晋也のテリトリー。急にドキドキしてくる。

ドアが開くと、バスタブがずらりと並ぶ様子が映し出された。

『みなさん。こちらをご覧ください。お風呂がたくさん並んでいますね。ではここで、バンボンボンを改良した開発員さんに登場していただきましょう』

えっ！　晋也さん……まさか出てくるの？

『みなさん、きっと驚くと思いますよ～』

含みを持たせたレポーターの言葉を受け、五十嵐が低くつぶやいた。

「おいおい……マジでヤバいんじゃねえの」

『ご紹介します。海山ホームプロダクツ入浴剤開発室の、鈴木晋也さんです』

カメラが横に振られ、晋也がスッと映し出された。

現れたのは、イケメン晋也！　彼は、分厚い伊達《だて》メガネを外して、いつもぼさぼさの髪をきっちりとまとめ、スーツに白衣をまとっていた。

晋也がイケメンの状態で登場したことに葵はびっくりする。

葵はイケメンの晋也を見慣れているが、他の人々は初めて見る彼の素顔に衝撃を受けたようだ。丸尾と五十嵐などはポカンと大きく口を開けている。

そうだよね、驚くよね。初めて知った時は、私も目玉が飛び出しそうなほどびっくりしたもの。

テレビの近くに陣取っていた女性が、画面を指差しながら怪訝《けげん》な顔で振り返り、誰にともなく言った。

「これ……あの海ボウズ……？」

「えっ、どういうこと？」

「あの人、こんなイケメンだったの⁉」

つられたように辺りがざわざわし始めたその時、テレビからレポーターの弾んだ声が聞こえてきた。

『みなさん！　彼、ステキでしょう？　開発員さんがこんなにイケメンで、私ドキドキしています』

直後、晋也の顔がアップになった。

葵は身を乗り出し、テレビに意識を集中させる。

『いや、いつもはもっとだらしない格好をしているんです』

彫りの深いきりっとした目をレポーターに向けた晋也は、緊張した様子もなくとても自然だ。なんだか、葵の方が緊張してしまう。

『じゃあ、今日の姿は特別なんですか？』

『はい。社長にきちんとしろと怒られまして……テレビ仕様です』

『ああ、社長さんとはご親族だそうですね』

『ええ、伯父です』

静まり返る社食に、晋也のそのセリフが流れた瞬間、「えっ？」「うそっ！」と、戸惑いの声が上がり、一気に騒々しくなる。

「そういえば何年か前、ちらっと噂で聞いたな？　社長の親戚筋が開発に入社したって……」

「ああ……そういえば。でも海山じゃなくて鈴木なんだな。よくある苗字だし――」

近くのテーブルについている中年の男性同士の会話が葵の耳に届く。

『気持ちが疲れている時はバンボンボンの楽しいお風呂で――』

マイクを向けられた晋也が、バンボンボンを手にして熱く語り始める。

「はっ……マジかよ」

五十嵐の声が頭上に降ってきた。顔を歪《ゆが》めた彼は、集団からすっと抜け出すと、食事の途中だったテーブルに戻ってしまう。気になってその後ろ姿を目で追った葵だったが、テレビから聞こえてくる音声にすぐ引き戻された。

テレビではレポーターが嬉しそうにバンボンボンを選んでいる。箱を持つ晋也は穏やかに微笑んでいる。レポーターがバンボンボンをお風呂に入れる。一つ、そしてもう一つ。レポーターが目を輝かせて湯船を覗《のぞ》き込んで何か言うと、晋也が満面の笑みを浮かべた。

画面に釘付けになっていた葵は、丸尾に腕を掴《つか》まれハッとする。

自分に注目が集まっている。どうやら生産管理部のきりっとした雰囲気の女性が、葵に向かって何か言ったようだった。先ほど五十嵐に向かって「元気？」と声をかけた人だ。

彼女は小さく咳払いをすると、もったいぶった口調で葵に尋ねた。

「中森さん、あの人が社長の親族だって、もちろん知っていたのよね？」

葵が小さく頷くと、彼女はテレビに向かって顎《あご》をくいっと上げてみせる。

「へー、だからあっちを選んだんだ」

彼女は蔑《さげす》むような声色で言った。

「え？」

一瞬、何を言われているのかわからなかった葵は、首を傾《かし》げる。

「したたかね～」

後ろから小さな声が聞こえてきた。

「あらまあ、そうなの？　大人しそうなのにやるわねぇ」

工場の作業着姿の年配の女性が、興味津々《きょうみしんしん》という風に葵に向かって首を伸ばす。

それで葵にも状況が呑み込めた。つまり、葵が晋也と五十嵐を天秤《てんびん》にかけ、社長の甥《おい》だから晋也を選んだと彼女たちは言っているのだ。

酷《ひど》い言いがかりに、怒りで頭の中がかっと熱くなる。

晋也と五十嵐が同時に葵に交際を申し込んだことは、社内で噂になっていた。結局、葵が晋也を選んだという顛末《てんまつ》もみんな知っている。でも葵は条件で晋也を選んだりしていない。晋也が社長の甥《おい》であることを知ったのは、彼と付き合うようになってからだ。

心臓の鼓動が苦しいほど速くなる。葵は最初に声をかけてきた生産管理部の女性に言い放った。

「違います！」

怒りで声が震えてしまう。葵の顔をじっと見つめたその女性は、口の端をくっと上げ、鼻先で笑いながら周囲に向けて言う。

「そんなにムキになるなんて……ますます怪しくない？」

もはや晋也のインタビューどころではなくなってしまった。葵は悔しさに唇を噛む。

「五十嵐さん、かわいそう」

ゆるゆると首を振りながら彼女がつぶやいた。その時――

「いい加減にしたらどう」

丸尾が声を上げた。丸尾は葵をかばうみたいに身体の向きを変え、こちらを睨《にら》む女性と真っ向から対峙した。すると、生産管理部の女性はムッと眉をひそめて、葵を責める。

「どうして？　その娘《こ》が二人を天秤《てんびん》にかけたのは事実でしょう？」

腹立ちに思わず身を乗り出すと、丸尾の腕が葵を止める。

「好きな人と付き合っただけでしょ」

それだけ言った丸尾は、つと女性から目を逸《そ》らすと社食の壁にかけられた時計を見た。

「昼休みが終わっちゃうわ、席に戻りましょう」

丸尾に手首をぎゅっと握られた葵は、引きずられるようにして人の輪から抜け出した。

テーブルに戻りながら丸尾が小さく聞いてくる。

「中森さん。あなた鈴木さんが恋人で幸せ？」

「はい」

「だったらいいじゃない。何も知らない外野なんて無視するのが一番よ。あなたが何を言ったって、意地悪な解釈をされて言い返されるだけ。本当のことはあなたたちがわかっていればいいんだから、傷つくだけ損よ」

丸尾に諭《さと》され、すっと気持ちが冷静になっていく。

葵が頷くと、丸尾は微笑んだ。テーブルに戻ると、五十嵐が真面目な顔で声をかけてくる。

「何かあったのか？」

「なんにも。早く食べないと」

丸尾が澄まして答えると、彼はそれきり何も言わなかった。食事を再開しながらチラリとテレビ画面を見る。

そこには、いつの間にか晋也に代わって社長が映っていた。

午後になって、昼のテレビの影響はじわじわと広がっているようだった。丸尾に諭《さと》され一度は冷静になったものの、時間が経つほどに悔しさが募《つの》ってくる。

どんな晋也だってステキだ。なのに、晋也のハイスペックぶりが公《おおやけ》になった途端に手の平を返すなんて。葵をしたたかだと非難する人たちの方がよっぽど現金ではないか。悔しさや憤《いきどお》りで、葵の心はついモヤモヤしてしまう。そのたびに、丸尾の言葉を思い出してどうにか今日の仕事を終えたのだった。

外に出ると、吹き付ける寒風に足元がひやりとする。

帰ってゆっくりお風呂に入ろう。それで気持ちを切り替えなくちゃ……

そう思った時、バッグの中の携帯電話が震えた。取り出して見ると、晋也からのメッセージだ。

『今日はもう帰る。食事に行かないか？　葵に会いたい』

驚いてもう一度画面に目を凝《こ》らす。画面の隅に表示された時刻は六時十分。晋也がこんなに早く帰るなんて珍しい。

見間違いや幻でないことがわかると、嬉しさで葵の顔が輝いた。

会いたい……今すぐ彼に会いたい！

葵は、すぐさまキャラクターが笑顔でＯＫするスタンプを晋也に送った。会社帰りに晋也と食事に行くのは初めてだ。

事務棟を出たところで待っていると、ほどなくして晋也が現れた。

「やあ、葵！　会いたかった」

眩《まぶ》しいほどの笑顔で手を上げる晋也を見ると、勝手に笑みが浮かんでくる。今日の晋也は、撮影があったためか、すっきりと髪を上げたイケメン状態だ。

「晋也さんがこんなに早く帰るなんて、驚いちゃった」

葵の声は明るく弾んだ。

「室長から帰るように命じられてしまった」

「えっ？」

首を傾《かし》げて見上げると、晋也はうんざりしたように顔をしかめた。

「開発室の周りをうろうろしては、用もないのに覗《のぞ》いてくる人間が多くてね」

なるほど。晋也の正体がバレた影響はそんなところにも及んでいたのか。でもおかげでこうして彼に会えた。

晋也はふわりと葵を抱き締め、首元に顔を埋《うず》めた。

「ああ、葵の匂いだ……」

大きく息を吸い込んで切なくつぶやく晋也に胸がキュンとなる。耳をくすぐる低音が続く。

「キスしたい」

「ちょ、ちょっと待って！」

葵は仰天《ぎょうてん》し、晋也を押し留めた。晋也は不満げな顔だ。

「ダメか？」

「だって……周りに人がいるじゃないの……」

晋也はきょとんとしたあと、周囲に目をやった。

「そういえばそうだな。俺が帰る時には、誰もいないんだが……今日は時間が早いからな」

キスを諦めた晋也は、代わりに葵の手を取った。

「手ぐらいは繋《つな》いでも構わないだろう？」

「うん」

葵の手をぎゅっと握り締めた晋也は、嬉しそうな顔で歩き始める。ちょっと恥ずかしいけど葵も嬉しい。

歩き始めるとやけに視線を感じた。そっと辺りをうかがうと、ちらちらと自分たちに視線が向けられている。イケメン状態の晋也さんだから仕方がないか――

「晋也さん、髪の毛……今日はちゃんとしてるのね」

「ああ、昼の撮影のあと元に戻したんだが、葵と食事に行くんだからな」

そう言った彼は、きりっとした彫りの深い顔に、いつもの伊達《だて》メガネをかけていない。そして白衣の代わりにショート丈のダウンジャケットを着ていた。その装《よそお》いは晋也の背の高さ、特に脚の長さを際立たせている。

すっかり日は落ちてしまっているが、窓の光と外灯で敷地内はかなり明るい。晋也を見て驚いた顔をする人、納得顔で眺める人、中にはわざわざ追い越してから振り向いて、晋也をじっくり見ていく若い女性もいた。

変人海ボウズが、突然、イケメン開発員に化けたのだから、注目されるのは仕方がない。そうは思ったが、社員駐車場に着き、周囲の視線から解放されると、葵はほっとしたのだった。いつまで経っても注目を浴びるのは苦手だ。

食べたいものを聞かれ、「あまり食欲がない」、とつい漏《も》らした一言は、晋也を大いに心配させてしまった。

「風邪か？　それが胃にきたのか？　今日は帰った方がいいかもしれない」

何度も「大丈夫だ」、と繰り返し、やっと晋也は納得してくれた。彼はしばらく考え込み、中華料理店に葵を連れて行ってくれた。

どうして中華なのだろうと思っていたが、温かい中華粥《がゆ》、つるんとした海老《えび》の水餃子《すいぎょうざ》、とろとろの杏仁《あんにん》豆腐、胃に優しいメニューが続き、自分でも呆れるほどの食べっぷりを見せてしまった。

「葵、どうした？　具合が悪くなったのか？」

葵は、ハッとして顔を上げた。鎮静効果があるからと晋也が薦めてくれた温かいジャスミンティーのカップを両手で包んだまま、考え込んでいたようだ。

「あ……、大丈夫。なんでもないよ」

「何か心配事でもあるのか？」

「ううん、本当になんでもない」

葵は急いで首を左右に振った。

「心ここにあらずという感じだな。鈍い俺でもさすがに気が付く。何があったんだ？」

綺麗な目を訝《いぶか》し気に細めた晋也は、視線を逸《そ》らさない。根負けした葵は、渋々口を開いた。

「ごめんなさい。……今日ある人に言われたことを、ちょっと思い出しちゃって」

「何か、嫌なことを言われたのか？」

まっすぐに葵を見たまま、晋也がストレートに聞いてくる。葵は思わず目を逸《そ》らしてしまった。本人には言い難い。

「……え〜っと、誤解があったみたいで……大したことじゃない」

しばらく黙って葵の顔を見ていた晋也は、静かに頷いた。

「そうか。なら仕方がないな」

「え？」

見れば、晋也は笑っている。

「時に人の考えは、こちらの予想を遥かに超えてくる。それを無理に自分に合わせることは難しい。それに誤解ならいつかは解ける。だからもう考えるな。考えるだけ損だろう」

「あっ……損。そう、損だよね」

――傷つくだけ損よ。

丸尾にもそう言われたことを思い出した。せっかく晋也と一緒にいるのに、考えても仕方ないことで落ち込むなんて、凄《すご》く損をしていた。

何を言われてももう気にしない。そう決意すると、一気に気持ちが楽になる。

「ありがとう、晋也さん」

葵はゆっくりと微笑んだ。しかし晋也は身を乗り出し心配そうな顔で言う。

「葵、今夜は俺の家に泊まっていけ」

その眼差しはまるで父親のようだ。葵は素直に頷いた。

マンションに到着して車を降りた途端、葵はミスをした。たまたまクシャミを連発してしまったのだ。

「風が鼻をくすぐっただけ。時期的に花粉のせいかもしれない」

そう訴えたのに、晋也はすぐさま自分のダウンジャケットを脱いで葵に着せかけた。

そして部屋に着くなり、急いでエアコンのスイッチを入れる。それから葵をソファに座らせ、ブランケットで包み込んだ。

「寒気はないか？　喉や頭は痛くないか？」

晋也が心配そうに顔を覗《のぞ》き込む。

「大丈夫。ちょっと鼻がムズムズしただけだから」

「風邪は万病《まんびょう》のもと。こじらせたら大変なことになる」

いつまでも大げさに心配し続け、終《しま》いには葵の耳に体温計を突っ込んだ。

「え〜と、三十六度三分。今のところ熱は大丈夫なようだな」

そう言いながらも、彼は葵の額《ひたい》に手を当てて熱がないか確認している。

「よかった……」

晋也はそうつぶやき、ブランケットごとぎゅっと葵を抱き締め優しいキスをくれた。

「早く温まった方がいい。風呂の準備をしてくる」

晋也が姿を消したあと、葵はしばらく大人しくソファに座っていたが、すっかり暑くなってしまった。ブランケットを畳んでいると、晋也が戻ってくる。彼は満足そうな笑みを浮かべ、葵をバスルームに連れて行った。

「わぁ、いい香り！」

ドアを開けると、ふわんとステキな香りに包まれた。

「葵のために精油を使って特別に入浴剤を調合した」

晋也は鼻をくんくんさせ、得意げな顔をする。

「葵はオレンジの匂いが好きだと言っただろう？」

あっ、覚えていてくれたんだ。

初めて一緒に食事をした時、好みの入浴剤の香りを尋ねられて、そう答えた。

「だからオレンジと、フランキンセンスとを組み合わせた」

「フランキンセンス？」

「ああ、聖なる精油とか、本物の薫香《くんこう》と呼ばれて、古くから瞑想《めいそう》や宗教儀式に使われてきた香りだ。心を落ち着かせる作用がある。しかも粘膜を強くする効果や抗菌作用から風邪対策にも効果的だ」

「へ～、知らなかった」

「湯温は四十度。少しぬるめに設定した。ぬるめの湯は副交感神経を活発化させ、リラックス状態に導いてくれる。しかもオレンジなどの柑橘系に含まれるリモネンには、血流を促進する効果があるから、入浴剤に入っているととても身体が温まる。色は気持ちが明るくなるオレンジ色にした。つまり、この風呂は今の葵にぴったりということだ」

晋也が特別に考えてくれた、葵にぴったりのお風呂。

胸の奥が熱くなる。身を乗り出し、透き通ったオレンジ色のお湯を見つめていると、笑みがこぼれてくる。

「私のためにありがとう。嬉しい」

葵は隣に立つ晋也の腰に緩《ゆる》く抱きついた。

「葵のためならお安い御用だ」

晋也は葵の額《ひたい》にキスをして、まるで子どもをあやすように、背をポンポンと優しく叩いた。

「風邪が完全に治るように、今日は一人でゆっくり入るといい」

目の前でゆらゆらと煌《きら》めき、いい匂いの湯気《ゆげ》を上げるお風呂。早く入りたくて身体がうずうずしてくる。でも……

「晋也さんも一緒に入らない？」

上目遣いでおずおずと尋ねると、晋也は困った顔で頬を掻いた。

「一緒に入ったら葵を疲れさせる……ようなことをしそうだ。それをしないでいる自信が……まったくない。だから、今日は止《や》めておこう」

それはそれで……ちょっと寂しい気がする。だけど葵の目はすぐにお風呂に吸い寄せられ、瞬時にその誘惑に心を奪われた。

凄《すご》く気持ちが良さそうだ。ああ、早くあそこへ身体を沈めたい。

「じゃあ、せっかくのお湯を堪能させてもらう」

葵が湯船を見つめたまま、うっとりした顔でそう言うと、晋也はくしゃっと笑顔になってバスルームを出ていった。

「はあぁぁ――――――――あっ」

ざぶんと湯船に沈んだ葵は、目を閉じて深く息をはいた。

なんて心地がいいのだろう。

大きく深呼吸をして、バスルームを満たす香りを吸い込むと、爽《さわ》やかなオレンジの香りの中に、わずかな甘さとピリッとした芳香を感じることができる。

すばらしい香りが、葵の心をふんわりと包み込んで、やわやわと揉み解してくれるみたい。脳がリラックスしていくのがわかった。

身体を覆《おお》うたっぷりのお湯。湯船の縁に頭を預け、浮力に身を委《ゆだ》ねると、肩や腰の強《こわ》張《ば》りが温かなお湯に溶け出すみたいだ。

いつまでも入っていられそう。ずうっとこうしていたい……

「葵。そろそろ時間だ」

扉の向こうから晋也の声がした。

「葵はすでに二十分間湯船の中にいる。頭をクリアにしたい時は熱いお湯に五分間。リラックスしたい場合はぬるめのお湯に十分から二十分間浸《つ》かるのが理想だ」

晋也さんたら……

葵は名残《なごり》惜しさに唇を尖らせ、渋々お風呂から出たのだった。

「ああ、葵。だいぶ顔色が良くなった。ほっぺがピンクで、つやつやしている」

風呂上がりの葵を見て、晋也はにこにこしていたが、突然真顔になって命じた。

「まず水分を取るように。それからすぐに髪を乾かすんだ」

まったくもう！　晋也さん、まだ私のこと病人扱いしてる。

「……はぁい」

返事をした葵に、晋也は満足そうに頷いてみせ、入れ替わるようにバスルームへ消えていった。

髪を乾かし終えた葵はクッションを抱えて、だらしなくソファにもたれた。身体はぽかぽか、晋也にも会えた。心身ともにすっかりリラックスしている。

ソファに横になったまま壁の時計を見ると、時刻は九時半だ。夜はまだまだ長い。晋也と一緒に過ごす時間はたっぷりある。

うふふ……。顔がにやけてしまう葵だった。

クッションを抱いてごろごろしていると、晋也がお風呂から上がってきた。パジャマ姿の彼は葵の顔を見るなり驚くべきセリフを口にした。

「葵、今夜はもう寝なさい」

「へ？」

思わずまぬけな声を出してしまった。葵の隣に座り込み、晋也は大真面目な顔をして言う。

「風邪は引き始めが肝心だ」

ふうっ……。ため息が漏《も》れた。

元気であることをアピールするために、葵はにっこり笑ってガッツポーズをする。

「私、晋也さんのおかげですっかり元気だよ」

「俺の調合した風呂に入ったんだから当たり前だ。元気になってくれなきゃ困る」

「元気なんだから、まだ起きててもいいでしょう？」

「ダメだ」

「なんで？」

葵は不満に頬をぷくっと膨らます。

まだ十時にもなっていないのに！　せっかくこれから晋也さんとラブラブな時間を過ごせると思ってたのに！

「念には念を……だ」

「やだ。私まだ眠くない！　無理やり寝ろだなんて、晋也さん横暴すぎる！」

さすがに葵は異議を唱えた。晋也は眉間にシワを寄せて、ぐっと葵を睨《にら》みつけると、脅すように低い声を出した。

「万が一のことがあったらどうしてくれるんだ」

「万が一……って？」

「万が一、俺の大事な葵に何かあったらどうしてくれるんだ」

「はあ？　……そんな大げさな」

「大げさなものか。俺の大事な葵のことだ」

ああ～、ダメだ！　葵は頭を抱えたくなった。晋也が、葵を大切に思っていることはひしひしと伝わってくる。それは嬉しいことなんだけど……納得できない。

葵は晋也のパジャマの胸にことんと頭をつけた。晋也の手を取り指と指を絡《から》め、甘えるような声を出した。

「ありがとう晋也さん。でも私、もっとこうしてくっついていたい……」

「そうか。わかった」

晋也の即答を聞いて、喜んで顔を上げる。しかし、続く彼の言葉にがくりとした。

「よし、葵。俺が添い寝をしてやろう」

ああ、もう！　こういう人のことなんて言うんだっけ？

え～っと、野暮《やぼ》？　ううん、朴念仁《ぼくねんじん》だ。

晋也はベッドに入ると、すぐに葵の頭を抱え込んで耳元に鼻を寄せ、くんくんと匂いを嗅《か》いだ。そうすることで自分だけ満足したのか、目尻を下げ、葵の鼻の頭に小さくキスをして言った。

「おやすみ、葵」

彼は満足したのかもしれないが、葵は物足りない。晋也に腕枕され、優しく髪を撫でられると、当たり前だけどうっとりして、物足りなさが、物欲しさに変化していく。

薄明りの中、尖った喉仏《のどぼとけ》、シャープな顎《あご》、形のいい少し薄い唇が、葵の目の前に見える。横向きで晋也に抱きつく手は、逞《たく》しい胸の上にのっている。

この胸にきつく閉じ込められ、一つになって揺さぶられる快感を思い出し、身体の中心が熱くなってしまう。葵は切なく指を噛んで身じろぎをした。

「ん……葵、眠れないのか？」

「うん。全然眠くない」

「大丈夫、そろそろ眠くなる頃だ」

確信があるみたいに言い切られて、不思議に思う。

「どうしてわかるの？」

「葵の深部体温が下がるからだ」

「深部体温……？　あ〜、会社の研修で聞かされた気がする。身体の表面じゃなくて奥の体温のことよね？　それが下がると眠くなるんだっけ」

「よく覚えていたな。エライぞ」

葵の頭を撫でる手は大きくて優しい。でもそのセリフと一緒だと子ども扱いされているみたい。

「葵が風呂から出て三十分以上経つ。そろそろオネムの時間だ」

オネムって……今日の晋也は、途中からまるで葵の父親みたいだ。休みの前日に、無理やり親から寝室に追いやられた子どもみたいな気分になってくる。悔しくって、ますます目が冴えてしまう。

「ねえ？　このまま眠れなかったらどうするの？　もう一度お風呂に入る？」

「寝付けない時は、三十分程度の軽い運動をすればいいと言われている。再び体温が上がって、また下がる時に睡眠モードになるんだ。激しい運動はダメだ。交感神経を刺激してますます眠れなくなる」

へ～え、そうなんだ。さすが晋也さん。よく知ってる。

軽い運動をすればいい——それがお勧めの方法なら……強硬な手段を取っちゃおうか。彼を求める気持ちが、葵に大胆な行動を取らせた。ちょっと前までの葵には考えられないことだ。自分でも驚いてしまう。

葵は、思い切って晋也を誘った。

「じゃあ、軽い運動に、晋也さん付き合ってくれる？」

「もちろんいいとも。でも外は寒いからダメだ。ベッドの上でできるストレッチが最適だ」

そう言って晋也はサイドテーブルのライトを点《つ》けた。

彼の言葉は、少しだけ残る葵のためらいをサッと消し去り、背中を押してくれた。

「あ、葵っ……？」

晋也が焦ったように葵の名を呼ぶ。

「ん？」

「止《や》めるんだ……」

晋也は自分の股間に伸ばされた葵の手を握った。制止を命じる言葉とは裏腹に、その力は弱い。

「そ、そんなところを、起こすんじゃない……」

切羽詰《せっぱつ》まったように晋也が声を漏《も》らす。

「起こしちゃ……ダメ？」

晋也の胸に頭をのせた葵は、パジャマのズボンの上から彼の膨らみを撫でさする。

「うっ！」

「私、運動したいから起きてほしいの……。付き合ってくれるんでしょう？」

ごくりと晋也が喉を鳴らした。

そうしている間に、晋也のモノは葵の手の中でムクムクと硬さと体積を増していく。

それに安堵しながら、葵は晋也の形をなぞって緩《ゆる》やかに手を動かした。

「葵のために……せっかく匂いだけで我慢したっていうのに……」

低い声でつぶやく晋也。いつもは知性的な瞳に野性の光が横切ったかと思うと、がばっと葵の上にのしかかってきた。

「あっ、待って！　晋也さんは何もしないで」

早くも葵のパジャマの裾から手を潜《もぐ》り込ませていた晋也は、その手をピタッと止める。

「葵に触っちゃ……ダメなのか？」

「だって、激しい運動はダメなんでしょう？　晋也さん、いつだって激しくしちゃうじゃない……」

「うっ……」

晋也は鉛《なまり》でも呑み込んだように口をつぐむと、観念してベッドの上で横になった。

身体を起こした葵は、まず自分の長い髪を耳にかけ、それから晋也の前髪を掻き上げた。

現れた綺麗な目がきらっと光る。どことなくわくわくしているみたいだ。

葵は顔を傾け、晋也にキスをした。ちゅっ、ちゅっと角度を変えて唇を密着させると、晋也が舌をねじ込んでくる。

口の中を舐《な》め回され、舌をちゅうーっと吸い上げられると、葵のお腹の奥が見えない手で掴《つか》まれたようにきゅーっと疼《うず》く。

葵はゆっくりと晋也のパジャマのボタンを外し、アンダーシャツを上にずらした。大きく上下する晋也の広い胸に、葵はうっとりと手を這《は》わせる。

硬く引き締まった筋肉に頬を寄せると、晋也の強い鼓動を感じる。葵の心臓もどきどきとうるさいくらいに鳴っていた。

葵は口を開いて、彼の乳首を唇で包み込んだ。

「つっ……」

晋也がぴくっと震える。声を漏《も》らす彼はなんだか可愛い。

舌で刺激すると、ふにゅふにゅしていたものが、すぐにこりこりと硬くなる。

「あお……い、ふぅ……うっ……」

晋也は低く呻《うめ》き声を上げ、葵の肩をぎゅっと掴《つか》んできた。息が荒くなり始めている。

ああ、晋也さん、なんか、色っぽい……。男の人も、乳首感じるんだ……

同時に、葵の乳首が刺激を求めてむず痒《がゆ》くなってくる。

晋也のパジャマのズボンと下着に手をかけ、そろそろと下ろすと、ぶるんといきり立ったものが顔を出した。

凄《すご》い……もうこんなに……

ぽうっとした目で眺めつつ、葵は両手でそれを包み込むとぺろりと舐《な》め上げた。

「うっ……葵っ」

どこか焦ったような声を漏《も》らしてから、晋也ははあっと熱い息をはき出した。

晋也さん、すっごく感じてくれている。

葵は嬉しくなって、手の中で脈動しピクピクと揺れる昂《たかぶ》りに、ちろちろと舌を這《は》わせ始めた。

「はぁ……葵……、そんなに欲しかったのか？」

首を起こした晋也が、葵の様子を眺めながら聞いてくる。上目遣いで晋也を見ながら葵は返事をした。

「うん」

「そうか……。それは悪いことをした。ほんと俺は鈍いな。ははっ……」

晋也は苦笑いしたあと、「んんっ」と、整った顔を苦しそうに歪《ゆが》めた。

葵がその間も晋也のものを刺激し続けたせいだ。

「……ん、ねえ晋也さん。これで……大丈夫？　気持ちいい？」

「ああ、葵……んん、はあ、もどかしくて……頭がおかしくなる」

晋也は葵の頭を両手で掴《つか》み、ぐいっと彼のものに押し付けた。晋也の希望を悟った葵は、大きく口を開けて熱く猛《たけ》る晋也の分身を喉の奥まで咥《くわ》え込んだ。

「……ふぅ、葵、ああ……」

目を閉じて口を半開きにしている晋也は、葵の行為に酔っているみたいだ。

口の中のものが愛おしい。もっともっと気持ちよくなってほしい……

葵は懸命に顔を上下に動かし続ける。葵の身体の中心がきゅうきゅうと疼《うず》く。

「葵……ストップだ！　それ以上続けるといって……」

声を上げた晋也は、葵の頭を掴《つか》んで自分の股間から引き離すと、勢いよく起き上がった。彼は、ばっと身体にまとわりつく物を脱ぎ捨てる。続けて、ぼうっと晋也を見ていた葵を丸裸にした。

「あぁ、葵……」

ぎゅっと抱き締められ、唇を吸われた。性急に口内に入り込んだ舌が葵の舌を捕らえ、強く絡《から》められる。

「んんっ！　……んふッ……ん」

ベッドの上で抱き合った二人は声を漏《も》らしながら、互いに貪《むさぼ》るようなキスを繰り返した。

晋也は葵をシーツに押し倒すと、いきなり乳房を鷲掴《わしづか》みにし、乳首を咥《くわ》えて、ちゅーっと吸う。

「ふあっ！」

ずっと欲しかった刺激に、葵はぶるっと身を震わせる。

晋也の手は葵の胸から腹を滑り、すぐに茂みへたどりつく。指先で奥深くをまさぐられると、ぬちゃり、と音がした。

「はうっ……ン！」

葵の身体が跳ねた。

「葵、凄《すご》い、ぐしょぐしょだ……こんなに俺が欲しかったんだな」

「うん。……欲しかった。お願い、早くちょうだい……」

切ない声で望みを伝える葵に、晋也は小さく笑って額《ひたい》にキスをしてくれた。

手早く準備を済ませた晋也は、ごろりと葵の横に寝そべって言う。

「葵、欲しかったら自分で入れて……」

形のいい唇が微《かす》かに笑っている。

ずっと発情していた葵はこくりと頷くと、自《みずか》ら晋也の上にまたがった。そして反《そ》り返ったものを秘部にあてがい、熱い息をはきながらゆっくりと腰を下ろしていく。

「うん、あ……」

晋也の全てが葵の中に入り、一気に快感が押し寄せてきた。

「あああ……っ」

熱い塊《かたまり》が一番奥まで届くと、痙攣《けいれん》するように葵の身体が震える。

なんて気持ちがいいのだろう……

晋也と両手を繋《つな》いで指を絡《から》ませた葵は、緩《ゆる》やかに腰を動かし始めた。

初めはゆらゆらと前後に身体を動かしていただけだが、次第にもっと強い刺激が欲しくなって、大きく腰をバウンドさせていく。

晋也の上で葵の身体が踊っているみたいに揺れる。

「あっ、——あっ、——あっ……」

高くリズミカルな声を上げながら、瞼《まぶた》をきつく閉じ、繋《つな》いだ手を強く握り締める。

ねっとりとした視線で葵を眺めていた晋也は、絡《から》まり合う指を解き、葵の身体を撫で回し始めた。腰や太ももをするする滑っていた手が、やがて二人の繋《つな》がった部分に挿しこまれ、葵の敏感な小さな粒を探り出す。

「ああ、……そこ、いいっ！」

葵はひときわ高く声を上げた。愛液で濡れた指先でくすぐるみたいに刺激されると、ジンとした快感が背中を駆け上《のぼ》ってくる。

「あうっ、それダメ……んっ！」

指の腹でクックッと押されると、頭の天辺《てっぺん》から何かが突き抜けるように気持ちがいい。思わずぎゅうっと晋也を締め付けてしまう。

歯を食いしばった晋也が下から熱い怒張をグイッと押し付けてきた。

「……あン、いいの……晋也さん、凄《すご》いっ……」

身体を起こしていられず、ふらりと前に傾いた葵は、晋也の胸に手を置き髪を振り乱して快楽に酔う。すると、晋也がにわかに腰の動きを変えた。

左右にぐねぐねと振られ、激しく下から突き上げられると、葵はつま先まで痺《しび》れるような強烈な喜びに身体を一瞬硬くさせ、叫んだ。

「あっ……私、だめ……、ああああ……！」

絶頂を迎えた葵は、晋也の胸の上に倒れ込み、目を閉じてはあはあと荒い息をはき続ける。

直後、晋也にぐっと背中を抱かれ、葵の身体が浮いた。と思ったら、繋《つな》がった下腹部はそのままに、あっと言う間に背中がシーツに押し付けられる。

ぼんやりと目を開けると、晋也が熱い目で見下ろしていた。彼は両手で葵の頭を抱え込むと、ぐいっと唇を押し付ける。

晋也はいきなり激しい勢いで腰を打ちつけてきた。二人の身体が音を立ててぶつかり合う。

ずっぷ、ずっぷ、ずりゅ……

同時に、性器同士が生み出す淫《みだ》らな抽送音《ちゅうそう》が、部屋の中に広がっていく。

晋也の背に回した葵の手に、知らず力がこもっていった。

「うっ……葵！」

唇を触れ合わせたまま、晋也が呻《うめ》いた。彼はいっそう力を込めて葵の頭をかき抱き、より強く腰を打ちつける。

「あああっ……晋也さんっ……」

「……っ！」

苦し気な声とともに、葵の身体の中で晋也が大きく脈打つのを感じた。

晋也の身体から力が抜け、二人の肌がぴったりと重なり合う。葵を抱き締める晋也の重さが嬉しい。

結局激しい運動になっちゃった……

熱に浮かされたような頭でそう思いながら、葵はすぐに深い眠りに落ちていった。


二月も半ばとなり、葵は地味に辛い日々を過ごしていた。

あの生放送以来、多忙を極める晋也と一緒に過ごす時間がまったく取れないのだ。今になってみれば、晋也の腕の中で眠った放送当日の夜が奇跡のように思える。

さらには、自分に対する陰口にうんざりさせられていた。

――社長の甥《おい》と知って近づいたしたたかな女――

やっぱり……というべきだろう。以前、晋也と五十嵐から告白され、散々噂された時を思い出す。幸か不幸か、今回陰口を言ってくるのはあの生産管理部の女性を代表とする一部の女子社員だけだ。彼女たちは、おそらく五十嵐のファンなのだろう。

外野なんか気にしなければいい。

頭ではわかっていても、非難がましい視線を向けられることに、なかなか無心になれずにいた。

そんなある日、昼休みを社食で過ごしていると、五十嵐がやってきて気まずい顔で切り出した。

「中森ちゃん、なんか……その、噂を聞いた。ゴメン、俺のせいだよな……」

彼のせいではないのに、五十嵐は申し訳なさそうに頭を下げてくる。

「五十嵐さん……」

何と言っていいのかわからず葵が黙っていると、丸尾が代わりに口を開いた。

「ねえ五十嵐君、もしかして、あの生産管理部のきっつい彼女となんかあったんじゃないの？」

目の前の席に座り込んだ五十嵐の頬がぴくりと引きつった。

「うっ……何回か飲みに行っただけだよ」

「それだけ？　ヘンに誤解されるようなこと、したんじゃないの？」

「酒の席のことだし、少しはその、ノリだってあるだろう……」

丸尾は軽く目を閉じてため息をついた。

「あなた、そろそろ落ち着いたらどう？　年も年だし、いつまでもそんな軽い調子で女の子と遊んでいると、そのうち痛い目に遭うわよ」

肩を落とし、落ち込んだ様子の五十嵐は、葵に向かって頭を下げる。

「中森ちゃん……ほんと悪かった。彼女には俺から止《や》めるように言っておくよ」

「ちょっと待って」

間髪《かんはつ》を容《い》れず、丸尾が口を挟んだ。

「五十嵐君がヘタに中森さんをかばったら、ますます面倒になるかもしれないじゃない」

それは困る！　これ以上の面倒事は勘弁してほしい。

その思いが顔に出てしまったのだろう。五十嵐は、さらに困ったように眉を下げた。

「ならどうすりゃいいんだよ？　俺にできることはないのか？」

「だったらカノジョでも作って落ち着いたらどう？」

「カノジョ？」

頷いた丸尾が、五十嵐に教え諭《さと》すみたいに一本ずつ指を立てて説明していく。

「いい、五十嵐君には今、ちゃんと交際している相手がいない。それなのに自分は選ばれない。ということはまだ中森さんのことを――っていう思考から、彼女の不満が中森さんにいくんじゃないの？　つまり、あなたにきちんとしたカノジョがいれば彼女たちも諦めがつくと思うけど」

「カノジョか……」

　五十嵐は腕を組んで考え込む。その様子をちらりと見た丸尾は、食事を再開しながら言う。

「できれば、あの人たちが何も言えないような、しっかりした女性を選ぶのよ」

　五十嵐は感じ入ったように頷くと、おもむろに言った。

「なら丸尾、お前が俺のカノジョになってくれ」

「……は？」

　丸尾は鳩が豆鉄砲《まめでっぽう》を食らったような顔をした。だがすぐに、顔をしかめる。

「本命ができるまでの偽装カノジョなんていやよ」

「偽装？　んなわけあるかよ。あの娘《こ》らが何も言えないしっかりした女なんて、お前しかいない。中森ちゃんもそう思うよな？」

「……っはい！」

　予想外の展開に茫然《ぼうぜん》としていた葵だったが、すぐさま大きく頷いた。

「仲間思いで、仕事もできる。外見だって可愛いし、お前、かなりいい女だよな」

　丸尾のふっくらとした頬がみるみる赤く染まる。

「丸尾、俺のカノジョになってくれ」

　五十嵐が身を乗り出すと、反対に少し身を引いた丸尾はうつむいて答えた。

「……考えておくわ」

葵は目を丸くして二人を交互に見た。心臓がドキドキ鳴っている。

清々《すがすが》しい笑顔の五十嵐と、まんざらでもなさそうな丸尾の様子に、自然と顔が笑ってしまう。

『営業でイヤなことがあってもさ、丸尾の食いっぷりを見てると、どーでもよくなってくる。幸せな気分になれるんだよなぁ』

つい先日、五十嵐は食事中の丸尾を見ながらこんなことを言っていた。

その時の五十嵐の表情は柔らかく、しかも甘い空気を漂《ただよ》わせていて、葵は、もしかして……？　と思っていた。

陰口なんてどうでもいいと思えるほど、それは葵にとって嬉しい出来事だった。

「う～さむっ……」

二月下旬の寒風吹きすさぶ中、仕事帰りの葵は首をすくめてマフラーに口元を埋《うず》める。

今日は月曜日。まだ一週間が始まったばかりだというのに、くたくたに疲れた身体に夜風が刺さるように凍《し》み込んでくる。

ようやくたどり着いたコンビニに飛び込んで温かさに一息ついた。おでんの匂いにひかれて思わず顔を向けると、ペコペコのお腹がグーッと鳴る。

ダメダメ、先に目的のものを見つけなくちゃ。

必ずおでんを買って帰ろうと決意して、葵はまずは雑誌コーナーに足を向けた。

「あっ、これだ」

若い主婦層をターゲットにしたライフスタイル情報誌。表紙は、人気ママタレントの弾けるような笑顔だ。葵の目は、その右上に配置された文字をすぐに捉《とら》えた。

『話題沸騰！　あのイケメン開発員が教えるお風呂の入り方』

雑誌を手に取り、パラパラとめくってお目当てのページを探し出すと、写真の晋也がこちらに向かって微笑みかけてくる。思わず葵の顔にも笑みが浮かんだ。

早く帰って読もうっと。

レジに向かう葵の気持ちは、ほんのりと明るくなった。

驚くことに、世間では今、ちょっとした晋也ブームが起こっていた。あの放送で全国に顔が知られた晋也は、メディアから引っ張りダコになっているのだ。イケメン理系として一躍《いちやく》時の人となり、現在は多忙を極めている。テレビや新聞等で入浴剤の特集が組まれ、誰もが晋也を登場させたがった。今、葵が手にしている雑誌もそのうちの一つだ。

ターゲット層の年齢が高ければ健康的な生活を送るために、若い女性向けなら美肌や冷え性などについて、晋也はお風呂と入浴剤を絡《から》めて、そつなく知識を披露《ひろう》する。

いかにも、という感じに白衣をまとったイケメン姿は、入浴剤特集の必須アイテムとなっているようだ。

そしてその陰で急速に広がっているのが草の湯の人気だった。

晋也はここぞとばかりにマスコミを利用したのだ。大人気のバンボンと対照的な入浴剤として、必ず草の湯を引き合いに出し、その素晴らしさを巧《たく》みに宣伝していった。さながら草の湯の布教活動のようだった。

使ってもらえば良さがわかる、と以前から晋也が力説していた通り、利用者が増えるにつれて草の湯の評判は高まっていった。

——どんなにいい入浴剤を作っても売れなければ意味がない。テレビだろうが雑誌だろうが、なんでも利用して、知ってもらいたい。

晋也はそう言って積極的にマスコミに顔を出している。草の湯が認められ心底嬉しそうだ。二人で過ごす時間はまったくなかったが、もちろん葵はこの状況を嬉しく思っていた。

コンビニを後にした葵は、再び寒くて暗い夜道を歩きながら、星を見上げて独《ひと》り言《ごと》をこぼす。

「凄《すご》いよねぇ……さすがだなぁ」

晋也はもちろんのこと、葵は社長に対してもそう思っていた。

『きちんとした格好をしてカメラの前でインタビューに答えろ』

あの生放送の時、社長から絶対命令が下《くだ》っていた、と晋也から聞かされた。それが晋也ブームのきっかけとなったのだ。晋也の容姿を利用したのは、経営者として正しい判断だったことは間違いない。

『バンボンボンの売り上げを春までに入浴剤部門の一位にしてみせろ』

無謀と思われた社長からの命令は、圧倒的な数値をもって達成されたのだった。しかもそれは、我が社の入浴剤全体の人気を底上げする結果に繋《つな》がったようで、バンボンボンや草の湯だけでなく、他の銘柄も良い動きを見せている。

これほどの功績を上げたのだ。きっと晋也は、希望通り入浴剤開発室に残ることができるだろう。

「はあぁ……」

気が付けばため息をついている自分がいて、葵は自分の弱さを知る。

寒さに身を縮めて自宅アパートへの道をたどりながら、思うことはただ一つ。

晋也さんに会いたい。

このひと月というもの、プライベートではまったく晋也に会えずにいた。会社で姿を見かけても、彼はいつも忙しそうで、二言三言、言葉をかわすことができればいい方だ。

以前だったら、こんな時には丸尾に愚痴《ぐち》をこぼしていたかもしれない。ところが今の丸尾は五十嵐と付き合い始めたばかりで幸せいっぱいだ。そんな彼女に寂しいなんて暗い話はしにくい。

しかも丸尾が考えた通り、五十嵐にカノジョができたことで葵への陰口が減ったのだ。その分丸尾に嫉妬含みの刺々《とげとげ》しい視線が向かうことになり、申し訳なさにますます愚痴《ぐち》なんて聞かせられなかった。

葵はそんな状況に胸を痛めた。しかし丸尾にとってはどこ吹く風。常に胸を張っている彼女は、以前よりもっとお洒落《しゃれ》に気合が入り、肌も髪も光り輝くようだ。

丸尾と五十嵐の仲睦まじい様子は素直に嬉しいのだが、二人を見ていると晋也と会えない寂しさがよりいっそう身に染みてくる。

大好きな入浴剤をあれこれ試《ため》して、会えない日々を乗り越えようとするが、中々心が埋められない。

今週末は会えるかな？　帰ったら電話してみよう。一言でいいから声が聞きたい。

そう決意し、ほんの少しだけ気持ちが上向く葵だった。

翌日の火曜日は目が回るほど忙しかった。

入浴剤全体の売り上げが、昨年度とは比べ物にならないほどアップしていることで、工場部門ほどではないにしろ、庶務の仕事量もそれなりに増えている。

そんな最中、丸尾がインフルエンザに罹《かか》ったのだ。

一緒にいることの多かった五十嵐も発病し、二人揃って出勤停止となってしまった。

確かに昨日の丸尾は調子が悪そうだったと今更ながらに思い出す。

「B型だそうだ」

眉間にシワを寄せた課長が言った。

「あら〜、B型インフルエンザ。B型って春が近づくと流行《はや》るわよね」

「そっか。もうすぐ春が来るわねえ〜」

のんびり話し始めた二人のパート社員を、課長が制した。

「今日は知っての通り、大切な視察が入る。突発的な仕事が入るかもしれないし、丸尾さんがいない分忙しい。みんな頼んだぞ」

今日は健康飲料メーカーの中堅企業、クルートの関係者が富士波工場にやってくるのだ。クルートは、現在海山ホームプロダクツと提携話が進んでいる会社だ。

葵たちには直接関係はないだろうが、朝の掃除を徹底するよう、業務命令が出ていた。

午後になってクルート関係者が到着すると、にわかに社内がざわつき始めた。

「クルートの関係者の中に凄《すご》い美人がいる」

庶務課のカウンターに、興奮しながらそんな情報を届けてくれた人がいた。その美人が、クルートの社長令嬢だということを、また別の人がしゃべっていった。

工場見学にきたクルート御一行様の中に、どういう訳か社長令嬢が交ざっているらしい。

その話を聞いた葵は、どことなく落ち着かない気分になった。

徐々に舞い込んでくる噂話によると、令嬢とうちの会社の関係者との間で結婚話が持ち上がっているという。

葵の胸はますますざわざわする。悪い予感を追い払おうと、小さく頭を振ってひたすら仕事に集中した。

各部署への届け物を終えた葵が、庶務課に戻ろうとすると、通路の前方から男性の話し声が聞こえてきた。クルート、視察、という単語を耳が勝手に拾ってしまう。

「あの美人、クルートの社長令嬢だってよ」

「へえ～」

この先を左に曲がると、ベンチと自動販売機がある。缶コーヒーやジュースなどを飲みながらくつろげる休憩スペースだ。

「美人社長秘書ってやつかと思ったけど、違ったのかぁ。一緒に回ってたの、例の開発室のヤツだったな。俺、海ボウズじゃない姿を初めて生で見た」

え、それって晋也さんのこと？

葵はピタリと足を止め、聞き耳を立てる。

「そう、社長の甥《おい》な。どうやらあの令嬢の婚約者らしいぞ。美男美女カップルだよなあ」

葵は耳に飛び込んできた言葉に、息を呑んだ。

「マジ？　政略結婚ってやつか？　でもあいつ、庶務の娘《こ》と付き合ってなかったっけか？」

「あー。でも、そういう噂だぜ」

「へえ。まっ、社長の甥《おい》とただの事務員じゃ釣り合わないもんな」

「そうだな。実は……その娘《こ》もどっかの社長令嬢とか……んなわけないか」

「ははは。はっ……社長令嬢がそんなにごろごろいるもんか」

「確かにな。ははっ。おっと、そろそろ戻らなきゃ」

二人の休憩は終わりのようだ。と、葵はぎくりとした。

二人がこっちに来たらどうしよう……。どうか来ませんように……

葵はどきどきする胸の前で手を握り締め、泣きそうな顔で祈る。

「あんな美人と結婚なんて羨《うらや》ましいよな〜」

「なに言ってんだ、お前の嫁さんだってお前にゃもったいないぐらい可愛いだろう」

足音と笑い声が遠ざかっていく。

安堵した葵は、壁に手をついてふらつく身体を支えた。ふうっと大きく息をはいて、吸い込む。どうやら無意識に息を止めていたらしい。

クルートの社長令嬢と晋也が結婚？

葵はゆるゆると頭を振り、何とか足を動かした。

ふらふらと壁伝いに歩いて、どうにか休憩スペースにたどり着く。人気《ひとけ》のないベンチに座ってうつむき、口元を手で覆《おお》った。頭の中に今の男たちの声がぐるぐると回っている。

――社長の甥《おい》とただの事務員じゃ釣り合わないもんな。

その言葉に葵の顔が強張《こわば》った。

そんなこと言われなくてもわかっている。どんなに普段目を背《そむ》けていても、時折、晋也が社長の甥《おい》じゃなかったらいいのに……と、思ってしまう自分がいた。

――実は……その娘《こ》もどっかの社長令嬢とか……んなわけないか。

その通りだ。葵は社長令嬢なんかじゃない。実家は至って普通、見た目も普通、学歴も普通の大卒で、ビックリするほど平凡な人間だ。

たまたま、酔っ払った彼を葵が助け、その時、葵の匂いを気に入ったという晋也に告白された。

そこで葵は、あることに気付いて、すっと気が遠くなる。

私と彼を繋《つな》ぐものって匂いだけ……？　もし、私よりもっと彼好みの匂いの女性が現れたら……？

あまりにも危うい自分の存在に茫然《ぼうぜん》とする。

「……大丈夫ですか？」

唐突に声が聞こえ、うつむいていた葵はびっくりして頭を起こした。

「どうかしました？」

身を屈《かが》めた女子社員が葵の顔を覗《のぞ》き込んでいる。

「あっ……、大丈夫です」

咄嗟《とっさ》に笑顔を作ってみせると、彼女は安心したように笑い返し、会釈《えしゃく》して去っていった。

葵は大きなため息をついて、気持ちを切り替える。

晋也は今週末、葵と一緒に過ごすことを約束してくれたのだ。

少し落ち着いてくると、自信が戻ってくる。

愛している、と晋也はいつも全力で伝えてくれているではないか。あんなにも葵への愛情を示す晋也を信じないなんて、彼に失礼だ。

そうだ。あんな噂話に惑わされて苦しむなんて時間のムダ、損以外のなにものでもない。

今更葵が社長令嬢になれるわけでも、美人になれるわけでもない。今の葵にできることは、晋也を信じることくらいだ。胸が軽くなり、元気を取り戻す。

「あっ、仕事も頑張れるな……。うん、頑張るか。――っていうか今日、忙しいんだった……！」

丸尾が病欠であることを思い出した葵は青くなり、足早に庶務課に戻ったのだった。

戻ってからの葵は忙しく仕事をこなしていた。しかしファイルを取りに席を立った時、たまたま窓の外を見て大きく目を見開く。

ちょうど、植物園の温室から視察の一行がゾロゾロと出て来るところだった。

暗い色合いのスーツを着た人々の中で、白衣の晋也と真っ白なコートを羽織る令嬢が浮かび上がって見える。

葵の目は二人に釘付けになり、窓辺から動けなくなってしまった。

残念なことに葵の視力はいい。二階の庶務課の窓からでも、令嬢が目を引く美人であることも、笑顔が華やかなことも、コートの襟元をゴージャスなファーで覆《おお》っていることも、はっきりと確認できてしまう。

今日の晋也はイケメンバージョンだった。会社にとって大切なお客様なのだから、当たり前だろう。

でも、なぜ彼が視察に同行しているのだろう？

社長の甥《おい》だから、今回の接待に駆り出されているのだろうか？

それとも入浴剤ヒットの立役者として、一行に紹介されたのか？

じっと二人を見続けていると、晋也のことを信じているはずなのに、勝手に悪いことばかりを考え始めてしまう。

やっぱり今日の視察は、二人を引き合わせるために行《おこな》われたのだろうか？　晋也はあのきれいな人を見てどう思っただろう？

二人とも人目を引く容姿でどう見てもお似合いだ。しかも葵と違って、身分も釣り合っている。

身体を強張《こわば》らせたまま、食い入るように窓の外を見つめ続けていた葵は、自分を呼ぶ声でようやく我に返った。

「……中森さん……ねえ、中森さぁん、お願い！」

慌てて振り返ると、カウンターに人の列ができている。

「あっ、すみません！」

慌ててカウンターに向かおうとして、葵は机に脚をぶつけてしまった。まだうろたえていた頭を、痛みが現実に引き戻してくれた。

それでなくとも今日は丸尾がいないのだ。しっかりしなくては。

それからの葵は一心不乱に仕事を片付けていった。今は忙しさがありがたかった。忙しければ忙しいほど、余計なことを考えなくて済むから。

終業時刻になる頃には、精神状態もなんとか平穏に戻っていた。

今日の葵の気持ちは上がったり下がったり、まるでジェットコースターみたいにせわしなかった。

翌日の水曜日。

晋也とクルートの社長令嬢との話は、すっかり社内に浸透していた。人々の噂の中では、晋也と令嬢との政略結婚は決定事項になっているみたいだ。じゃあ葵は失恋決定だ。クルートの社長令嬢……、開発室の社長の甥《おい》……、庶務課のカノジョ……みんな他に話題はないわけ？　仕事しなくていいの？

またもや庶務課のカウンターからこちらを覗《のぞ》き込み、遠回しに探ってくる人もいる。

「中森さん……ここんとこ、なんだか君の周りは落ち着かないねぇ……」

うんざりしたように課長が言う。

「すみません……」

好き勝手なことを言う人々の態度に、どうしても苛立ってしまう。だが、今日も丸尾がいないため、そんな人々に関わっていられないほど庶務課は忙しかった。

そんな中、予期せぬことが起こる。丸尾と五十嵐がいない昼休み、何故か葵は例の生産管理部の女性たちに取り囲まれて食事をする羽目になってしまったのだ。

「ちょっと、あなた大丈夫？」

「身分違いってやっぱり辛いわねぇ」

彼女たちは本気で慰《なぐさ》めてくれているように見える。だがその実、葵が振られることを前提に話しているのだ。　晋也を信じている葵にとって、彼女たちの慰めはじわじわと心を揺さぶってくる。

葵は必死に歯を食いしばり、顔に笑みを貼り付けているしかなかった。

続く木曜日と金曜日、葵は素知らぬ態度を貫き通し、ひたすら仕事に打ちこんだ。

金曜の終業時にはさすがにほっとした。明日からは週末、噂の渦中から逃げ出せる。

この数日、晋也と自分の立場の違いをイヤというほど思い知らされた。どんなに晋也を信じていても、一人で待つのは辛かった。

彼と会うことができれば、きっとこの不安もなくなるに違いない。

そう信じて、明日を待ち望む葵だった。


やっと待ち焦《こ》がれていた土曜日になった。

晋也には、午前中雑誌の取材があり、昼頃に終わる予定だと聞かされている。彼からの連絡はまだだったが、葵は逸《はや》る気持ちを抑えきれず、昼食を済ませるとドエル富士波に向かった。

もうすぐ三月。暖かな日差しが降り注《そそ》ぎ、時折、梅の香りが漂《ただよ》ってくる。春の気配を感じてうきうきしながら、葵は海沿いの道を歩いていた。ちょくちょく携帯電話を覗《のぞ》き込んでいるが、未だ晋也からは何の連絡も入ってこない。

取材、まだ終わらないのかしら？

携帯電話の画面から顔を上げた葵は、目の前に広がる海を眺めた。振り返れば、すぐそこに豪奢《ごうしゃ》な佇《たたず》まいのドエル富士波が見える。

もし晋也が帰ってなくても、合鍵は預かっている。バルコニーからこの海を眺めて待っていればいい。葵は足取り軽く、マンションのエントランスを目指したのだった。

すでに顔なじみとなっているフロントの男性に会釈《えしゃく》してロビーを通り抜け、葵はエレベーターに乗り込んだ。

晋也の部屋の前に立ち、葵はとりあえずインターフォンを押してみる。すると、瞬《また》く間にガチャッとドアが鳴った。

うそっ、帰ってる！

喜び勇んで、開いたドアに向かって声を上げる。

「晋也さん！」

「おかえりな――」

ドアから顔を覗《のぞ》かせた若い女性と声が重なった。二人揃って目を丸くして見つめ合う。

誰？

瞬《まばた》きしながらそう思った時、女性に声をかけられた。

「どちら様でしょうか？」

「えっ……と、……私、中森と申します」

「晋也さんはお留守です。失礼ですが……」

女性はそう言って、少し目を細めてじっと葵を見つめてくる。

何と答えるべきか困ってしまった。葵がまごついていると、彼女はつっと顎《あご》を上げ、再度葵に問いかける。

「晋也さんとはどういったご関係でしょうか?」

彼女の口調や態度はきつく、まるでこちらを威嚇《いかく》しているみたいだ。少々ムッとした葵は、正直に返答した。

「私、晋也さんとお付き合いしている者です」

女性の眉がぴくりと動いた。

「まさか……」

そう漏《も》らした彼女は、葵の頭の天辺《てっぺん》からつま先まで値踏みするように視線を這《は》わせた。そして、ゆったりと笑ってこう名乗った。

「はじめまして。私、根元《ねもと》と申します」

どうやら葵は、値踏みによって安く思われたらしい。それもそのはず、もの凄《すご》くきれいな人だ。ただ、なぜだろう……その顔に見覚えがある。

次の瞬間ピンときた。

「あっ！　クルートの……」

「ええ、父はクルートの社長をしております」

彼女は、海山ホームプロダクツと提携話の出ている会社、クルートの社長令嬢だ。葵は、先週の視察の時、彼女が晋也と一緒にいるところを見かけていた。晋也との結婚を噂されている人物だ。

どうして……どうしてこの人がここにいるの？

あまりにも予想外な出来事に葵は混乱し、うろたえた。

「……ちょっと、中でお話ししましょうか」

根元が大きく玄関ドアを開け、葵を招き入れる。葵は茫然自失《ぼうぜんじしつ》の状態で、彼女に続いて晋也の部屋に足を踏み入れたのだった。

二人はリビングのソファに向かい合って座る。葵は未だにぼうっとしていた。この状況をすんなり受け入れられるはずもなく、脳が考えるのを拒否している。そんな葵に根元が話しかけてきた。

「晋也さんはあんなにステキな方ですもの。お付き合いしている方がいてもおかしくないですわね。でも私……海山社長から、今晋也さんに恋人はいないと伺《うかが》っていましたのに」

姿勢よく座る根元の声は落ち着いている。上品な装《よそお》いと控えめなアクセサリーは、見ただけで質のよさが伝わってくる。あまりにお嬢様然とした雰囲気に圧倒され、葵は彼女に対して、何を話せばいいのかわからない。口を閉ざしたまま、そっと自分の手に目を落とした。

「私と晋也さんの間には結婚の話が出ております」

耳に飛び込んだ言葉に頭を上げると、根元は悠然と微笑んでいる。

やはり噂は本当だった。身体が震えてくる。葵はぎゅっと唇を噛んできつく手を握り締めた。

「今日は海山社長に言われて、彼とこれからのことを話し合うために伺《うかが》ったんです」

「え……社長に？」

思わず問い返すと、根元は勝ち誇ったような笑みを浮かべ、ゆっくりと頷いてみせる。

「ええ。ここの合鍵も、社長が預けてくださったのよ」

そんな……。そこまで話が進んでいるなんて――

「中森さんとおっしゃいましたわよね？　あなたはどちらの方ですの？」

葵はためらいがちに口を開いた。

「海山ホームプロダクツの総務で働いています」

「晋也さんと同じ会社……。ではご実家は？　どんなお家柄ですの？」

葵は喉を詰まらせる。

考えてみれば、もともと晋也と葵は住む世界が違っていたのだ。でも、そのことをあまり気にせずにいられたのは、晋也が溢《あふ》れるほどの愛情を葵に与えてくれるからだ。

葵はハッとした。そうだ、こんな私でも晋也さんは心から愛してくれている。それは揺るぎない事実だ。そしてその事実が葵に自信をくれた。

葵は顔を上げ、根元の目をひたと見据える。

「私の実家はごく普通の家庭です。でも、私と晋也さんは愛し合っています」

根元は軽く息をはき、あからさまに軽蔑した様子で葵を見返した。

「あなたには悪いけれど、私たちのような立場の者は、自分の好きとか嫌いという感情で、自由に振る舞うことは許されません」

葵は反論を試《こころ》みようとする。だけど口を開けても、唇が震えるだけで言葉が出てこない。

「晋也さんは大変優秀な方だと聞いております。この先きっと、会社の経営にも関わっていくことになるでしょう。あなたは、そんな彼の役に立つことができるかしら？」

葵と晋也、二人の立場の違いが急に怖くなる。根元は社長に請《こ》われてここにいた。だとしたら、晋也側の人々は、誰一人として葵のことを認めてくれないかもしれない。

根元は冷ややかな声で続けた。

「だいたい、愛が永遠に続くなんて限らないでしょう」

自分たちの恋愛関係をバカにされたと思った葵は、カッとして負けじと声を張り上げる。

「で、でも！　私は彼のことを愛しています。彼のためならなんでもできます」

悲鳴みたいな声になってしまった。自分でも陳腐《ちんぷ》なセリフに思える。

「なんでもって……なにかしら？　家事？　子育て？　まさか違いますわよね？」

ぐっと言葉に詰まった。どうしようもない敗北感に、うつむいて黙り込むしかできなかった。

「私は彼を幸せにするものを持っています。例えば父の会社とか、社交術とか。晋也さんと結婚して大いにお役に立とうと決意しております」

根元はうつむく葵に言葉の刃《やいば》を投げつける。

「もしあなたが本当に晋也さんのことを愛しているのなら、愛する人の幸せを考えるべきではないかしら。あなたが何をすれば彼のためになるのか、もうおわかりかと思いますが」

その言葉に込められた意味は、葵の血が昇った頭でもわかった。

晋也のために晋也を諦めろ、ということか……

打ちのめされた葵は逃げ出すようにその場を後にしたのだった。

4

土曜の午後、晋也は鼻歌まじりで車を運転していた。会社で行《おこな》われた取材を終わらせた帰り道だ。一時を過ぎているものの、これ以降は休みで、この週末は久しぶりにゆっくりできる。

ここひと月ほど、バンボンボンのブームによって訪れたチャンスを逃さないように、晋也は寝る間も惜しんで働いてきた。入浴剤、ひいては会社の宣伝のためにメディアに顔を出し、その上で仕事をこなす日々は本当に慌ただしく、さすがに疲れを感じた。なによりも葵に会う時間がまったく取れず、そのせいで余計に疲労が溜まっていくようだった。

特に先週はもの凄《すご》くスケジュールが詰まっていた。そんな中、社長命令でクルート一行の視察に無理やり引っ張り出されたのだ。あの時は苛立ちを顔に出さないよう苦労させられた。

提携話の出ている大切な会社だ。笑顔でいた自分を誉《ほ》めてやりたい。週末に葵と会う約束があったから、どうにか乗り切れたようなものだ。

やっと葵に会える。

ドエル富士波が視界に入り、晋也の顔には自然と笑みが浮かんでくる。

昼には終わる予定だった取材が長引き、思ったよりも帰りが遅くなった。もう葵は来ているだろう。連絡する時間さえ惜しくてすぐに車に乗り込んだが、合鍵は渡してある。

自宅に帰ってドアを開ければ、そこには葵がいる。晋也はそう信じて疑わなかった。

ところがその数分後、自宅マンションのドアを開けた晋也は、違和感に顔を歪《ゆが》める。

なんだ……この匂いは？

甘ったるい香水の匂いが、強烈に鼻を刺激する。

葵……？　いや違う！

転がるようにリビングに向かうと、ソファから女性が立ち上がるところだった。

「おかえりなさいませ。お仕事お疲れ様でした」

女はそう言うと、晋也に向かって丁寧に頭を下げた。

この女は……クルートの社長令嬢⁉

思いもよらない人物に、晋也は立ちつくしたまま、「なぜ？」と短く口にした。

「……えっ？」

ところが反対に、彼女は首を傾《かし》げてそう漏《も》らした。なぜ晋也が驚いているのかわからない、という様子に見える。

名前は確か……根元真奈美《まなみ》、だったな。

晋也は瞬時に記憶を引っ張り出した。さっと室内に目を走らせたが、どうやら彼女一人のようだ。

どういうことだ？　なにか裏があるに決まっている。冷静にならなければ。

「これは根元さん。どうしてあなたがここに？」

「あの、私、どうしても晋也さんにお会いしたかったんです。海山社長にお願いしましたら、今日ここで待っているように言われました」

根元はあっという間に表情から戸惑いを消し、はにかんだように笑ってみせた。

ああ、そういうことだったのか。心当たりのある晋也は、内心でため息をつく。

今日の取材は社長も一緒だった。昨日から富士波工場に来ていた社長との会話を思い出す。

——明日は取材のあとも仕事か？

——いえ。終わったらすぐに帰ります。

——じゃあ、午後からは家にいるのか？

——ええ。久しぶりにゆっくりするつもりです。

——そうかそうか。有意義な休みになるといいな。

あの時社長はにやりと笑った。まさか、こんなくだらないことを企《たくら》んでいたとは。

今日、社長は早々に取材を終え、これからゴルフだ、とさっさと帰ってしまった。こんな子どもじみたことをして、知らん顔をしている社長に腹が立った。

確かに根元はきれいだ。だからって晋也がしっぽを振って大喜びするとでも思ったのだろうか。

しかし……彼女はどうやってここに入った？　このマンションのセキュリティはかなりしっかりしているはずだ。

「どうやってこの部屋へ？　フロントでなにも言われませんでしたか？」

葵のことはいつでも通していいとフロントに伝えてあるが、優秀なコンシェルジュがこの女と葵を間違えるはずがない。

「社長がフロントに電話をしておいてくださいました。それに社長からここの鍵をいただいたので問題はありませんでしたが……」

根元は困ったように眉を下げた。

元々この部屋は社長の持ち物だ。合鍵も持っている。だけど、それをこの女にやるなんて、社長はなにを考えているんだ。

いや、その答えはわかっている。俺とこの女をくっつけようとしているのだろう。

怒りが込み上げるが、今はとにかく目の前の根元をどうにかしなければ。

晋也はもう一度、冷静になれ、と自分に言い聞かせた。

彼女は、「話がしたい」と言ったな……

とにかく話を聞くだけ聞いて、すぐに帰ってもらおう。

「座りましょうか」

うんざりした気分で声をかけると、根元はしなやかな動きでソファに腰を下ろす。晋也が向かいに座ると、彼女はすっと背筋を伸ばし、笑みを浮かべながら口を開いた。

「先日の視察の時はお世話になりました。でも、あの日は晋也さんとほとんどお話ができなくて、本当にがっかりしたんです。ですから、こうして二人きりでゆっくりお話ができるなんて夢のようです」

根元の笑顔は完璧だ。このお嬢様は、化粧に髪型、洋服からアクセサリーに至るまで、自分が男からどう見えるか研究し、知りつくしている。

「社長は私に言ったんですよ。家に帰って私が待っていたら晋也は絶対に喜んで、すぐにこの話は進むだろうって」

「話が進む？　なんのですか？」

「あら。もちろん私たちの結婚についてですわ」

晋也は思わず目を閉じ、軽く天を仰いだ。

「私、何年かぶりに晋也さんにお会いして、凄《すご》くステキな方だと再認識いたしました。だから、すぐにお話を進めていただけるなら光栄です」

社長め……

以前、根元との縁談話を持ち出された時に、きっぱり断ったのに。

伯父のおせっかいに、晋也は内心で盛大に毒づく。

クルートの視察に引っ張り出されたのには、やはり理由があった。おそらく社長は、あの場で根元を見れば、晋也がころっと参るとでも思ったのだろう。しかし晋也はなんの反応も示さなかった。

そこで社長は、彼女が晋也に会いたい、と言ってきたことを利用したのだろう。

きっと根元も、晋也が自分を好きになるという自信があったからここに来たはずだ。なんというか、全ての男が自分を好きになると思っていそうなタイプだ。

——根元と二人きりで過ごせば、晋也はすぐさま彼女を好きになって結婚したがる。二人ともそんな風に思っていたのだろう。随分と見くびられたものだ。

あいにくだが俺には葵がいる。根元は目立つ美人ではあるが、まったく趣味じゃない。

「申し訳ありませんが、その話はなかったことにしていただきたい」

そう断ると、根元はしおらしく項垂《うなだ》れ、上目遣いで晋也を見てきた。

「私ではご不満でしょうか」

答えにくい質問をぶつけてくる。

だが根元と結婚する選択肢はどこにもないのだから、ここははっきりさせておくべきだ。

「いえ、そういうことではなく、私には今、お付き合いしている女性がいます」

根元はハッと息を呑んだ。それから片手で心臓を押さえ、頭をゆるゆると振りながら言う。

「私……そちらの社長さんから、晋也さんは今、特定の女性とお付き合いしていないと伺《うかが》いました。あなたはお仕事に夢中で女性にはあまり興味がない、と。……どうやら大きな誤解があったようですわね」

「大変申し訳ありませんでした。社長にはカノジョのことを伝えていなかったもので」

「私にその方の代わりは務まりませんでしょうか？」

そのセリフに、晋也はぎょっとした。

しおらしい様子を見せながらも、根元はまったくひるまない。

「代わり――なんて有り得ないでしょう」

「私と結婚することで、晋也さんには大きなメリットがあるはずです」

自分によほど自信があるのだろう。しかも、実はそうとうしたたかなのでは？　そう晋也は感じ始めていた。

「根元さん。あなたは結婚はメリットでするとお考えなのですか？」

「それだけ、というつもりはありません。でも私たちのような立場の者は、恋愛感情だけという訳にはいかないと自覚しています。家同士の釣り合いはとても大切ですわ」

「ほう、家同士の釣り合い……」

自分の容姿では落とせないのなら、今度は家柄で勝負するつもりか？

「もしかして……」

根元は、不安げな顔で晋也に質問する。

「晋也さんがお付き合いされている方は、私よりもずっと良い家のご出身ですの？」

晋也は答えなかった。その沈黙を、根元は勝手に解釈したようだ。自信たっぷりで言う。

「私ならきっと晋也さんのお役に立てますわ。この結婚が互いの会社のためになるのは、間違いありませんもの」

相変わらず完璧に微笑む根元からは、晋也に対する好意はまるで見えてこない。徐々に薄気味悪く思えてくる。晋也は感情を抑え、根元に言い聞かせるように言った。

「会社や家のための結婚なら、私たちが直接話し合う必要はないでしょう？」

「では父にお願いして、社長同士で早急に話を進めてもらってもよろしいかしら？」

根元と会ったのは先週だ。自《みずか》ら結婚話を進めてほしいと社長に申し出て、いきなり押しかけてくるなんて強引すぎないだろうか？　酷《ひど》く結婚を焦っているように感じてしまう。

根元の言動への違和感が大きくなり、それは不信感に変わっていく。

「なぜそんなに急ぐのです？」

「なぜって……」

視線をわずかに揺らした根元は、ごくりと喉を鳴らし、ふっと自分の膝に目を落とした。

「私も、もうすぐ三十ですし……晋也さんはとてもステキな方だから……」

声がどんどん小さくなっていく。

「私は別の女性を愛している。それでも構わないと言うのですか？」

根元は晋也の顔に、すっと視線を移した。

「手厳しいですわね。でもそれが、私の義務ならば……」

そう言って唇をぎゅっと結んだ。そう言った彼女から、強い決意を感じる。しかし不信感は拭《ぬぐ》えず、ますます大きくなる。これ以上いくら問答《もんどう》を繰り返しても、埒《らち》が明かなそうだ。

「義務で結婚するなら、それこそ当人同士が話す必要はありません。この話については社長を通して返事をします。合鍵はお返しください。すみませんが、これから来客がありますので、お引き取り願います」

この話を終わらせるために、晋也は一息に告げた。

根元はじっと晋也の顔を凝視していたが、やがて目を閉じて小さく息をはき出した。

「よいお返事をお待ちしています。突然お訪ねしてごめんなさい」

根元はバッグから合鍵を取り出してテーブルに置くと、コートを手に部屋から出て行った。

甘ったるい香水の匂いを追い出そうと、晋也は急いで窓を全開にする。それから、どさりとソファに座って、天井《てんじょう》を見上げた。

社長と話さなければ……。だが俺の返事はただ一つ。「令嬢との結婚はお断りします」、簡単だ。

……ここに葵がいなくてよかった。

晋也は目を閉じて、ふうっ、と大きく息をはいた。どっと疲れが押し寄せてくる。

それにしても葵は遅くないか？

壁の時計に目をやれば、もうすぐ二時を回るところだ。心配になった晋也は、すぐさま携帯電話を手に取り葵の番号をタップする。

ところが何度かけても、呼び出し音が鳴るだけで葵は電話に出ない。

何かあったのだろうか？　病気？　それとも事故？

一度そう思ってしまうと、不安がどんどん膨らんでくる。晋也は慌てて戸締まりを済ませ、車のキーを掴《つか》んで部屋を飛び出した。

葵の住んでいるアパートに着き、晋也は彼女の部屋のインターフォンを押す。焦りながら数回押してもなんの応答もない。

まさか事故にでも遭って、病院に運ばれているのでは——

遠くに聞こえる救急車のサイレンに不安な気持ちを掻き立てられ、晋也は居ても立ってもいられなくなる。

こういう場合は警察？　それとも病院だろうか？

晋也は、問い合わせをしようと携帯電話を取り出した。

念のためもう一度だけ葵の番号をタップするが、やはり出ない。

万が一にでも葵がいなくなるなんてことが起こったら、これから先、俺はどうやって生きていけばいいのだろう……

だらりと腕を下ろした時、晋也は気が付いた。

葵の部屋からメロディが聞こえてくる。微《かす》かな音だが確かに葵の携帯の呼び出し音だ。

慌ててドアに耳を付け、晋也の電話を切ると、部屋の中のメロディも止んだ。

間違いない。葵は部屋の中だ！

再びインターフォンを押すがやはり応答がなく、晋也は拳《こぶし》でドアを叩いた。しかし、何度叩いても葵は出てこず、ドアを叩く拳《こぶし》に徐々に力がこもる。

ドンドンドン、ドンドンドン……

「葵、いるんだろう？」

悪い予感が募《つの》り胸が苦しくなる。力いっぱいドアを叩き、繰り返し葵の名を叫んだ。

「葵！　葵！」

カチリ――

やがて小さくドアが開いた。晋也は瞬時にドアに手をかけ、力まかせに引く。

ドアノブを握って内側に立っていた葵が、「あっ……」と小さく声を漏《も》らして、晋也の胸に飛び込んできた。晋也は、すぐさま葵を抱き締め、ほうっと安堵の息をはく。

「どうした？　なぜ電話に出ない？　どこか具合が悪いのか？」

畳みかけるように問うと、腕の中の葵がわずかに首を左右に振った。顔を覗《のぞ》き込もうとすると、葵はつっと横を向いてうつむいてしまう。顎《あご》を捉《とら》えてぐいっと持ち上げると、明らかに泣いた跡があり、晋也は驚きに目を見張った。

「葵……泣いていたのか？　どうして？」

葵は黙ったままだ。何が何だかわからない。どうして葵は何も答えてくれないんだ？

「葵！」

つい大声を出すと、葵は晋也の腕から抜け出し、辺りの様子をうかがいながら懇願する。

「お願い。大きな声を出さないで」

　確かにここでは近所の目が気になる。

「それなら俺の家へ行こう。車で待っている」

　車に目をやった葵は、諦めたように細く息をはき、こくりと頷いた。

　落ち着かない気持ちで待っていると、程なくして葵が現れた。その姿を見て晋也はハッとする。

　葵は一度、どこかへ外出したのではないだろうか？

　着ているのは洒落《しゃれ》た外出着だし、目は赤いが化粧もきちんとしている。

　もしかして、葵は今日、約束の時間にドエル富士波に行ったのではないか。そしてそこで根元真奈美に会った……

　根元は葵に会ったなんて、一言も言わなかった。

　だからって、なぜその可能性に気が付かなかったのだろう……。俺はなんて鈍いんだ。

　晋也は唇を噛み締める。

　沈んだ様子の葵が車内に乗り込むと同時に、ふわりと彼女の匂いが香った。

「もしかして今日、うちに来たのか？」

　そう尋ねると、葵は顔を上げ晋也を見た。何か言いたげに口を開くが、すぐに閉じる。

　そのまま視線をゆらゆら揺らしてうつむいてしまう。それが答えだろう。

「根元と会ったんだな」

肯定も否定もせず、彼女はぎゅっと唇を引き結び、泣きそうに顔を歪《ゆが》める。

たまらず腕を伸ばして葵を抱きしめ、細い首筋に鼻を埋《うず》めた。大きく息を吸い込み、彼女の匂いに気持ちが落ち着いてくる。だが、腕の中の葵は鼻をすすり始めた。

根元のせいなのは間違いないだろう。かわいそうなことをした。

葵の目尻の涙を指先で拭《ぬぐ》った晋也は、自宅マンションへと車を走らせた。


部屋に入ると、わずかではあるが、香水の匂いが残っていた。晋也は再び窓を全開にし、ソファに消臭剤を振りまいた。晋也はぼうっと立っている葵の腕を掴《つか》んで、寝室に向かった。バタンとドアを閉めると、匂いがシャットアウトされほっとする。

葵がベッドに近づき力なく座り込んだ。晋也はその隣に座って細い肩を抱く。

「葵、俺は葵を愛している」

「ありがとう、晋也さん。わかってる」

葵は小さく頷いて言った。しかしその表情は、いつもと違って少しも喜んでいない。

「根元に何を言われた？」

しばらく口ごもったのち、葵は投げやりに答えた。

「晋也さんと結婚するって」

やっぱりそうか。だけどそんな話を俺が受けるとでも思ったのか？　俺がこんなにも葵を愛しているとわかっているのに。

晋也は優しく葵の肩を撫でながら言った。

「不安にさせて悪かった。だが心配する必要はない。縁談ははっきりと断る」

葵は小さく首を左右に振った。

「よく考えて……」

晋也は息を呑む。まさか……

「葵は、俺にあの女との結婚を考えろと言うのか？」

わずかではあるが、葵ははっきりと首を縦に振る。

「……なぜ？」

やっと絞《しぼ》り出した晋也の声は震えていた。

「あの人との結婚は、社長が進めているんでしょう？　それは、晋也さんの将来のためになるからだわ」

肩を落とした葵は、うつむいたままそう言った。

あの女、いったい葵に何を吹きこんだんだ？　俺の知らないところで、こんなにも葵が傷つけられていたなんて、猛烈に腹が立ってくる。

冷静にならなくては……。落ち着くんだ。

「社長は関係ない。俺が葵のことを好きだから断る、それだけじゃいけないのか？」

「晋也さんみたいな立場の人は、自分の感情だけで自由に恋愛するものじゃないって……」

晋也は思わず舌打ちをしてしまった。

「今ならまだ、立ち直れる……と思うの」

葵がぽつりと漏《も》らした言葉に、晋也は全身の血が凍る心地がした。わなわなと身体が震えてくる。

「まさか……俺と別れると言うのか？」

晋也は思わず葵の両肩を強く掴《つか》んでこちらを向かせた。葵がふいっと顔を上げると、目の縁に涙が滲《にじ》んでいる。泣くのを我慢するように顔を歪《ゆが》めて葵は言う。

「凄《すご》くいい夢を見た、そんな風に私、納得できるかもしれない」

心臓が凍り付く。

葵が……俺の隣からいなくなるなんて……

「葵は、俺がどれだけ君を好きかわかっていない！」

冷静になろうという気持ちが吹っ飛んで、つい声を荒らげてしまった。

「そんなのわかってる……私が悪いの。――自分に自信がない。不安だらけなの……」

「俺がこれだけ葵のことを愛しても、不安は消えないのか？」

葵はうつむいて黙り込んだ。

「葵、その不安を全部聞かせてくれ。今のままじゃ、俺は納得できない」

晋也は葵の肩を掴《つか》んだ手を緩《ゆる》め、まっすぐに葵を見つめた。彼女の不安がなんだろうが全て取り除《のぞ》いてやろう、という決意を込めて。

涙で潤《うる》んだ目を上げた葵は、晋也の眼差しに促《うなが》されるように、おずおずと口を開く。

「晋也さんは、私の匂いが好きなのよね？」

「ああ」

「私、それが怖いの。恐怖を感じてしまう……」

晋也は頭を殴られたみたいな衝撃を受けた。

俺のこの性癖が悪いのか？

あまりのショックに、晋也は葵の肩から両手を外してしまった。

「もし、私の体臭が変わったら？　……年を取ったり、体調不良なんかで匂いが変わってしまうかもしれない。そうなった時、晋也さんは私のことを、好きじゃなくなってしまうんじゃないか――そう考えると怖くてたまらなくなるの」

晋也は当惑した。これは、性癖がいやということではなく、匂いが変わって嫌われるのが怖いということか？　つまり裏を返せば、俺にずっと好きでいてほしいと……？

なんて可愛いことを言うんだ。ますます葵を愛しく思い、じわりと胸が熱くなる。

「葵……それは大丈夫だ」

「どうして？」

「そうだな……例えば今、葵が大量に汗をかいて、汗臭くて嫌だと思っていたとする。でも俺にとってはいい匂いなんだ」

「ええっ……」

葵は眉をひそめる。ちょっとイヤそうな顔だ。

「わからないか？」

しばらく考え込んだ晋也は、昔、自分の母親が話していたことを思い出した。

「じゃあ親の気持ちになってみてくれ」

「親？」

「そう。赤ん坊を生んだ母親は、子どもの汗をかいた頭の匂いを喜んで嗅《か》いだりする。それに、排泄物《はいせつぶつ》の匂いでさえ、臭い臭いと言いながら不快に思わない親だっている」

「だって、それは赤ちゃんの匂いだから……」

「赤ん坊だって臭いものは臭いんだ。だけどそれをいい匂いと思ってしまうのは、そこに愛情があるからだ」

「愛情があると、臭い臭《にお》いがいい匂いになっちゃうってこと？」

葵はきょとんとした顔で首を捻《ひね》る。

「俺の場合はスタートは反対だな。葵の匂いを好ましく思って、それが葵への愛情に変化した。だが、そうして生まれた俺の葵に対する愛情はずっと変わらない。だから俺にとって葵はずっといい匂いなんだ。安心しろ」

もう一度首を捻《ひね》りながらも、葵はくすっと微笑んでくれた。その笑顔は晋也に力をくれる。

「葵、俺は葵の匂いだけが好きなわけじゃない。……正直に告白する。俺は卑怯者《ひきょうもの》だ」

「どういうこと？」

葵は怯《おび》えた目で晋也を見た。

「初めて葵と会った時、俺は泥酔《でいすい》していた。そんな状態で葵のことを好きになったのは確かだが、その時は匂いだけのことだった」

葵は不安げな顔を晋也に向け、黙って聞いている。

「その後すぐに会社で葵と会って、助けてくれた女性だと気が付いた。あの時俺は、瞬時に頭の中でデータを積み上げたんだ。葵の容姿、すらりと背の高いプロポーション、酔っ払いを助けた優しさ、そして何より匂い。それら全てから、この女性と結婚したいという結論を導き出した。だから、すぐに追いかけてプロポーズしたんだ。それは計算ずくの行動と言える。とても卑怯《ひきょう》な話だ」

ベッドに腰かけたまま、晋也は膝に両肘をついて頭を抱えた。

「俺は葵を、自分のものにしたかった。逃がしたくなかった。だからすぐに結婚してくれと言ってしまった」

あの日のことを思い出し、晋也は苦笑いを浮かべてしまう。ちらっと葵を見てこぼした。

「プロポーズした時、葵にはすぐさま逃げられてしまったが……」

「あ……」

葵は眉を下げ、「ごめんなさい」と言って目を伏せた。

「俺の気持ちは、今もあの時と変わっていない。俺は葵と結婚したい」

葵は目を伏せたまま、膝の上で組んだ手をぎゅっと握り合わせる。

「私、どうしたらいいのかわからない。私だって晋也さんのことが大好き。匂いのことは安心できたわ。でも……私には何もない」

葵に、何もないなんてことはない！　そう反論しようとした晋也を葵がやんわりと止める。

「社長がクルートの令嬢と晋也さんの結婚を進めようとしているのには理由があるんでしょう？　それがきっと、晋也さんの幸せに繋《つな》がると思ってのことだわ」

葵の声は微《かす》かに震えている。

「何をバカなことを……」

ゆるゆると首を左右に振ってから、葵は続けた。

「実は視察の日、令嬢と一緒にいる晋也さんを見かけたの。あの時、私、思った……。凄《すご》くお似合いだなって。晋也さんには、彼女のような人が相応《ふさわ》しい。私は側にいちゃダメなんじゃないかって。きっと……社長や晋也さんのご家族も、そう思うんじゃないかしら」

葵がそんな風に苦しんでいたなんて……。まったく考えもしなかった自分を呪いたくなる。

晋也の親族は、葵が考えるほどご大層なものじゃない。それをわかってもらわなければ。

「俺の両親のことなら心配はいらない。父親は普通のサラリーマンだ。母親は社長の妹だけど、絶対に葵のことを気に入るはずだ。反対などするはずがない」

「そう……かしら。そうだといいんだけど……」

力なくつぶやく葵は、肩をすぼめ小さくなってしまう。

「社長にだって何も言わせない」

葵の心を解こうと、粘《ねば》り強く言葉を続ける。

「葵、自信を持ってくれ。俺の幸せを考えているなら離れるな。根元が相応《ふさわ》しいなんて冗談じゃない。好きでもない、いや、むしろ嫌いな匂いの女と結婚したら、それこそ俺は不幸だ」

葵は何かを考えながら黙りこくったまま床を見つめ続けている。

晋也の頭の中では『葵がいなくなる』という考えがぐるぐると渦巻いていた。それはこの世で最も恐れること。

しばらく待ってもこちらを見ようともしない葵に、恐怖がじわりと広がっていく。耐えられなくなった晋也は、とっさに低く口走った。

「もし葵が俺の隣からいなくなったりしたら……恐ろしいことになると思え」

葵がやっとこっちを向いた。丸い目で晋也を見ながら言う。

「ええっ？　……恐ろしいことって？」

「ずっと葵を追い続けてやる。もし目の前から姿を消したりすれば、俺はさっきのように大声で葵の名前を呼んで探し続ける」

葵がしかめっ面《つら》をした。

「あれはちょっと……うぅん、凄《すご》く困った」

「俺はあの時思ったんだ。葵がいなくなったらどうやって生きていけばいいのだろうって。葵がいなくなったら俺は生きていけない」

「そんな……」

葵は動揺した様子で、自分の手で晋也の手を包み込んだ。

これ以上何を言っていいのかわからない。晋也はがばっと葵を抱き締めて懇願した。

「俺はこうして葵の匂いを嗅《か》いでいれば幸せなんだ。一生側にいてほしい。好きだ葵、愛しているんだ。離れないでくれ」

葵が去って行くかもしれないという恐怖が胸を締め付け、息苦しい。

「晋也さんて、そこまで私のことが好きだったのね……」

やがて腕の中から、葵のくぐもった声が聞こえてきた。

「そうだ」

「私に何もなくてもいいの?」

「もちろん。いいに決まってる」

勢い込んで答えると、葵の腕がぎゅっと背中に回され、少しほっとする。

「じゃあ反対に聞く。俺が今の会社を辞めたら社長の親族でもなんでもなくなる。葵はそれでもいいか?」

「あっ、そっか……」

小さくつぶやいたあと、葵ははっきり告げた。

「いいに決まってる」

晋也は深く息をはき出した。やっと呼吸が楽になった。

「葵、愛している」

瞳を覗《のぞ》き込んで晋也が囁《ささや》くと、葵の目が優しく細められる。

「私も愛してる」

ようやく葵が笑ってくれた。晋也は感極まって、葵の唇にキスをする。

ちょっと腫《は》れて赤くなった目の縁にそっと指を這《は》わせ、瞼《まぶた》に唇を押し当てる。

何度もキスを繰り返し、晋也は葵をベッドに押し倒した。抵抗されないことに安堵する。

葵の不安は、まだ完全に消え去ったわけじゃないだろう。だったら、どれだけ時間がかかっても、俺がその不安を取り除《のぞ》いてやる。

だが今は、不安なんか吹き飛ぶくらいの悦《よろこ》びを、葵の身体に教え込みたい。俺がいなきゃダメだって葵の心に刻みつけたい。……絶対に葵がいなくなってしまわないように。

そんな危機感に駆られながら、晋也は祈るような気持ちで葵の頭を抱え込み、彼女の唇を自分のそれで包み込んだ。

唇の隙間から舌を潜《もぐ》り込ませてゆっくりと動かす。葵の口内全てに舌を這《は》わせ、舌を絡《から》ませ、吸い上げる。

「ん……うう、んん」

堪《こら》え切れないという風に葵がくぐもった声を漏《も》らした。

「愛してる」

葵の髪を優しく撫でつつ、額《ひたい》、こめかみ、頬、と唇を押し当てていく。

「晋也さん……、晋也さん――」

キスの合間に、葵が甘えるみたいに晋也の名を呼ぶ。その声が嬉しくて仕方がなかった。

「葵、絶対に離さない。葵――」

何度も互いの名を呼び合い、キスを繰り返す。

やがて、葵の手が晋也の首に回された。彼女が晋也を求めてくれたと感じ、一気に心が満たされる。

葵の舌が、晋也の舌に絡《から》まるように動いた。たちまち晋也の下半身に、ゾクゾクとした疼《うず》きが走る。

晋也は上半身を起こし、自分の硬くなった股間に葵の手を導いた。

「葵が俺をこうさせるんだ。葵だけだ」

葵が瞼《まぶた》を上げ、ゆるりと微笑んだ。妖艶《ようえん》な笑み。彼女の手がためらいがちに動き、そこを撫でる。

葵の目にも隠しきれない欲望の火が浮かんでいるのがわかった。

葵を疼《うず》かせ高めるのも、世界中で俺だけであればいいのに。

晋也は葵の着ているセーターの裾から手を潜《もぐ》り込ませ、柔らかな膨らみに手を這《は》わす。

ブラジャーの下から指先を挿し込み、ぐいっと持ち上げると、ぷるんと白い双丘が現れた。

温かい谷間に頬を寄せると、甘い香りが鼻腔《びこう》をくすぐる。

葵の香りを堪能するように、晋也は大きく息を吸い込んだ。視界がくらりと歪《ゆが》み、どくりと下半身に血液が集中していくのがわかる。

こんな匂いをさせて俺を虜《とりこ》にしているくせに、葵は自分の罪深さを知らなすぎる。

乳房を両手で包み込み、柔らかな白い肌を強く吸い上げる。まろやかな乳房に赤い痕《あと》が点々と散っていった。

キスマークは、晋也が所有していることを意味するマーキングだ。葵の白い肌にまんべんなく散ったそれを満足げに見下ろす。

晋也は葵の乳輪を舐《な》め上げ、乳首を口に含む。舌を絡《から》めると、すでに硬さを持ち始めていた。

「んっ。晋也さん……」

ため息みたいに晋也の名前を呼ぶ葵。

「葵、気持ちがいいか？」

「うん……」

目を閉じたまま、うっとりと葵が答える。

伸ばした舌を優しく動かしゆっくりと転がす。たちまち口の中で立ち上がっていく乳首が可愛い。唇を尖らせ吸い上げると、葵はぴくっと背中を揺らした。軽く噛むと身体が跳ねる。

「あんっ、いい。そこ、気持ちいいっ」

いつも以上に時間をかけ、晋也はしつこいほど丁寧に、葵の身体を愛撫《あいぶ》し高めていく。耳の裏にキスをし、耳たぶを軽く噛む。耳孔にねっとりと舌を這《は》わせたら、葵の荒い息に喘《あえ》ぎが混ざる。

「……はぁ、……ぁあ」

唇を首筋に滑らせ、そこを何度も往復するうちに、葵の口から切ない吐息が漏《も》れた。

「ふう……んっ、はんっ……」

唇と同時に、全身へ手を滑らせる。髪を梳《す》き、乳首を摘《つま》み上げ、脇腹を撫でた。身体を捻《ね》じって感じ続ける葵は、次第に太ももをもぞもぞと動かすようになる。スカートを捲《まく》り上げ、タイツ越しに太ももを撫で上げると、腰を捩《よじ》って抱きついてきた。そのまま下着の中に手を潜《もぐ》り込ませ、隙間に沿って指を動かす。すぐに、熱い蜜がとろっと溢《あふ》れ出し、指に絡《から》みついた。

葵がちゃんと感じてくれている証《あかし》に、嬉しくて微笑んでしまう。

「ああ、葵……凄《すご》く溢《あふ》れてくる」

指をゆっくり動かしながら、葵の耳に口を寄せて低く声を出した。

晋也のシャツを握りしめ、葵は息を呑んで頭を激しく振る。

可愛い葵、もっと感じるんだ。

晋也の指が葵の最も敏感な部分に触れた。

「んあっ――」

葵は顎《あご》を上げて大きく息をはく。

指を円を描くように動かし、包皮を押しつぶすみたいに小刻みに揺らした。

「あ、……。あっ――、あっ、ふっ……」

じわじわと刺激を与えて、葵の快楽を高めていく。

きつく唇を噛んでいた葵は、やがて震えるまつげを上げ、晋也を潤《うる》んだ目で見つめてきた。

「もっと……」

晋也は笑って、葵にキスをした。そして敏感な突起から指先を動かし、周囲をゆっくりとなぞる。だが触れるだけで、まだ中には入れない。

「ああ、晋也さん、お願い――っ。そんなのおかしくなる」

頭をふるふると左右に揺らして葵が訴える。

晋也は笑みを浮かべて手を引いた。葵が切なげに見つめる中、身に着けた物を脱ぎ捨て、葵の身体からも丁寧に洋服を剥《は》ぎ取っていく。

互いに生まれたままの姿になると、晋也はぐいっと葵の両脚を開いた。彼女の秘所はすでにぐっしょりと濡れて、淫《みだ》らに光っている。

晋也の視線を感じた葵は、恥じらうみたいに膝を閉じようとした。

「なぜ閉じる?」

晋也は葵の膝に唇をつけて囁《ささや》いた。

「だって、恥ずかしい……」

消え入るような声。

「大丈夫だから、自分で開いてごらん」

指を噛んだ葵は、横を向いて顔を真っ赤にした。

葵の膝に再びキスを落とし、促《うなが》すように滑《なめ》らかな太ももを撫でる。やがて葵は自《みずか》ら脚を開いて晋也の前に秘所をさらけ出した。

「いいコだ……」

晋也は彼女の脚の間に陣取ると、そこに顔を寄せる。

指で葵の淡い茂みを掻き分け、葵の溝を剥《む》き出しにした。ひくつくひだの上を押さえると、小さな粒が顔を出す。

晋也は迷わず、その濃いピンク色の粒を唇で包み込んだ。

「ひゅっ……」

葵が喉を鳴らし、全身を強張《こわば》らせたのがわかった。もう一度強く吸うと、葵はビクンと背をしならせて嬌声《きょうせい》を上げる。

「ああっ……」

尖らせた舌先で続けざまに刺激を与え、合間にちゅうっと吸い上げる。葵はすぐに大きく息をはき出して腕をどさりと投げ出し、弛緩《しかん》した。

もう、イッてしまったのか。まあいい、何度でもイカせてやる。

晋也は目を細め、微笑んだ。

柔らかなひだを舌先で丁寧になぞっていく。同時に指を葵の中に入れてゆっくりと抜き差しすると、再び葵の身体が反応し始めた。

入り口近くの内壁を指の腹で擦ってやったら、葵が呻《うめ》くように声を上げる。

「やっ……そこ、ヘン。ダメになる……」

「ヘン、じゃなくてイイんだろう？」

ふっと笑って晋也が問う。葵は涙を浮かべた目をうっすら開けて、こくこくと首を縦に振った。素直な反応が可愛い。

しばらく同じ場所を刺激し続けると、喘《あえ》ぎ声を上げる葵の指が、晋也の頭部に伸ばされ、髪を掻き乱していく。

「あっ……あああ……、晋也——さん」

葵の腰がうねる。それに合わせて目の前の花びらが、晋也を誘うようにヒクヒクと蠢《うごめ》いた。

晋也はごくりと唾を呑み込む。先ほどからずっと、下半身は早くそこに入りたい、と強く訴え続けている。

「もう欲しい？」

自分が耐えられなくなってそう問うと、葵は素直にこくんと頷いて、恥じらうように目を伏せた。むくりと身体を起こした晋也は、葵の瞼《まぶた》の上にそっと口づける。

晋也はベッドの引き出しから避妊具を取り出し、葵に見せつけるように装着した。薄く開けた唇から、はあはあと息をはき出す葵は、熱っぽく晋也を見つめている。

準備を済ませた晋也は、自分の昂《たかぶ》りを握って、熱くぬめる溝にあてがった。

「早く……」

身もだえながら葵が声を漏《も》らし、訴えるような眼差しを向けてくる。

ああ、もっと俺を欲しがれ！

晋也は溝にあてがった塊《かたまり》をゆっくりと上下に動かした。

くちゅ、くちゅ、くちゅっ——

溢《あふ》れる蜜に晋也の猛《たけ》りがこすれる音が淫《みだ》らに響く。硬く反《そ》り返った自身で敏感な突起をくるくると刺激すると、葵の腰がもの欲しそうに揺れる。

「あん……」

葵は指を噛んで、鼻にかかった声を漏《も》らした。

ああ、葵。もっとだ、もっと俺を欲しいと言ってくれ……

濡れそぼる葵の下半身を見つめながら、晋也は一気に中を貫きたい衝動をぐっと堪《こら》えた。

その時、すっと白い手が伸びてきて、自分のものを握る晋也の手を上からぎゅっと包み込んだ。葵の震える手が晋也を中に誘い込もうと動いたのだ。

「お願い、入れて――ッ」

葵の悲鳴みたいな甲高い声を聞いて、悦《よろこ》びで腰がどくっと疼《うず》く。

晋也は逸《はや》るモノを深々と葵の中に挿し込んだ。溢《あふ》れる蜜でするりと奥まで滑り込んでいく。

互いの腰がぴったりと密着すると、熱く柔らかな中が、歓迎するかのようにきゅうっと晋也を締めつける。

「ああああ――っ……！」

白い喉を反《そ》らせて葵が叫ぶ。

葵はぎゅっとシーツを握り締め、胸を突き出した。白い腹が波打つのと同時に、葵の中が熱くうねって、ぎゅぎゅっと射精を促《うなが》すように蠢《うごめ》く。

ずっと耐えていた分、その快感は強烈だった。だが、ここで果てるわけにはいかない。

晋也は葵の乳房を鷲掴《わしづか》みにし、手の平でこねながら乳首に吸いついた。胸の柔らかさに無理やり意識を分散させ、何とか射精の衝動を堪《こら》える。

はあ、はあ……

寝室に、二人の荒い呼吸音がこだまする。

晋也は葵の背を抱いて、ほっそりした身体を自分の腕の中に閉じ込める。そうして、ゆっくりと腰を動かし始めた。

一定のリズムで抽送《ちゅうそう》を繰り返す。時折、強く腰を押しつけぐるりと回しては奥を刺激した。

晋也の背にしがみついた葵は、高く細く声を上げ続ける。

「あ、あっ……もっと、晋也さん……もっと……」

葵は目に涙を浮かべながら首を振った。晋也は目尻に唇を押し付け、舌先で涙をすくい取る。

「葵、こんなに、俺を求めてくれて嬉しい」

彼女は晋也の緩《ゆる》い動きがもどかしいのだろう。

「許して……。頭がおかしくなる」

「おかしくなっていいんだ。安心して理性を無くせ」

再び大きく腰を回転させた晋也は、ぐりっと葵の中を擦り上げ、ひときわ強く腰を押しつけた。

「ああっ！」

「全部俺に預けろ」

「ああ……もう、私、だめ……」

葵は口をパクパクさせ、顔を左右に振る。葵の手が、縋《すが》るように晋也の腕をきつく掴《つか》んだ。

「あっ――いっ……ちゃう……」

甲高い声を上げた葵は、ブルブルと身体を震わせた。

中が細かく痙攣《けいれん》している。それにより葵が達したのだとわかる。

強く締めつけられた晋也のものが、ズキズキと痛いくらいに脈動していた。それを、歯を食いしばって懸命に堪《こら》えきる。

晋也は、おもむろに上半身を起こすと、葵の両膝の後ろを掴《つか》んで脚を大きく広げさせた。そして、激しい抽送《ちゅうそう》を開始する。自分のモノが葵の中をヌルヌルと往復するのを上から眺める。その光景は、とてつもなくいやらしい。

「んん、あ……もう、もう許して……」

葵が弱々しく訴える。

「ダメだ。まだ足りない」

そう言いながら、突き上げるように腰を動かすと、葵の身体も跳ね上がる。再び中がぴくぴくと痙攣《けいれん》し始めてくる。

「んぁ……だめぇ、あ——こんなの知らないっ」

「ああ、ここだな……。葵、まだイッちゃだめだ」

晋也は、葵の腰を掴《つか》んで何度も同じところを突き上げた。

「ふあっ……、あああっ」

葵の身体がびくびく震える。白くて細い腰がくっと持ち上がった。

「葵、気持ちいい？」

目を閉じたまま葵はかくかくと頷く。

「晋也さん……好き——。晋也さん、晋也さん……」

「ふう——っ。葵、もっと乱れてみせて……」

晋也は葵の中から一旦自身を引き抜くと、彼女を後ろ向きにして腰を高く突き出させた。そのまま一気に、後ろから猛《たけ》った自身で深く貫く。

葵の細いウエストを掴《つか》み、ぱんぱんと音を立てて腰を打ちつける。その動きに合わせて、葵の身体がしなやかに揺れる。長い髪が乱れて舞う。

「くっ……いい……もう……ああっ……」

晋也はまったく容赦せずに、葵の最奥《さいおう》に楔《くさび》を打ち込み続ける。

「ダメエッ！　ま……た、――い、ちゃう、ああっ！」

次の瞬間、葵の背が大きく弓なりに反《そ》って硬直した。

「うっ、葵――」

葵の中が強く収縮し晋也の下半身をきつく締めつける。

ああ、この瞬間をずっと感じていたい――

そう願いながら、熱いものが身体の中心を貫いていく。

「はっ――」

晋也は目を閉じ、葵の中で自分を解き放った。葵の腰を掴《つか》んだまま身体を震わせる。

葵は身体を弛緩《しかん》させ、ずるずるとベッドに崩れ落ちた。それに合わせて、晋也も葵の上に倒れ込み荒い息をはく。

後始末を済ませた晋也は、まだ息の整わない葵を胸の中に抱き込んで、優しく背中を撫でる。すると晋也の胸に頭をのせた葵が、掠《かす》れた声で言った。

「こんな風にされたら、私、もう晋也さんから離れられない……」

その言葉が嬉しくて、ぎゅっと葵を抱き締め、「一生離れるな」と耳に流し込む。

葵は晋也にすっかり身体を預け、静かに目を閉じた。

晋也は葵の重みと温もりを感じながら、ゆっくりと幸せに浸《ひた》ったのだった。

いつの間にか眠り込んでいた晋也は不意に目を覚ました。どれくらい時間が経ったのか。首を捻《ひね》ってベッドの時計に目を移すと、もうすぐ午後五時になる。短い時間だが、ぐっすり眠ったおかげで頭がすっきりしていた。

ふと隣を見た晋也はハッとする。

「葵……？」

肩までしっかりとかけられていた布団を撥《は》ねのける。

隣にいたはずの葵がいない。さっき互いに気持ちを確かめ合ったばかりだけど……何となく不安を覚える。

ベッドの隅に載せられていた衣類を急いで身に着け、晋也は寝室を飛び出した。

リビングを眺めても葵の姿はない。じわりと焦りが募《つの》り、バタバタと廊下に向かった。

バスルーム？　扉を開けてがっかりする。真っ暗だ。

まさか……帰ったのか？

葵がいなくなる——昼間の恐怖が蘇《よみがえ》ってくる。

ふらふらとリビングに戻ると、ソファの隅に葵のバッグを見つけて一気に気が緩《ゆる》んだ。

バルコニーに目をやると、椅子に座って景色を眺める葵の姿があった。晋也はふうっと肩で息をついて自分もバルコニーに出る。

「あ、晋也さん。起きたのね」

振り向いた葵の顔に笑みが浮かんでいるのを見て、晋也は心底ほっとした。

「ここにいたのか」

「うん。ちょっと外の空気が吸いたくなって」

晋也は葵の隣に腰かける。

「私ね、ここから見る景色が、とても好きなの」

そう言って、穏やかな顔で海を眺めている。だが、葵の動きは少し気だるげで、先ほどまでの情事の気配を色濃く感じさせた。どうにも目に毒な彼女の姿から目を逸《そ》らして、晋也も海に目をやる。

「俺も好きだ。この景色を見ると落ち着く」

今日は冬にしては珍しく風がないので、穏やかに凪《な》いだ海面が遠く広がっている。

「ごめんなさい」

しばらく二人で景色を眺めていると、唐突に葵が頭を下げてきた。

「なんというか……一人で勝手に思いつめて、空回《からまわ》っちゃって……」

「何度も言うが、葵は何ひとつ不安に思うことはない」

葵はこくりと頷いた。

「私、晋也さんの側にいる」

そう言って笑う葵の顔を見て、晋也はもっと彼女を安心させるために、確実に外堀を埋めようと決意する。

晋也は腕を伸ばして、葵の手を包み込んだ。意外なほど温かい。

「晋也さん。手が氷みたい！」

葵が驚いたように声を上げ、反対に晋也の手を包み込んだ。

「葵は寒くないのか？」

葵はぶんぶんと頭を横に振った。

「私はちゃんと着ているから大丈夫。晋也さんこそ、そんな薄着でいたら風邪を引くわよ」

「確かにそうだな」

そういえば、丸尾と五十嵐がインフルエンザに罹《かか》ったと言っていたか。

寒さに負けた晋也は、上着を着るために部屋の中に戻った。

しっかりと上着を着込んだものの、晋也はバルコニーには戻らず、寝室に向かいベッドサイドに置いてあった携帯電話を手に取る。電話帳から目的の人物の番号を呼び出し、その場で電話をかけた。

「もしもし、晋也です。今、大丈夫でしょうか？」

『ああ晋也か。どうした?』

電話の相手は、海山ホームプロダクツの社長で、晋也の伯父である海山太一だ。声が弾んでいるのを隠しきれていない。

「今日帰宅したら、クルートの社長の娘が俺の部屋にいました」

『ふっふっふ』と笑って、社長は『どうだ』と誇らしげな声を出した。

『あんな美人が部屋で待っていて驚いただろう』

電話口の声は凄《すご》く嬉しそうだ。ニヤニヤした顔が目に浮かび、思わずムカッとするが、晋也は静かに「はい」、と返事をした。

『彼女と結婚したら、毎日あんな美人が、家で待っててくれるんだぞ』

それは葵の役目だ。

『仕事の疲れも吹き飛ぶってもんだ。俺が代わってもらいたいぐらいだ』

恩着せがましい口調に苛立ちが募《つの》るが、ここでケンカをする訳にはいかない。晋也は怒りをぐっと呑み込み、穏やかに言葉を続けた。

「その件で話をしたいのですが、お時間をいただけますか?」

『いいとも』

きっと社長は、晋也が口にするであろう話の内容を誤解しているに違いない。それくらいご機嫌な返事だ。

『こういうことはタイミングが重要だ。できるだけ早い方がいい』

「そうしていただけると助かります」

『今、ちょうどゴルフの帰りだが、今夜は先約がある。明日でいいか？』

「はい。では、ホテルに伺《うかが》いましょうか？」

『いや。たまにはそこに行こう。チェックアウトを済ませて十時前後に行く』

「わかりました。お待ちしてます」

そう言って、晋也は電話を切った。

社長の言う通り、こういうことは早い方がいい。


翌日、社長は約束通り、十時過ぎにマンションにやって来た。

葵の姿を見て、彼は驚いたように目を剥《む》いたが、すぐににこやかな態度で握手を求めたのはさすがだと思う。晋也はそっと安堵の息をついた。

そして今、晋也の目の前には社長がどっかとソファに座り込み、隣にはカチコチの葵が膝の上に手を置いて浅く腰かけている。

「晋也……交際する女性ができたなら、早く言えばよかったじゃないか」

困ったように社長が言う。

「社長が聞かなかったんじゃないですか」

社長は口をへの字にして、大げさなため息をつく。そんな社長に、晋也はストレートに告げた。

「俺はクルートの令嬢と結婚するつもりはありません」

「うむ……まずいな……」

社長のつぶやきを聞いた葵が、びくっとしてさらに身を縮こませたのがわかった。

「つい、クルートのお嬢さんを煽《あお》るようなことを言ってしまった……」

「ええ、本人から聞きました。社長は、俺があの人と一緒にいれば、気に入って結婚したがると本気で思っていたんですか？」

社長はふんっと、鼻を鳴らしてそっぽを向いた。

「……こうして呼ばれたのも、てっきり先方との縁談を進めてくれって話だと思っていたさ。まったく、令嬢が訪ねてきた件について話があるなんて言うもんだから……。いや、とにかく驚いた」

社長は気まずい顔で首の後ろをごしごしと手で擦った。

晋也は思い切って、彼女への違和感について伝える。

「根元真奈美ですが、ちょっとおかしな感じがします」

「おかしい？　どんな風に？」

目を細めて晋也の顔を見た社長は、ぐいっと身を乗り出した。

「上手《うま》く説明できないのですが、彼女は、義務や会社のために結婚する、という意味合いの言葉を口にしていました。ですが、あのプライドの高そうな女性が、親の言いなりになって、別の女性を愛している、と言う男と結婚したりするでしょうか？　それに……どうも彼女は、結婚を急いでいるようです。それが、なんとなく妙に感じます」

「なるほど……」

社長はソファに深くもたれ、難しい顔でしばらく考え込んだ。

「わかった。こちらでちょっと調べてみよう。……ところで晋也」

ひたと晋也を見据えて、社長が切り出す。

晋也は神妙な顔で背筋を伸ばし、「はい」と答えた。

「お前は温泉成分だけでなく、女心も分析できるようになっていたのか」

「はぁ？」

思いもよらない社長の言葉に、晋也は素《す》っ頓狂《とんきょう》な声を出して、ぽかんと社長を見た。

「中森さん――いや、葵さんのおかげかな」

社長はにっこり笑って、晋也の隣に座る葵に視線を向けた。

「社長。俺は、彼女と結婚したいと思っています」

晋也はずばりと切り出した。この話をしたくて社長を呼び出したのだ。

葵がはっとしたように晋也を見た。だがすぐに目を伏せてしまう。

「ところが彼女は、社長や俺の両親を気にして、うんと言ってくれません」

「それは、私が反対すると思っているということか？」

社長が驚いた顔で葵に尋ねた。おずおずと社長の顔を見た葵は、思い切ったように口を開く。

「私は、晋也さんのことが好きです。でも、何の取り柄《え》もない私が、彼と一緒にいてもいいのでしょうか……」

「取り柄《え》はあるだろう」

社長はそう言って、一冊のファイルを掲《かか》げて見せた。それは、葵が晋也のために入浴剤についてまとめたファイルだった。

先ほど、葵がお茶の準備をしている間に、晋也はそのファイルを社長に見せた。これのおかげで、今のバンボンボンのアイデアが出たのだと報告すると、社長は目の色を変えたのだった。

社長はもう一度ファイルを開いて言った。

「入浴剤の開発室長から、バンボンボンの改良に貢献してくれた女子社員がいた、と聞いてはいたが……それは葵さんか？」

驚いて言葉が出ない様子の葵に代わって、晋也が頷いて見せる。すると社長は、満足そうに目を細めた。

「クルートとの結婚話は、こちらからきちんと断っておく」

社長は二人の顔を見ながら、そう約束してくれた。それから少し背中を丸めて葵に言う。

「すまなかったね、葵さん。私はただ、こいつが心配だったんだ。このままでは、晋也の一生が、温泉成分を分析するだけで終わってしまいそうだったからな。だから、クルートの令嬢とどうにかなればと、ちょっと世話を焼いただけなんだ。しかし、こいつが君のおかげで結婚する気になったのなら、これほど喜ばしいことはない」

社長の言葉を聞いて、晋也は嬉しくなる。葵は安堵したような顔で晋也を見た。

「ほら、社長は反対なんかしなかっただろう?」

社長は、「当たり前だ」と言って続けた。

「あの二人……晋也の両親も大丈夫だろう。特に百合子なんか万歳《ばんざい》して明日にでも結婚しろって言い出しそうだ」

「本当ですか?」

思わず、という様子でそう問いかけた葵は、社長に対して少し緊張が解けたように見える。

「ああ。こいつの両親に会ってみれば、すぐにそれがわかるだろう」

ははははっと、声に出して笑った社長は、なぜか居住まいを正して葵の方を向く。

そしておもむろに、がばっと頭を下げた。

「葵さん。晋也のことをよろしく頼む。そして、海山ホームプロダクツのために、これからも仕事に打ち込んでもらいたい」

社長に頭を下げられた葵は、驚いて目をパチクリさせていたが、すぐに自分も深々と頭を下げた。

「あっ……はい！　こちらこそ、よろしくお願いいたします」

「じゃあ私は帰るとしよう」

にこやかな顔の社長は軽く手を上げ、マンションから出て行った。

二人して社長を見送ったあと、晋也は葵の手を取って告げる。

「俺が葵と結婚したいという気持ちは、両親がなんと言おうと変わらない。だけど葵が安心できるように、近いうちに俺の両親にも会ってくれないか」

「晋也さん……。わかったわ」

どこかまだ不安げな様子ではあるが、葵は頷いてくれた。

「俺の人生には葵が必要だ。だから、両親への挨拶《あいさつ》が済んだら、俺はもう一度、葵にプロポーズをする。その時はちゃんと返事を聞かせてくれ」

葵はきゅっと口元を引き締め、今度は深く頷いた。

「葵の心配事は、これでほとんど消えただろう？」

「ふふ、晋也さんってやっぱり凄《すご》い人ね」

笑顔の葵が、眩《まぶ》しいものを見るように、晋也を見つめてくる。

とんっと晋也の胸に頭を預けてくる葵の姿は、どことなく無防備で幼子《おさなご》のように可愛い。時折こういった表情を見せてくれる葵に、酷《ひど》く庇護欲《ひごよく》を掻き立てられる。晋也は親鳥が雛《ひな》を包み込むみたいにそっと葵を胸に抱き締め、頭の天辺《てっぺん》に口づけを落としたのだった。

5

三月も終わりが近づき、富士波工場の植物園の桜の蕾《つぼみ》がほころび始めた。

世の中がどこか浮き立った空気に包まれる中、葵は晋也と連れだって、九州に向かう飛行機に乗っていた。

これからいよいよ、晋也の両親に会いに行くのだ。

「葵、どうしたんだ？」

晋也が、心配そうに葵の顔を覗《のぞ》き込んでくる。

「あ、……うん。ちょっと緊張しちゃって」

葵は髪を撫でつけながら、きゅっと唇を引き結んだ。気合を入れて整えた髪は、まったく乱れていない。けれど、つい何度も同じ仕草を繰り返してしまう。

「葵……」

晋也はふわりと微笑むと、葵の顔に手を伸ばし、髪をそっと耳にかけてくれた。

「社長が言った通り、俺の両親は絶対に葵を歓迎してくれる」

「うん……」

「大丈夫だ。俺の言葉を信じろ」

晋也は葵の手を握って頷く。指先まで冷え切っていた手に温もりがじんわりと伝わって、気持ちが和《なご》んでいく。葵が微笑んで見せると、晋也も目尻を下げた。

「そういえば……社長から連絡があったんだ」

そう言って晋也は少し顔を曇らせる。葵が首を傾《かし》げると、晋也は声のトーンを落とした。

「根元真奈美の件だ」

「あっ、クルートの？」

名前を耳にしただけで葵の胸がざわざわする。

「あの後、少し彼女について調べたそうだ。どうやら根元真奈美は、結婚できない男と長期間、恋人関係を続けているらしい」

「え、まさか……！」

「彼女には、急いで夫を調達する必要があったんだ。仕事に夢中で、家庭や妻に関心が薄く……他の男の子どもを産んでも気がつかないほど鈍い、俺のような男を」

晋也は淡々とした口調で話しているが、葵は驚きに目を大きく見開いた。

「えっ、それじゃあもしかして……」

「ああ、彼女はその男の子どもを妊娠しているんだ」

葵は絶句した。なんてことだろう。

――私たちのような立場の者は、自分の好きとか嫌いという感情で、自由に振る舞うことは許されません。

葵にそう言いながら、自分は自由な恋愛をしていたなんて……

彼女の言葉を真に受けて、晋也のために身を引いた方がいいのではないか、とあれほど悩んだ自分がバカみたいだ。

「これでクルートとは、純粋に仕事上の付き合いだけになった」

「彼女の赤ちゃんはどうなるの？」

「さあ、それは俺たちの考えることじゃない」

晋也はそう言って、静かに息をはいた。

彼の言う通りだ。

「葵、少し眠ったらどうだ。夕べは眠れなかったんじゃないのか？」

「晋也さん……鋭い……」

　確かに夕べは、緊張してほとんど眠れなかった。

「社長が言ってただろう？　最近の俺は女心を分析できるようになったって」

　晋也が得意げに顎《あご》を上げる。

　葵はふふっと忍び笑いを漏《も》らし、繋《つな》がれた手の温もりを感じながら素直に目を閉じた。


　予定通り空港に到着して、二人でタクシーに乗り込んだ。ここから晋也の実家まで二十分ほどだという。実家に着いてタクシーを降りると、辺りは明るい気配に満ちていた。

「う〜ん。この匂い……」

　両手に荷物をぶら下げた晋也が、家の前で大きく息を吸い込んだ。

「凄《すご》い……」

　目の前の庭に目をやった葵は思わずそうつぶやいた。そこにはまさしく春爛漫《はるらんまん》の風景が広がっていた。

　満開の桜の木の下には水仙やノースポールの花が咲き乱れ、チューリップの蕾《つぼみ》が今にもほころびそうに膨らんでいる。真っ白い小さな花をびっしりとつけたユキヤナギの枝が風に揺れ、庭の隅にはスミレが紫色の可憐な花を咲かせていた。他にも葵の知らない花々がところ狭しと咲き誇っている。

思わずその景色に見とれていると、家の中から待ちかねたように晋也の両親が出てきた。

慌てて挨拶《あいさつ》をする葵を、二人は心から嬉しそうな顔で迎えてくれる。少し照れくさそうな顔をした晋也が、父親の晋佑《しんすけ》と母親の百合子を、葵に紹介してくれた。

「初めまして。待っていましたよ」

穏やかな眼差しで晋佑が言う。

「よく来てくれたわね。嬉しいわ！」

百合子は満面の笑みを浮かべていた。そんな二人に、葵は自然と肩の力が抜けていく。

「素晴らしいお庭ですね」

「ふふふっ、そうでしょう」

葵の言葉に声を立てて笑う百合子の優しい笑顔は晋也によく似ている。ほっそりとした彼女は、若々しくとても美しい。

「自慢の庭なのよ。一年中花が咲いているけど、今が一番キレイ。本当にいい時に来てくれたわ」

改めて庭を見渡した葵は、すうーっと息を吸い込んだ。

「お花、凄《すご》くいい香りですね。春の匂い……」

「あっ……」

その時、百合子が突然声を漏《も》らした。彼女は軽く目を閉じて葵と同じように大きく息を吸い込む。

「まあ！」

すぐに目を開いた百合子は、驚きの声を上げる。そして次の瞬間、葵に身を寄せてクンクンと鼻を鳴らし始めた。呆気にとられつつも、その様子が晋也にそっくりで、ついおかしくなってしまう。

「驚かせてすまない。家内の……なんというか、クセなんだ……」

晋佑が、申し訳なさそうに葵に声をかけてきた。彼は、晋也と同じくらい背が高い。

「大丈夫です。慣れてますから」

葵はくすくすと笑いながら、晋也に目をやった。

「ああ、やっぱり晋也も？」

晋佑はちょっと呆れたように晋也に目をやる。葵と父親、二人から視線を向けられた晋也は、ばつの悪そうな顔で頬を掻いた。

「うん。甘さと華やかさ……ずっと嗅《か》いでいたくなる香りね」

大きく頷いた百合子はまっすぐに葵を見つめる。

「晋也は自分の鼻で、葵さんを見つけたのね」

そう言って彼女は嬉しそうに笑った。

晋也の言う通り、二人は心から葵を歓迎してくれたのだった。


リビングに通された葵は、ひとまず安堵した。晋也の実家は、確かに大きくて立派だったが、普通の佇《たたず》まいのお宅だった。リビングの窓からは美しい庭が見えて、とても居心地がいい。

葵と晋也が並んでソファに座ると、百合子がお茶を出してくれた。

カップをテーブルに置きながら、彼女は再び、すんっと息を吸い込んで言う。

「一部の男性にとって、葵さんの匂いは媚薬《びやく》ね。鼻のいい男に注意しなくちゃ」

晋也が神妙な顔で頷く。まさか……と思いながらも、葵の脳裏を、五十嵐と大学教授の顔が横切った。

「さて……」

晋佑がおもむろに切り出した。

「晋也がお付き合いしている女性を家に連れて来るのは初めてのことだ」

え、そうなんだ。

ちらっと隣に座る晋也に目をやると、彼は葵に向かって頷いて見せた。彼に選ばれたんだ、とちょっと誇らしくなる。

「葵さん、私たちは凄《すご》く喜んでいるんだよ」

そう言って二人から微笑みかけられ、葵も晴れやかに笑った。

「それで、二人とも、先のことは考えているの？　ほら結婚とか」

百合子が身を乗り出して聞いてくる。

「えっ？　あのっ……」

葵は何と答えていいか迷ってしまい、晋也の顔を見た。すると、晋也がごほんと咳払いをして口を開く。

「実は、以前一度、葵にプロポーズをしているんだけど、まだＯＫをもらっていないんだ」

「えっ？　じゃあ私、まずいこと言っちゃった？」

百合子はばつの悪そうな顔をして、乗り出していた身を引く。

「あの……ごめんなさい。晋也が家に連れてくるぐらいだから、てっきり……」

心底困ったように百合子が声を落とす。リビングに広がる何とも言えない静寂が気まずい。

「違うんだよ。葵は俺たちの結婚を、母さんたちが認めてくれるか、不安に思っていたんだ」

見かねた晋也が、そうフォローを入れてくれる。

葵はこんなにも歓迎してくれた二人に申し訳なくなって、もじもじしながら言った。

「あの……私、自信がなかったんです」

「えっ、どういうこと？」

百合子はきょとんとした顔を葵に向けた。

「晋也さんは社長のご親族で、私はただのＯＬですから……」

それを聞いて彼女は、安堵したように笑顔になった。

「やあねえ、今はもうそんな時代じゃないでしょう。大切なのは二人の気持ちよ。まあ、私たちの時は反対されて大変だったけどねぇ」

「え、反対されたんですか？」

「ええ。でも誰に何を言われても、私の考えは変わらなかったわ」

彼女はうふふと笑って晋佑の顔を見た。

「百合子もね、私の匂いを、その、気に入ってしまって……」

晋佑が苦笑しながらも照れたように教えてくれた。

「この人は、海山ホームプロダクツの社長のお嬢さんだった。それなのに、ただの会社員だった私と、どうしても結婚すると言ってくれてね」

「だって見つけちゃったんですもの」

百合子はちょっと肩をすくめて笑った。その顔は子どもみたいに無邪気だ。

「周りには大反対されたのよ。だって、それなりのところに嫁がせる予定だったのが、すっかり狂ってしまったんだもの、しょうがないわ」

当時を思い出したのか、百合子は眉をひそめて続けた。

「特に、私の兄がうるさかったの」

「社長がですか？」

「ああ、今は兄が社長だったわね。そう、海山太一。兄ったら、お前みたいなのが普通の家庭でやっていけるはずがないって、やいのやいの言ってくるのよ。もう、昔っから私に口出しするのが趣味みたいなの」

百合子は、可愛らしく唇を尖らせた。

「でもね、私、今もすっごく幸せよ。好きな人と一緒になるのが、女にとっては一番の幸せなの」

「男にとってもだよ」

すかさず晋佑が訂正を入れる。そうして二人は、葵たちの目の前で嬉しそうに微笑み合った。

「許してくれ、葵。この二人はいつもこうなんだ」

晋也は居心地悪そうに言って、二人から目を逸《そ》らす。

でも葵は、晋也の両親を羨《うらや》ましく思った。自分も晋也とこんな風に思い合えるようになりたいと、心から願う。

その時、晋佑がちらっと葵の顔を見てから、切り出した。

「私たちの話になってしまったが、晋也は葵さんからプロポーズの返事をまだもらってないんだったな」

彼はそこで、天井《てんじょう》を指差して言う。

「二人きりで話をしてきたらどうだ？」

晋也はその言葉にすぐさま頷き、葵を促《うなが》して階段に向かった。

二階の晋也の部屋は、正面の窓から差し込む光で溢《あふ》れていた。大きな窓から外を眺めると、遠くに海が見える。

「わあ、ステキな眺めね」

「そうだろう。ここは高台だから、景色がいいんだ」

隣に立った晋也が一緒になって窓の外に目を向ける。

葵は、真《ま》っ青《さお》な空を飛ぶ白い鳥を見つけて何気なく目で追う。そのうちに、なぜかここからの景色を見慣れているような気になってきた。

青い空と、家々の屋根の向こうに海を望む美しい景色——

ああ、晋也さんのマンションのバルコニーからの眺めだ。

ここの方がずっと色彩が鮮やかで緑が多いけど、よく似ている。

「マンションからの景色に似ているわね」

葵の言葉に、晋也は窓に顔を近づけ、ゆっくりと左右に頭を動かす。

「そうか……確かにそうだ。それで俺はバルコニーにいると気持ちが落ち着くのか……」

感慨深そうに晋也は漏《も》らした。

「ねえ、帰ったらあのバルコニーでお花を育ててもいいかしら？」

カラフルな庭を見下ろしながら葵は言った。晋也の言葉を聞いて、もっとあのマンションをここに似た場所にしたい、という気持ちになったのだ。

「えっ？　あそこで？」

葵は微笑みながら頷いた。

「私、あのバルコニーでお花を育てたい。ここのお庭には敵《かな》わないけど、あそこもこんな風にお花でいっぱいだったらステキじゃない？　ああ、お花だけじゃなくて、野菜やハーブなんかも育てたいな。それを収穫して、キッチンで晋也さんのために料理をするの」

「葵……」

そこで晋也はハッとした。そして彼は葵にまっすぐ視線を向けてくる。

「葵、俺と結婚してくれ」

「はい」

葵は笑みを浮かべて、はっきりと頷いた。

直後、晋也は葵をしっかり抱き締めると、肩の上で安堵の息をこぼした。

「ありがとう、葵」

晋也の胸に抱かれながら、葵はこれ以上ない幸せを噛み締めていた。

「葵」

「なあに？」

晋也は葵の身体をそっと引き離し、両手を肩に置いて真剣な顔で見つめてくる。

ああ、晋也さん、やっぱりステキ……

きゅんとして胸を押さえると、少し鼓動が速くなっている。

晋也は声のトーンを落とし、なぜか表情を曇らせた。

「実は、葵に言っておかなくてはならないことがある」

葵の胸がどきりと鳴る。急に不安になって、身体が強張《こわば》ってくる。

「この間、社長に忠告されたんだ。葵を大切にしろって」

葵を大切にしろ？

え？　そんな風に言ってもらえたなら、私、凄《すご》く嬉しいんだけど……？

葵は瞬《まばた》きを繰り返して、深刻そうな晋也を見上げる。

「それからこうも言われた……」

晋也はごくりと喉を鳴らして、思い切ったように社長の言葉を葵に伝えた。

「お前は母親と同じで頑固だから、気に入られた相手は大変だ。一生、お前に執着される。彼女はそれに耐えられないかもしれない。それが嫌なら、執着を半分に減らせ」

葵はポカンとして晋也を見つめた。

それこそ今更だ。晋也の執着なんかとっくに覚悟している。

社長は妹である晋也の母親だけでなく、甥《おい》の晋也に対しても色々言いたいみたいだ……

晋也は、葵の嬉しそうな顔に気付かず、苦悩の表情を浮かべて続ける。

「葵、俺は結婚したら、一生葵を愛し続ける。絶対に葵を離さない」

それは葵にとっては嬉し過ぎるセリフなのだが、深刻な晋也の表情と噛み合っていないのはどういうことだろう。葵はうーんと思いながら、ただ瞬《まばた》きを繰り返す。

晋也は葵の肩をぐっと握り、苦しげに心情を告白してきた。

「俺は、葵への執着を半分になんかできない。それでも受け入れてくれるか？　執着を減らせない代わりできる限り匂いを嗅《か》がないように我慢する。こんな男でも……一緒になってくれるだろうか？」

葵は気が抜けたように、ほっと息をはいた。

もう！　晋也さんたら、最後の最後までドキドキさせてくれるんだから……

思い返せば、出会ったばかりでいきなり結婚してくれって言われてびっくりさせられたっけ。

葵への執着を、まるで悪いことみたいに言うけれど、晋也と結婚しようと決めた葵にとって、それはこの上なく安心できる晋也の長所だ。

強張《こわば》った顔で自分の答えを待っている晋也に、葵は喜びで顔を上気させながら語りかけた。

「晋也さん。ありがとう。私も一生晋也さんから離れないけど、許してくれる？」

「葵……」

「それから、一生匂いを嗅《か》いでくれる？」

「いいのか？」

すかさず晋也が言う。

「うん。二人きりの時だったら。人前は恥ずかしいから止《や》めてね」

葵を見つめる晋也の目が輝き始めた。

「私も一生晋也さんのこと愛し続けるわ」

瞳をきらきらさせた晋也は、がばっと再び葵を腕の中に閉じ込めた。

「よかった……」

晋也は心からほっとしたように息をつくと、頭の上でつぶやく。

「俺は……どんな成功を手に入れても葵がいないとやっていけない」

呻《うめ》くみたいにそうこぼした晋也は、ぽつぽつと言葉を続けた。

「社長は忠告だけじゃなく、俺を褒《ほ》めてくれたんだ。入浴剤の売り上げが伸びたこと、バンボンボンのアイデア、それに草の湯まで……その時、初めて草の湯が社長に認められた。……だけど葵に草の湯を褒《ほ》められた時ほど嬉しくなかった。そこで俺は気付いてしまったんだ。たとえ日本中の人が、俺の開発した入浴剤を絶賛しても、葵が褒《ほ》めてくれなきゃ意味がないって。葵じゃなきゃダメなんだ」

晋也の言葉に、葵は胸が熱くなった。

葵じゃなくちゃダメだ、と言われるほど恋《こ》われるなんて、なんとも女冥利《おんなみょうり》に尽きる話じゃないか。

それに……私だって、晋也さんじゃなきゃダメだ。

その気持ちを伝える代わりに、葵は晋也の身体に腕を回し、ぴったりと抱きついた。

「今は二人きりだからいいよな」

葵の肩口に顔を埋《うず》めた晋也がつぶやく。

「え？」

晋也はす〜っと深く息を吸い込んで、葵の匂いを深く味わうように言った。

「ああ……いい匂いだ。俺はこれから一生、この匂いを嗅《か》ぐことができるんだな」

葵がくすっと笑うと、晋也の唇が耳元に移動して、耳たぶに押しつけられる。

「葵は……俺のものだ」

低く囁《ささや》かれた瞬間、背中が痺《しび》れた。

こくりと頷く葵に、晋也は額《ひたい》と額《ひたい》を合わせてキレイに笑った。見とれるくらい美しい笑顔。こんなに極上の男の人が自分のものだなんて。

しかも一生葵を愛してくれると宣言してくれるなんて、夢のようだ。

「晋也さんは私のもの……」

噛み締めるようにそうつぶやいて、とんっと晋也の胸に頭を預ける。晋也の胸は葵にぴったりで、とても落ち着くのだ。

葵は晋也の胸の鼓動に耳を澄ませ、大きな幸せに酔いしれるのだった。

書き下ろし番外編

世界一の絶景

「月末の土日に絶景温泉へ行かないか？」

晋也からそう誘われた葵は即座に頷いた。断る選択肢なんてどこにもない！

葵の趣味はお風呂に温泉、それは晋也も同じだ。

「どこの⁉　山？　それとも海？」

はやる気持ちを抑えきれずに身を乗り出すと、晋也はにやりと笑って「秘密」と一言だけ。

それでも「ええ〜っ？」と葵が声を上げると、彼はこう付け足した。

「絶景温泉ではあるが、いつも通りのおしゃれをしてきてくれ」

ははーん、さてはどこかのリゾートだな。

「わかった。楽しみにしてる」

軽井沢？　それとも富士山方面かしら？

そんな想像を巡らす葵の口元はほころび、喜びを隠せずにいたのだった。

当日は、初秋の青空が広がる絶好の行楽日和だった。都内に入ると少し車が多くなる。このまま東京を抜けて山梨・長野方面にでも向かうのかな？　もしかして千葉？　なんてことを思いながら林立するビル群を眺める葵の想像に反して、晋也の車は首都高を降りてしまった。

「あれ？」

首をひねると、晋也がちらりと視線を向けながら言ってくる。

「もうすぐ着くよ」

「はい？」

待って……行先は絶景温泉だよね？　でも――ここは新宿。

ドーンとそびえる都庁が車窓から望める。そうこうしているうちに立派な数寄屋《すきや》門が見えてきて、そこで車は停まった。まさかの純和風旅館に到着だ。

こんなところに、こんな場所があるなんて……

葵は戸惑いの表情のまま、藍色の暖簾《のれん》をくぐったのだった。

部屋に通されると、二人は吸い寄せられるみたいに窓辺に立った。

想像していた絶景とは全く別モノだったけど、目の前に広がるのは素晴らしい眺め、まさしく絶景だった。

「凄い……本当に絶景ね」

大都会のビル群を見つめめて感嘆の息をはいたあと、葵は眉を寄せて晋也を見上げる。

「でも、こんな場所に温泉が湧いているの？」

彼は首を左右に振りながら言った。

「ここには湧いていない。だが毎日、源泉から運んでいるそうだ」

「へえ！　源泉。どこの？」

驚きに目を丸くした葵に、晋也はちょっと得意げに隣県の有名温泉地の名を口にした。

ますます目を大きくした葵に、嬉しそうな笑顔で提案してくる。

「さっそく入りにいかないか？　まずは十八階の大浴場からどうだろう？」

葵は笑顔で頷くと、すぐさま入浴の準備に取りかかったのだった。


「ふぅう……。いい気持ち」

湯船の中からビル群を眺める。建築に特別な興味があるわけではないが、そんな葵でさえ知っている有名な建物がいくつか望める。これまでも街並みが見える温泉に入ったことはあるが、ここまでの都市風景は初めてだ。

「こういうのもいいものね。さっすが晋也さん」

窓越しに広がる景色とお風呂をゆったりと堪能した葵だった。

大浴場を出て、女湯の暖簾《のれん》をくぐると、目の前にはラウンジが広がっていた。

晋也はすぐに見つかった。アイスキャンディー片手に窓際で景色を眺めている。彼に向かって一歩踏み出したその時だ。二人の女性が彼に近づくなり、声をかけるのが目に飛び込んできた。一人はブロンド、もう一人は黒髪にピンクのメッシュが入った外国人だった。

女性からのナンパみたい……

思わず葵の足は止まってしまう。

「うわ～、なに？　撮影？」

葵のすぐ横の椅子に座った女性が、隣の女性に話しかけながら、晋也たちの方にあごをしゃくった。摩天楼《まてんろう》をバックに浴衣《ゆかた》姿で立つ晋也と外国人女性たち。そう言われるのも納得できるほど、華やかで絵になっている。

「カメラとかないし違うんじゃない？　でも……あの男の人どこかで見たことあるような……」

「モデルとかじゃない？　さっすが東京だねえ」

そんな風に言われるのは、一時期、晋也が頻繁《ひんぱん》にメディアに登場していたせいだろう。いいや、たとえメディアに顔出しした経験がなくても、晋也の容姿ならモデルと間違われてもおかしくはない。実際に、葵も初対面の時、酔い潰れている彼を見て、モデルかな、なんて感想を持ったものだった。

その時、晋也がスンっと小さく鼻を動かしたかと思うと、くるりと葵の方に顔を向けた。瞬時に目尻が柔らかく下がる。

彼は、外国人女性たちに何か一言告げると、こちらに歩を進めてくる。笑顔で歩く長身の彼は、間違いなくこの場の主役だった。晋也と、そして自分に向けられる視線を感じ取った葵は、すっと背筋を伸ばした。

以前の葵なら、こんな状況に置かれてしまったら、きっと背中を丸くしていただろう。でも今は違う。見られているとわかれば、反対に胸を張る。彼に相応《ふさわ》しくなりたいと、精一杯の努力を続けているからだ。

おかげで近頃は、お似合いの二人、と言ってもらえることが多くなった。彼の隣に立つことに引け目を感じなくなっただけでなく、自信さえ持てるようになってきた。

「彼女たち、いいの？」

葵の問いかけに、晋也の顔からすっと笑みが消えた。

「ああ、この辺りのおすすめレストランを聞かれただけだから」

夕食は予約してあると聞いている。彼のことだ。近隣のステキなお店はリサーチ済みだろう。

「そう。教えてあげたの？」

小首を傾《かし》げた葵に、晋也はいまいましそうに答えた。

「いいや。そんな必要はない。こんなところに泊まっている外国人が、情報を持っていないはずがないだろう？」

そう言われてみればその通りだった。都会のど真ん中にある天然温泉に入れる和風旅館を知っている外国人が、情報弱者のはずがない。

やはりナンパか。

晋也は本当にモテる。彼と正式に婚約し、共に過ごす時間が長くなるにつれ、先ほどのような場面を目にする機会も増えていった。

自分が女性にとって魅力的であることを、晋也はわかっている。十分に自覚しているからこそ、冷淡すぎるほどの対応をすることがある。晋也は、かつて葵を苦しめた大学教授や五十嵐とは違うのだ。

彼らはズルかった。奥さんや恋人をキープしたまま、ほかの女性に優しく、時にはしつこく言い寄り、自分のものにしようとしていた。晋也はそういう類《たぐい》の男性ではない。彼は葵に対してとてつもなく誠実だ。

「葵、あそこにあるアイスは食べ放題だ。なかなかイケるぞ」

ラウンジに顔を向ければ、お風呂上がりにひと休みしている人々からの視線を、まだちらほらと感じてしまう。

「ほら、味見してごらん」

こんな状況にあっても、屈託《くったく》なく食べかけのアイスキャンディーを葵に向かって突き出してくる晋也は、自分を盗み見る人間になど、とんと興味のない様子だ。

それなら私だって——

葵は無邪気を装《よそお》い、笑いながらアイスキャンディーにぱくりと噛みついたのだった。

部屋に戻るなり、手首をくいっ、と引かれ、背後から晋也に抱きしめられた。彼は、葵の耳たぶに唇を押し当てると、そこで大きく息を吸い込んだ。

「絶景は味わい尽くしたから、今度は葵を味わい尽くしたい」

そんな言葉に鼓膜を震わされ、葵の身体が瞬時に火照《ほて》ってくる。温泉で温まった時とは別種の熱が、身体の真ん中からじわりと滲《にじ》んでしまう。

葵をすっぽりと包み込んだままの彼は、右手だけをゆったりと葵の身体に這《は》わせていった。

もう逃げられない。逃げるつもりなんてない。

やがて浴衣《ゆかた》の合わせからするりと潜り込んだ右手は、葵の乳房を包むと柔らかくうごめき、指先は乳首を捉えてくにくにと刺激してくる。

「んん……っ」

葵の鼻から声が溢れ出した。

耳たぶを咥《くわ》えていた彼の唇は、ちゅっ、と音を立ててそこを離れ、今度は舌先が葵の首筋を濡らしていく。晋也のはく熱い息に刺激され、葵の呼吸も乱れていった。

ぷるり、と身を震わせ頭を反《そ》らすと、唇をふさがれ、すぐさま強引な舌が差し込まれた。もっともっと荒くなっていく呼吸。舌と舌の絡まるいやらしく湿った音が部屋に響き渡って、葵の官能を耳からも刺激する。

――葵を味わい尽くしたい

まさしくその言葉通り、晋也は葵の口内を蹂躙《じゅうりん》したのだった。

やがてベッドに導かれ、葵は柔らかなスプリングを背中で感じ取った。

「浴衣《ゆかた》はいいな」

しゅるり――

音を立てて腰紐《こしひも》が解かれ、浴衣《ゆかた》がはだけられると、すぐさまランジェリーが取り去られていく。午後の日差しに葵の裸体がさらされてしまった。

葵の身体のラインを暴くみたいに晋也の指先が滑《すべ》っていく。上から見下ろす彼の視線は興奮を隠しきれていない。そんな目で見つめられると、葵の興奮だってぐんと高まってしまう。

「はぁン」

葵は身をよじって熱のこもった吐息を漏らすのだった。

「……これこそ絶景だな。俺にとっては世界一だ」

葵を凝視しながら低い声を出す晋也。目を上げれば、葵にとっての絶景もそこにあった。

涼しげな目元。今は欲望の熱を宿しているがいつもは知的に光っている。整った額《ひたい》から鼻のラインだって知性を感じさせる。広くたくましい肩は頼りがいがある。そして殊更葵が気に入っているのは彼の指だ。

葵はすっと手を伸ばし、彼の手を取った。長く美しいその指を口に含んで舌で味わうように舐《な》めると、うめき声が聞こえる。しばらくその様子を眺めていた晋也だったが、やがて我慢できないとばかりに、葵にのしかかってきた。

それからしばらくの間、二人は快楽に身を任せたのだった。


うとうとしていたようだった。

——何時だろう。

ぼんやりとした頭のまま、薄く目を開けた葵は、驚いて瞬時に目が覚めてしまった。

窓からの風景が、全く別物に変化していたからだ。上空には夕闇が広がり始め、ビルの窓や看板、車のヘッドライトで街がきらきら華やかに彩られている。

声もなくその美しさに見とれていた葵だったが、しばらくするとソワソワしてきた。

ちょうどその時、わずかに身じろぎをした晋也が、眠そうな掠《かす》れ声で尋ねてくる。

「ううーん……葵――。今、何時？」

「五時半になるところ」

「そうか……七時にレストランの予約――」

話しながら窓に顔を向けた晋也は、瞬時にぱっちりと目を開き、窓からの絶景を見て感嘆の声を漏らす。

「……凄《すご》いな」

「ねえ、二十階に露天風呂があったわよね」

葵の言葉を聞くなり、晋也はむくっと身を起こし、すぐさま冴えた声で返した。

「ああ、行こう！」

柔らかな風が吹く露天風呂は心地よく、いつまでも入っていられそうだ。目の前にはきらめく摩天楼《まてんろう》が広がっている。

今頃、晋也もこの夜景と温泉を堪能していることだろう。

彼と趣味が一緒だったおかげで、こんなにも最高の時間を持つことができた。

大都会のど真ん中で温泉につかっている自分。すっかり温まった葵が、出入り口の暖《の》簾《れん》をくぐれば、晋也のとびきりの笑顔が待っていてくれるはず。

あんなにもステキな男性が、自分のことを愛していると、いつだって全身全霊で伝えてくれる。

——ディナーも楽しみだなぁ。

葵は湯船の縁にもたれて「ふふっ」と笑い、小さく独《ひと》り言《ごと》を漏らした。

「ああ、幸せ……」

上気した頬は明るく、その瞳は夜景に負けないくらい輝いていたのだった。

香《かおり》の日常は、近頃かなり悲惨。彼氏を親友に寝取られたあげく、二人の披露宴に招待される始末……。そんな時、久しぶりに幼馴染・広輝《ひろき》と会った香は優しい彼に、つい弱音をもらしてしまう。でも慰められているうちに広輝から突然甘く迫られて——!?

B6判　定価：640円+税　ISBN 978-4-434-22181-1

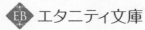

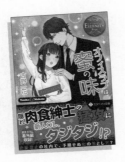

完璧御曹司の結婚命令
栢野すばる

本書は、2017 年 7 月当社より単行本として刊行されたものに、書き下ろしを加えて文庫化したものです。


この作品に対する皆様のご意見・ご感想をお待ちしております。

おハガキ・お手紙は以下の宛先にお送りください。

【宛先】

〒 150-6008 東京都渋谷区恵比寿 4-20-3 恵比寿ｶﾞｰﾃﾞﾝﾌﾟﾚｲｽﾀﾜｰ 8F
（株）アルファポリス　書籍感想係

メールフォームでのご意見・ご感想は右のＱＲコードから、
あるいは以下のワードで検索をかけてください。

アルファポリス　書籍の感想　検索

ご感想はこちらから

エタニティ文庫

イケメン理系《りけい》の溺愛方程式《できあいほうていしき》

古野一花《ふるやいちか》

2020年12月15日初版発行

文庫編集－熊澤菜々子・塙綾子
発行者－梶本雄介
発行所－株式会社アルファポリス
〒150-6008 東京都渋谷区恵比寿4-20-3 恵比寿ｶﾞｰﾃﾞﾝﾌﾟﾚｲｽﾀﾜｰ8F
TEL 03-6277-1601（営業）　03-6277-1602（編集）
URL https://www.alphapolis.co.jp/
発売元－株式会社星雲社（共同出版社・流通責任出版社）
〒112-0005 東京都文京区水道1-3-30
TEL 03-3868-3275
装丁イラスト－虎井シグマ
装丁デザイン－ansyyqdesign
印刷－中央精版印刷株式会社

価格はカバーに表示されてあります。

落丁乱丁の場合はアルファポリスまでご連絡ください。

送料は小社負担でお取り替えします。


ISBN978-4-434-28216-4 C0193